「……香了を返してもらいに来た」
左臥を睨みつけ、硬く低い声で言う。
（本文より）

BBN
B・BOY NOVELS

白虎は愛を捧げる
～皇帝の始まり～

加納 邑
イラスト／螢子

この物語はフィクションであり、実際の人物・団体・事件等とは、一切関係ありません。

CONTENTS

白虎は愛を捧げる

～皇帝の始まり～

1. 春の嵐

激しい雨の中、馬車は山奥の一本道を走り去っていく。

重い灰色の空にいくつも走る、紫《むらさきいろ》色の稲妻。大きな雨粒が木々の葉を破りそうな勢いで打ちつけ、目の前の村の景色をけぶらせていた。

小さく質素な家の軒下《のきした》で、馬車を見送った十七歳の香了《かりょう》は、ふう、とため息を吐いた。

(この嵐は、しばらく続くな……)

新緑の山々のあちこちに立て続けに落ちる、紫色に光る雷《かみなり》。

天空を深く割るようなその音は、一向にやまない。落雷のたびに、地面が揺らぐほどの大きな衝撃が、薄水色の着物をほっそりとした身体にまとった香了の、足の裏に伝わってくる。

香了のふわりとした黒髪を吹き乱している風も、先ほどよりもさらに強まっていた。

この西方にある国では、毎年、春のこの時期、雨が多い。

毎日のように、こうした激しい夕立に降られる。

(王様が……旦令《たんれい》様たちが、無事に城へお戻りになれますように……。馬車が、途中で立ち往生《おうじょう》などしませんように……)

どうしてもすぐに会って話したいと、この国の王である旦令が望んで……。嵐になる可能性が高いと知りながら、彼は今日この時間に、都から馬車で一刻もかかるこの山奥の村を訪れた。

だから、もちろん雷雨《らいう》による危険は承知のうえでだろうが、それでもやはり心配になる。

（今日の嵐は、いつもよりいっそう激しい気がするから……）

また頭上で強烈にパッと瞬いた雷光で、重い雨空《あまぞら》全体が鮮《あざ》やかな紫色に染まる。香了はそれを深く澄んだ黒い瞳で見上げ、ふう、ともう一つため息を吐いた。

「では、香了様」

背後に立っていた白髪の老人と黒髪の青年が、二人とも控えめにすっと香了の横に並んだ。

「旦令様もお帰りになられたことですし……。我々も、これで失礼いたします」

「ああ……うん」

「長く外にいらっしゃると、雨に濡れなくてもお身体を冷やします。香了様も、どうぞお早く屋内へお入りくださいますように……」

「分かったよ。ありがとう」

傘を差した二人が村の中心へ向かって去っていくのを、香了は微笑んで見送った。

丁寧《ていねい》で品のよい話し方をしていた白髪の老人の方は、史紋《しもん》という名だ。

三十年前に、旧王朝が滅んだそのとき――。旧王朝の最後の皇帝であった香了の祖父の側近《そっきん》だった彼は、香了の祖父やその妻子といった一族とともに、この西方の国へ逃げ落ちてきた。

今現在、そのときに移り住んだ者たちの子孫七十人ほどが、この山奥の村に隠れ暮らしている。

史紋はそこの、相談役のような存在となっている。博識で温厚な彼に、香了は幼い頃から、旧王朝の皇家の血筋の者として恥ずかしくないようにと、勉学や行儀作法などの教育を受けた。

黒髪の青年の方は、庸良《ようりょう》という名だ。

二十代半ばで体格のよい彼は、旧王朝のたった一人の末裔である香了――世が世なら大国を継《つ》ぐ身分の『皇子《おうじ》』であったはずの香了のために、村の他の住人たちとともに、日々いろいろと世話をしてくれたり相談に乗ってくれたりしている。

香了が二年前に父母を相次《あいつ》いで病《やまい》で亡くし、村の一番奥にある小さな家で一人暮らしとなってからは、史紋と庸良はよりいっそう香了のことを気にかけてくれていた。

香了は村人の中でも特に、二人に家族のような親しみを感じ、心から信頼している。

そんな二人に、香了は、今日の旦令との面談に同席してもらったのだ。

(でも、まさか旦令様のお話が、あんな内容だとは思わなかった……)

旦令が、どうしても今日急いで会って話したい、と言っていた件。

それは香了に、彼の養子になって欲しい、ということだった。

旦令は、最愛の正妻を早くに亡くし、妾《めかけ》も持たない主義だった。西郭《さいかく》という幼い頃に引き取って今は彼の側近として働く孤児の養子が一人いるものの、五十歳過ぎにして実子はいない。正式な跡継《あとつ》ぎと決まっている者もいないのだ。

香了はあまりに驚いて、その話を聞いている間、終始呆然《ぼうぜん》としていた。

(今日は急なことで、すごく驚いてしまって……あの場では、上手《うま》く断れなかったけれど。また今度お会いしたら、そのときにはきちんとお断りしよう……)

三十年前、香了の祖父が家臣の裏切りに遭《あ》い、旧王朝が滅んだあと――。

数千万人の民《たみ》を抱えていた大国は、大小の十以上の国に分かれた。世の中は、その国々の王たちが『皇帝』の座を狙う乱世に突入した。今現在も、各地で争いが繰り広げられている。

旦令は先ほど、戦争続きで民たちが苦しんでいる今の世の中を終わらせたい、と言った。

そのために、自分もこれから天下統一に乗り出す、と。

そして、香了にその際に、彼の天下統一の『旗印《はたじるし》』となって欲しいと頼んできた。

旧王朝の血を引く皇子である香了が、旧王朝を復活させるという名目で他の国を討《う》てば、天下統一の大義名分《たいぎめいぶん》が立つ。味方をしたい、と申し出てくる者も増えるだろう。

そうなれば味方の兵力が増し、そう時間をかけずに天下統一ができるかもしれない。

だから、香了に自分の養子となってこの西方の国の跡継ぎとなって欲しい。いっしょに天下統一への道を歩んで欲しい、と旦令は話した。

『私は自分の利益のために、天下統一を成したいのではありません。戦《いくさ》続きで苦しんでいる民たちを救いたいのです。ですから、どうかぜひともお力をお貸しください』

旦令が真剣な面持ちで口にしたその言葉に、嘘はないと思う。

彼は真面目《まじめ》で、民たちのことをいつも考えている慈悲深い人格者だ。そのことは、これまでに何度か会っただけの香了にも、よく分かっている。

それに、香了や香了の村の者たちは、旦令に多大な恩がある。

三十年前、旧王朝の都から逃げ落ちた香了の祖父たちは、追っ手をかけられていた。常に命の危険にさらされ、行き場もなく彷徨《さまよ》って苦労していた。そこを助けてくれたのが、若い頃に一時期、香了の祖父に仕《つか》えていたことのある、旦令の父親だった。

旧王朝が倒れて混乱していた当時、この西方の国を建てて王となったばかりだった旦令の父親は、息子の旦令とともに香了の祖父たちを匿《かくま》い、自国の山奥に隠れ住まわせた。

それ以来ずっと、香了の祖父たちが作ったこの村のことを口外せず、秘密にしてくれている。

そればかりでなく、旦令は父王が亡くなった現在も、狩猟や野菜作りなどで細々と生活をしている香了たちに、食糧や農具、布地といったものを定期的に援助してくれているのだ。

そうして恩義のある旦令の頼みを、無下にはできないが……。

（でも、今回の養子の件だけは、どうしても引き受けるわけにはいかない。旦令様は、旧王朝の血を引く僕が表に出れば、天下統一のための戦争が早く終わると言っていらしたけれど……。僕は、そうは思わない。逆に、戦いが長引く可能性の方が高いと思う……）

仮に、旧王朝の末裔《まつえい》という素姓を世間に公表したことによって、旦令の言うように自分といっしょに天下統一を成し遂《と》げたいという者が、大勢周りに集まってきたとしても……。

それだけで、天下統一が簡単にできるほど、甘いものではないだろう。

香了は生まれてからこれまで、天下統一を目指しての戦いとは無縁に暮らしてきた。

この西方の国の都にもほとんど出掛けず、山奥に隠れ住んでいたのだ。剣の腕もさほどよいとはいえず、一般庶民と変わらない生活をしてきた。それが、急に、一国の王である旦令を上手く補助して天下統一をすみやかにやり遂げるなんてことが、できるわけがない。

むしろ、旧王朝の皇子を名乗る自分が、天下統一の争いに突然割り込めば……。現況を混乱させ、ただいたずらに戦いを長引かせて、余計な血を流させることになるだけだろう。

その結果、さらに乱世が続くことになったら、一番苦しむのは民たちだ。

香了は、自分のせいで民が苦しむのだけはぜったいに嫌なのだ。

（もちろん、僕も、誰かの手で早く天下統一が成されればいいと思ってはいる。戦続きで苦しんでいる民たちを救うには、天下統一が一番の近道だと分かってはいるけれど……）

香了は村の景色をけぶらせる雨を見つめ、またもう一つため息を吐いた。

旦令は今日、少し前に隣国の王と協定を結んだと言っていた。

天下統一のために両国で協力していこうと約束した、とのことだ。軍事力に優《すぐ》れた隣国とのその協定によって、天下統一にまた一歩近付いた、と満足そうに笑っていた。

香了にも、ぜひ一度、その隣国の王と会って欲しい、とのことだった。

だが、香了は隣国の王にも会わないでおこうと思っている。

（史紋や村の皆は、今回の件を喜ぶかもしれない。旧王朝復活のための足掛かりになるから、って……。でも、皆、ごめん！　僕には、とても受け入れられない……）

旦令に色よい返事ができないのは辛《つら》いが、すでに気持ちは決まっている。

せめて、失礼にならない断り方をしたい、と思うばかりだ。

（ああ、また雷が……。春のこの時期の……いつもの『天帝《てんてい》の紫雷《しらい》』だな……）

まるで香了の重い心と連動するように、雨足はどんどん強くなってくる。

立て続けに頭上で走る稲妻で、濃い灰色の空が鮮やかな紫色に染まった。家の軒下から一歩外へ出れば、たちまち耳の中までびしょ濡れになりそうだ。

そろそろ家の中に入ろうか。そう思った香了は踵《きびす》を返し、ふと前方に目を止めた。

（……？　今、なにか動いた……？）

二十歩ほど離れた先の、大木の枝の下。そこに、ぼんやりと白い大きなものが見えた。

目を凝《こ》らしたところ、雨の中、一頭の獣が四本の脚でこちらを向いて立っているのに気付く。

雨で濡れた全身の毛は真っ白で、全体についた黒い縦縞模様《たてじまもよう》が、かすかに判別できた。

その獣の青く鋭い瞳と目が合って、香了はハッと息を呑《の》む。

「っ……!?」

大木のこんもりと茂った緑の枝の下に佇《たたず》んでいたのは、白虎《びゃっこ》だった。

他よりも少し雨の当たりが弱いそこで、しばらく前から雨宿りをしていたのか。人間の香了を見ても驚かない。大きな白虎は逃げもせず、ただ雨の中でこちらを見つめ返してくる。

稲妻が走るたび、ピカッと空が光った。その紫色の光が、白虎の濡れた全身を照らす。

大木の下に黙って立っているだけで、百獣の王としての威厳と迫力を醸《かも》し出す全身。野性味を帯びた、しなやかで筋肉質なその白虎の姿は、まるで神の化身《けしん》のようだ。

大型の肉食獣の美しい姿に、香了の目と心はすうっと吸い込まれそうだった。

（なんて、きれいなんだろう……。こんなに美しい白い虎は、初めて見る……）

人を襲うこともある獣なのに、なぜか恐怖を感じない。ただ、頭の中で、どうしてこんな人の村に近いところに白虎がいるのか、と不思議に思っていた。

ぼんやりと白虎に見惚れていたそのとき、頭上でひときわ眩《まぶ》しい閃光《せんこう》がパッと空に広がった。

山の空が、一瞬で濃い紫色に染まったかと思うと、次の瞬間――。

バリバリバリッ！　と天を二つに割り裂くような硬い音が耳を突き、一筋の太い稲妻が高い空から地上へと、勢いよく走り落ちてきて――。

目の前の大木を――否、その下にいる白虎を、眩《まばゆ》い光とともに打った。

あっと思ったときには、香了の視界は全《すべ》て、鮮やかな紫色の光でいっぱいになっていた。

「えっ!?　あああっ――!?」

思わず目を閉じ、しばらくして静けさが訪れ――そして、再び目を開けたとき。

前方の大木の下には、大きな白虎が四肢を投げ出して、ぐったりと横たわっていた。

「っ!?」

香了は軒下から飛び出て、雨で濡れた土を蹴りながら白虎に駆け寄る。

「お前、大丈夫っ……!?」

倒れ込《こ》むように草の上に膝をつき、横たわった大きな白虎の顔を覗《のぞ》き込んだ。

焼け焦げて死んでいるか、と思ったが、黒い鼻先がピクッと震えるようにわずかに動いた。

全身はほとんどきれいな白い毛のままで、ところどころ毛先が黒く焦げついてはいるが、大きな火傷《やけど》もない。意識を失っているだけのようだ。

(生きているっ!?　……まさか、あれほどの落雷に打たれてっ……!?)

再び息を呑んでいると、背後で叫ぶような男の声がした。

「香了様っ、ご無事ですかっ!?」

傘を差して走ってきたのは、先ほどまでいっしょだった庸良と、もう一人の村の青年だった。

「ああ……やはり、まだ家の中に入っていらっしゃらなかったのですねっ⁉ 気になって、見に来てみてよかったです‼」

強い雨が降りしきる中、地面に膝をついて座っている香了の頭上に、立ち止まった庸良はホッと頬を緩《ゆる》ませて傘を差しかけてくる。

「雷も激しくなっていますので、早く家の中へ……なっ、なんですか、この獣はっ⁉」

白虎を見つけ、一瞬で青くなっておののく彼に、香了は叫んだ。

「庸良、この白虎を家の中に運ぶから、そっちを持って！」

「っ⁉」

「あと、村の力のある男たちを呼んできて！　五人もいれば、なんとか動かせると思うから！」

「か、香了様っ……？　これは、と、虎ですよっ……？」

庸良ともう一人の青年が、悲鳴のような声を上げた。

「まさか『これ』を、香了様の家の中に入れるおつもりですかっ……？　危険ですっ、万が一、香了様になにかあっては……！」

「そんなことはいいから！　早くっ！」

香了は白虎の首の後ろに回り込み、その大きな頭部を抱えるようにして両手で抱き上げる。

「雷に打たれたんだ！　このままここに放っておけば死んでしまうよっ？　皆が手伝ってくれないなら、僕が一人で運ぶっ……！」

「わ……分かりました、お手伝いいたしますっ。少しお待ちくださいっ……」

戸惑《とまど》っていた庸良が焦《あせ》った声で言い、意を決したように踵を返して走り出した。

「おーい、皆っ!!　手を貸してくれーっ!!」

大声を上げて村の中心へ向かった彼は、すぐに十人ほどの男たちを連れて帰ってきた。

彼らに手伝ってもらい、香了は、二十数軒の小さく古い家が立ち並ぶ村の最奥にある、自分の家へと、白虎を運び込むことができたのだった。


翌朝、入り口の引き戸の隙間から差し込んでくる眩しい朝日で、香了はふっと目を覚ました。

春になったとはいえ、山奥の朝方は冷える。いつもなら、土間から一段高いところに造られた板間の上で寝ているとき、薄い布団一枚を被《かぶ》っているだけでは、ぶるっと震えて目覚める。

だが、今朝は肌寒さを感じるどころか、まるで陽だまりの中にいるかのように温かい。

なぜこうも、ぬくぬくと温かいのか。まだはっきりとは覚醒《かくせい》していない頭で、ぼんやりと考えていると、目の前にふわふわと白い毛が揺れるのが見えた。そして、自分がとても大きくてやわらかな獣――白虎の背中に埋まるようにして寝ているのに気付く。

（あ、そうか……。昨夜、この白虎を介抱《かいほう》して、そのままいっしょに寝たから……?）

昨日の夕方、家の近くで雷に打たれた白虎を見て――。

家へ運び入れ、土間から上がったところにある板間に、藁《わら》を厚く敷いて寝かせた。

ぐったりと横たわっていた白虎の濡れた毛を乾いた布で拭《ふ》き、囲炉裏《いろり》に火を入れて、土間の他には小さな部屋が二つあるだけの家の中を暖めた。

その後、白虎の大きな身体にそっと薄い布団を掛け、香了は彼に寄り添って眠ったのだった。

今、頰に触れる長く白い毛は、もう完全に乾いている。白虎の身体も冷えていない。

香了はホッとし、藁の上で静かに身体を起こした。

隣でよく寝ている白虎の安らかな顔を見下ろしながら、その背中を手のひらで一度撫でる。

（そうだ……。もう少ししたら、目が覚めるかもしれない。そのときのために、なにか食べるものを用意しておこう……！）

香了は板間から土間に降り、玄関のそばにある炊事場へ向かった。

米を大きな黒い鉄製の鍋《なべ》で煮て、白粥を作る。

出来上がったそれを板間の方へ運び、囲炉裏に吊り下げた。

長い木製の杓子《しゃくし》で鍋の中をゆっくりと掻き回していると、すぐそばの藁の上で寝ていた白虎の肩が、ピクッとわずかに動く。

「あ……？　起きた……？」

香了は杓子を鉄鍋に立てかけ、白虎の方へ微笑みを向けた。

「グゥッ……？」

目を覚ました白虎の鋭い目が、囲炉裏の前に座る香了を見上げる。

「グルゥ、グウウウッ……！」

低く唸《うな》るように鳴く白虎。薄い布団を被った上からでも、全身が緊張しているのが分かった。

香了のことを警戒している。目覚めたら、突然、知らない場所にいて、そばに知らない人間がいるのだから、それも当然だろう。

「あ……だ、大丈夫だよ、そんなに怖がらないで」

香了は怯《おび》えさせないよう、白虎の方へ身体を向けて、できるだけゆっくりと話しかけた。

「覚えている……？　昨日の夕方、お前は雷に打たれて。意識を失って……でも、幸運なことに命があったから。こうして、ここに運んだんだよ」

「……」

「回復するまで、休んでもらおうと思って。僕の家に……」

「グ……グウウッ」

白虎は小さな家の入り口の方を睨《にら》み、黒い鼻先をピクピクと動かしている。昨夜から外に立って見張りをしている男二人の、匂いと気配に気付いたようだ。

昨日の夕方、村の皆は、香了が白虎を家で介抱することを、戸惑いながらも認めてくれた。

ただし、なにか危険なことがあったときのために、との史紋からの提案で、見張りの者二人をつけることになった。彼らは、夜通し、香了の家の前に立っていたのだ。

香了は目の前の白虎を安心させようと、そのことを伝えた。

「この村には、他にも家が二十軒ほどある。七十人ほどの人間もいるけれど……皆、お前を受け入れてくれているよ。誰もお前に危害を加えたりしないから、安心して」

「ググゥ……」

「ほら、こうして朝ご飯も用意していたんだ。お腹空いているよね？　食べて」

香了は再び木製の杓子を手にし、運んできてあった大きめの椀《わん》に白粥をたっぷりとよそう。

「そうはいっても、人間の食べ物だから……。虎の口には、合わないかもしれないけれど」

「グ……？」

伏せの体勢を取っている白虎が黒い鼻を少し持ち上げ、ピクンと動かした。

白粥の匂いにつられるようにして、のっそりと四本の脚で立ち上がる。しばらくは、太い前脚を前に出したり、引っ込めたりして躊躇《ちゅうちょ》していた。

迷いを見せている白虎の前で、香了は椀を両手で持ち、何度か息を吹きかける。

「ちょっと待って……こうやって、少し冷ました方がいいから。火傷《やけど》しないように」

「……？」

「さあ、どうぞ」

香了はにこりと微笑み、椀を自分から少し離れた前方へそっと置く。

白虎はジロジロと何度も、椀と香了の顔を交互に見比べた。

それからようやく、のそりと一歩を踏み出す。まだどこか警戒した様子ではあるが近付いてきて立ち止まると、椀の中の白粥を、ペロ、ペロ、と一舐めした。

続けて、大きな赤い舌でペロペロ、と勢いよく食べ始める。

（あ……ああ！　食べてくれたっ……！）

椀の中の白粥は、最後の一滴まできれいに舐め尽くされた。

香了がお代わりを用意すると、白虎は二杯目もあっという間に空にする。香了はさらに杓子で白粥をよそい、三杯目を差し出した。

「昨日の夕方からずっと寝ていたから、お腹が空いているんだね……？　たくさん作ったから、いくら食べても大丈夫だよ」

「グル……」

白虎は結局、大きな鉄鍋の白粥をほとんど空にして、ようやく満腹になったようだ。

椀を鼻先で押し、もういい、と言うように香了の方へ返してきた。それから、先ほどから白粥を食べていたその場所にどっかりと座り込み、ペロペロと前脚の毛繕いを始める。

満足そうに目を細めて、まるで大きな猫が目の前にいるかのようだ。

その姿からは全《まった》く恐ろしさを感じられず、香了はほのぼのとした気持ちになる。

「美味《おい》しかった？　虎に白粥なんてどうかと思ったけど、気に入ってもらえたみたいだね」

「グウッ……！」

返事をするかのように、白虎が頭をゴツン、と座っている香了の膝にぶつけてきた。

「わっ？」

勢いに押されて後ろに倒れそうになり、香了はあわてて体勢を立て直す。

「グウ、グウウウッ……！」

白虎は喉を震わせて甘い声で鳴き、香了の腰や胸にスリスリと頬を擦りつけてきた。

香了は相手が猛獣ということも忘れて、おずおずとその喉を撫でてみる。

（うわぁ……！　なんだか、すごく懐っこい！　まるで、大きい猫みたいだ、可愛いっ……！）

じっと見上げてくる白虎の双眸《そうぼう》に、しかし、香了はふと目を止めた。

白虎の鋭い瞳は、深く美しい紫色に輝いている。

「あれ……？　お前の瞳って、こんな色だった？　確か、昨日雨の中で見たときには、青色だったよね？　そもそも、白虎は普通、青い……というか、水色っぽい瞳をしているはずなのに」

香了はもう一度、白虎の瞳をじっと覗き込む。

「昨日、青だと思ったのは、見間違いかな……？　それとも……もしかして、雷のせい？　まさか『天帝の紫雷』に打たれたせいで、こうなったとか？」

「グル……？」

不思議そうに見つめ返してくる白虎に、香了は微笑んで説明を加えた。

「あ、お前は『天帝の紫雷』って知っている？　この地方に、この春の時期に落ちる激しい雷のことだよ。それを、僕たち人間がそう呼んでいるんだ」

「……？」

「『天帝の紫雷』には、昔からの言い伝えがあって……。『天帝の紫雷』に打たれても、命があった人間は……生き残った者は、いずれ将来、天下を取る、って言われているんだ」

白虎が人の言葉を解するとは思えなかったが、香了は構わずに話し続ける。

「多分、この時期の雷が昔から、あまりに激しかったから。その強烈な雷に打たれて生き残る人間は、よほど稀《まれ》で幸運だっていう意味で……それで『雷に打たれて生き残った者は、いずれ天下を取る』なんて、言い伝えられるようになったんだろうね」

香了はそれまでの微笑みに、わずかな苦笑を混ぜた。

「とにかく、そういったとても特別な雷だったんだよ、お前が昨日の夕方打たれたのは……。だから、もしかしたらあの雷の影響で、瞳の色が変わったのかもしれないと思った。稲妻の色が今のお前の瞳の色と同じ、鮮やかで深い紫色だったから……」

「……」

「でも、そんなわけがないよね。うん」

香了は白虎に語りかけながら、自嘲《じちょう》して首を横に振る。

「僕は、なにを言っているんだろう……。『天帝の紫雷』が特別だっていうのは、ただ人間の世界で言い伝えられているだけで。虎のお前には、なんの関係もないのに……」

「グウ……」

「あ、そうだ。それより、体調はいいみたいだけど、もうしばらくここで養生《ようじょう》していきなよ。この家には、僕の他は誰も住んでいないから。気兼ねはいらないよ。何日か休んで、体調が万全《ばんぜん》に整ってから山へ帰ればいい。それまで、毎日白粥を作ってあげるから。ね……？」

「グウッ、グウウゥン……！」

突然、白虎がしきりに鳴き、座っている香了の膝に、額をゴツン、ゴツン、とぶつけてきた。

まるでなにか訴えようとしているかのようなその仕草《しぐさ》に、香了は戸惑う。

「……？　どうしたの？　あっ……？」

白虎の頭を撫でようとした、その瞬間――。

目の前に四本の脚で立つ白虎の、白い大きな輪郭《りんかく》が、ふわっとぼやけたかと思うと、香了の目の前で、白虎は見る見る人間の男性へと姿を変えていった。

（えっ……!?　えええええっ……!?）

目を大きく瞠《みは》った香了の前に、二十代半ばの一人の男性が姿を現した。

片方の膝と手を床について、板間に座っているような体勢。

なにも身につけておらず全裸で、肌は健康的な濃い色をしている。腕や脚といった箇所に、ほどよい筋肉がつき、硬い筋が浮いて見えた。

顔立ちは彫りが深く、男らしい眉が彼の精悍《せいかん》な印象を強めている。

艶《つや》のある黒髪の間から見つめてくる二つの瞳は、深く鮮やかな紫色をしていた。

「あ、あ、あ……えっ!?」

目の前で起こっていることが、全く理解できない。

ただ息を吞んでいるしかない香了の前で、不意に、男性の眉がぐっと深く中央に寄る。

「な……んだ、これは……？」

彼は板間に片手をついたまま、もう一方の手を開いて自分の方へ向けた。手を表に向けたり裏に向けたりして、しげしげと見下ろす。

「肉球がないぞ？　これは、人間の手……？　どうして、俺の手が……？」

男性は見つめていた自分のその手で、今度は、自らの喉を恐る恐るといった様子でつかむ。

「う……？　しかも、なんだ？　俺は今、人間の言葉を話しているのか……？　嘘だろう、こんなことがありえるのか……？」

男性は自身の変化を怪《あや》しんでか、呆然と眉を寄せたままだ。

だが、信じられないような光景を前に、嘘だろう！　と叫び出したいのは香了の方だった。

(う、嘘だっ……!!　今、白虎が、人間に……なった!?　い……いや、ありえない!!　これはきっと夢だ!!　そうに違いないっ……!!)

手の甲で自分の目を、何度も強くゴシゴシと擦ってみた。

だが、目の前に座っているのは、確かに『人間』の男性だ。白虎がたった今、その姿を変化させた黒髪の男性、その人で……やはりこれは現実なのだ、と思い知った。

「あ、あの……」

香了は唾をゴクリと飲み込み、おずおずと問いかける。

「あなたは、さっきの白虎……ですよね？」

「っ……」

「いったい、どうやってそんなふうに、人間の姿に……？」

「そんなの知るかっ！」

男性はぶっきらぼうに言い、香了を睨みつけてきた。

「俺にだって、わけが分からないんだっ！　なんだこれはっ？　俺はただ、お前の作った白粥が美味《うま》かったから、その礼を言おうとして……。だが、人間のお前に虎の言葉は通じないし、どうすればいいのかって考えていたら、いきなりこんなふうに身体が変化してっ！」

「え……そ、そう……だったんですか？」

「そうなんだっ！」

戸惑うばかりの香了に、彼は必死に訴えながらサッと青ざめる。

「まっ、まさか、俺は人間になってしまったのかっ？　この姿のまま、一生、元の白虎に戻れないのかっ？　ええっ？　おいっ？」

「と、とりあえず、落ち着いて……」

「これが落ち着いていられるかっ！　こんなのは俺じゃないっ！　どうにかしてくれっ！」

「そ、そんなことを言われても……。僕には、あなたがそうして人間の姿になった原因も分からないし、どうすることも……」

喚《わめ》いて取り乱したいのはこちらだ、と言いたかった。だが、その気持ちをぐっとこらえて、香了は胸にふと浮かんだ考えを口に出す。

「あ……もしかしたら、雷が関係しているのかもしれない。あなたが、昨日『天帝の紫雷』に打たれたから、それで……」

「っ？　『天帝の紫雷』……って、お前がさっき、言っていたやつかっ？」

男性は板間の床に両手をつき、ずいっと裸の上半身を近付けてきた。

「そ……そうです」

「その、てんてい、とかいう雷に打たれたら、虎は皆、こんなふうになるのかっ？」

「それは定かじゃないというか、本当のところは分からないけれど……」

勢いのある詰問《きつもん》口調に押されて、香了はタジタジになる。

「でも、そうじゃないかな、と思って……。というか、それ以外に、白虎のあなたがこうして人間の姿に変化したその原因が、考えられなくて……」

「あの雷が……？」

男性は香了の目をじっと見つめたまま、自分の中の記憶を手繰《たぐ》るようにブツブツと呟《つぶや》いた。

「そうか……。じゃあ、だから、さっき、虎の姿をしていたときも、お前が口にしていた人間の言葉を、全て理解できたんだな……」

「え……？」

「これまでは、白虎のとき、人間が話しているのを聞いても、全く意味が分からなかった。それなのに、今朝から……さっきから、全部分かるようになっていて、変だと思ったんだ。……なるほど、あの雷に打たれたのが原因だとすると、それも説明がつくな」

男性の言葉に、香了は目を瞬かせた。

「じゃあ……今朝から僕が言っていたこと、全部、理解していたの？　虎の姿をしていたから、てっきり、人間の言葉は通じないと思いながら、話していたけど……」

「ああ。まあな」

きっぱりと頷《うなず》いた男性は、香了から目を逸《そ》らさない。

「確か、お前はさっき……俺の瞳の色が紫に変わった、とも言っていたな……？　俺は今、自分で自分の瞳を見ることはできないが。それは、本当なのか……？」

「あ……うん」

疑いを含んだ口調の男性に、香了は深く頷いた。

「本当だよ。今も、すごくきれいな紫色をしている」

「っ……！」

小さな舌打ちを漏《も》らした男性が、やりきれない、とでも言うように肩でため息を吐く。

「本気で、本当なのかよ……！　じゃあ、まあ、仕方がないな……。あとで、瞳を、山の滝壺《たきつぼ》の水に映してみる。そうすれば、色を確認できるからな」

「うん、それがいいよ。……あと、いいことついでに、もう一つ、やって欲しいことがある」

香了はチラッと目の前の男性の全身を見てから、すぐにあわてて視線を彼の顔へと戻した。

「その……着物を着てくれないかな？　用意するから」

「『きもの』？」

「白虎のときは、毛もあるし、なにも着なくてもよかったかと思うけど……。でも、今は人間の姿をしているから。人間は、服を着ているのが普通で、だから……。ほら、僕が着ているのと同じような衣類のことだよ。奥に、大きいのがあるから持ってくるね」

男性からの返事を待たずに、香了は急いで膝を立てた。

板間の奥にある二つの小部屋のうち、一つへ向かう。その中にある箪笥《たんす》から、きれいに洗って保管してあった、亡くなった父親の着物を持ってきた。

立ち上がった男性は畳まれた着物を広げ、両手で目の前に掲げてまじまじと見つめる。

「これを着るのか？　人間みたいに？　なんだか窮屈《きゅうくつ》そうだな」

「きっと、慣れるとそうでもないよ。あ、でも、多分、だけど……」

香了は男性が着物を着るのを手伝い、腰帯まで前で締めてやった。

すらりと長身の彼には、同じく背が高かった父親の着物の大きさがぴったりだ。濃紺《のうこん》の着物を身につけた男性は、男らしさと精悍さがさらに際立って見えた。

「うん、これでいい」

香了は微笑んで頷いたが、男性は不満そうだ。両肘を回すように動かしている。

「やっぱり、窮屈じゃないか。人間って奴は、よく四六時中、こんなものを着ていられるな」

呆《あき》れたように言ったあと、彼は家の入り口の方をくいと顎《あご》でしゃくった。

「……それはそうと、こんな面倒な姿になっちまって……。もしずっとこのままだったら、どうするかとか、これから先のことも、落ち着いて考えないといけないし……。俺はそろそろ山へ帰ることにする。お前には、まあ、いろいろと世話になったな」

「え、もう……？」

突然、別れを切り出されて思わずそう返すと、男性が不審そうに眉を寄せる。

「……？　なんだ、その『もう？』っていうのは……？　介抱してもらって体調も元通りになっ

た。これ以上、俺がここに留まる理由がなにかあるか？」

「そうだけど……。でも、僕は、さっきも言ったように、何日か休んでから帰ればいいのに、と思っていたから。なんだか、残念だな、と思って……」

「残念……？」

男性はますますわけが分からない、といった顔で、香了をまじまじと見ていた。

香了は名残《なごり》惜しさをこらえ、苦笑を混ぜて微笑む。

「うーん、分かった……。でも、その姿で帰るなら、夜になってからの方がいいよ。昨日の白虎の姿で帰るなら、皆が知っているからいいけど……。その人間の姿だったら、知らない男が村にいるって思われて、皆に怪しまれるだろうから」

「む……？　そうか、なるほど……」

「夜になったら、家の周りの人払いをするよ。そのあと山に帰れば、なにも面倒はない」

「分かった。そうしよう」

提案を素直に受け入れて頷いた男性に、香了も笑顔で頷き返した。

その夜、もう一度、白粥を作って男性に振る舞ったあと、香了は家の周りの人払いをした。

そして月が夜空に高く昇った頃――――。濃紺の着物を身につけた本性《ほんしょう》は白虎の男性を、こっそりと家から送り出し、村の裏手にある山へと帰らせたのだった。

2. 白虎の訪問

白虎が去ってから三日後――。その日は、めずらしく前日に激しい夕立がなく、地面が濡れていなかった。川岸での薪《まき》拾いには、最適の日だ。

朝食後に一人で出掛けた香了が、薪拾いを終えて村に帰ってくると、昼少し前になっていた。

ようやく、背中に積んだ重い薪を下ろせる。香了はそう思ってホッとしながら、川から村の裏手へと上がる山の斜面を、ゆっくりと上っていった。

斜面を上がりきった場所に、二本の大木が向かい合っている。

村の裏門のように見えるそれらの一方に、若い男性が一人、寄りかかって立っていた。

「あ……」

二十代半ばくらいの彼は、艶やかな黒髪で、すらっと背が高い。濃い小麦色の肌に、濃紺色の着物をまとっている。広い胸の前で組んだ腕は逞《たくま》しく、全身にほどよい筋肉がついていた。

近付いていくと、彫りが深く、精悍で野性味のある顔立ちがはっきりと分かるようになる。

その深く美しい紫色の瞳を見たとき、香了はうれしさのあまり、ダッと駆け出していた。

(やっぱり! あの人は、この前の白虎っ……?)

山道を上がりきり、息を弾ませて目の前に立った香了に、黒髪の男性はボソッと呟いた。

「よう。この前は、世話になったな」

「どうしたの? どうしてここに……?」

ぶっきらぼうな物言いの男性に問うと、彼は少し照れくさそうに視線をすっと逸らす。

「ああ、まあ、だから……改めて、礼くらいは言っておかないとな、と思って……。この前は俺も自分のこの姿に驚いていたから。夜、お前の家を、礼も言わずに出ただろう？」

「……？　そうだっけ？」

「そうだったんだ」

男性は腕組みを解かないまま、真面目な顔つきで、うんうんと何度も深く頷いた。

確かに、三日前のあのとき、男性は――いや、本性は白虎の彼は、自身の変化に驚いて動揺していた様子だった。だが、今はずいぶんと落ち着いている。

表情も話し方も、どこかぶっきらぼうではあるが、以前と比べればとても穏《おだ》やかだ。

彼の虎としての実年齢は知らないが、人間としての見た目相応の態度といえる。まだ十七歳の香了からすれば、男らしい艶をまとった『大人の男』という印象を受けた。

（もう二度と会えないだろうな、と思っていたのに……。この不思議な白虎に、またこうして会えるなんて。よかった、すごくうれしいっ……！）

自分に会いに来た、という彼の言葉でうれしさが募《つの》り、思わず声が弾んだ。

「あれから、身体の調子はどう？　どこもおかしくない？」

「ああ……まあ、以前と変わらない。最初は、この姿にかなりの違和感があったが……。この三日間で、二本足で歩くのにもだいぶ慣れた。ああ、虎の姿にも戻れたぞ」

男性はどこか自慢げに、片方の唇の端を上げてみせる。

「どうやら俺は、自分の意思で、虎の姿にも人の姿にも変われるようになったようだ」

「そうなんだ？　よかった……」

香了は心から安堵《あんど》し、ホッと息を吐いた。

実は、三日前の夜に別れてから、気になっていたのだ。もし、もう二度と元の姿に……白虎の姿に戻れなかったら、白虎にとってかなり大変なことだろう、と。

「ところで……お前は、なにをしていたんだ？　その木の枝は……？」

男性はじっと、香了の背負っている薪を見つめる。

「あ、ええと。薪拾いだよ。もう終わったけど」

「『まきひろい』？」

「囲炉裏で燃やす、こういった木の枝を……『薪』を川辺や山の中で拾うんだよ」

香了が自分の背中の荷を目で指すと、男性はすぐに納得したというように頷いた。

「そういえば、人間は火を使って暖《だん》を取っていたな。それに、料理をするのにも火を使う」

「そうそう」

「重いだろう？　俺が持ってやるから、いっしょにお前の家へ行こう」

男性は胸の前の腕組みを解き、香了の背中から荷を奪おうとする。

「え？　いいよ。家はすぐそこだし、いつも自分で持って……あ」

「いいから、貸せ」

男性は強引に香了の背中から荷を下ろさせ、それを片手に提げて歩き出した。

彼は、村の裏手からすぐそばの、香了の小さな家へと向かう。

男性の姿を、誰かに見られるかもしれない。そうなったらなんと説明すればいいだろう。そう恐れながら彼の背中を追ったが、幸い、誰にも会わずに家の前に着いた。

香了が指示し、薪は玄関の横の軒下に下ろして積んでもらった。

「ありがとう」

礼を言った香了の前で、男性は首を横に振る。

「お前が礼を言うな。……これは、この前の、俺からのせめてもの礼なんだからな。なんだっけな、そうだ……あの美味い『白粥』とかいうやつの礼だ」

「そんなのはいいんだよ。あ、こっちに座ろう」

香了は男性を家の裏庭の方へと促《うなが》し、並んだ切り株の上に、向かい合ってそれぞれ腰を下ろした。その裏庭なら、木々の茂った葉に隠れて、二人の姿は他の村人からは見えない。

「本当に、また会えてよかった……」

香了は座るとすぐに、弾んだ心のままに男性に微笑みかける。

「会いに来てくれてうれしいよ。あんな……雷に打たれたうえに、人間の姿に変化してしまうなんて、すごく大変なことがあって……。どうしているのかな、って、この三日間、ずっと気になっていたんだ。身体は平気かな、気持ちも混乱しているんじゃないかなって」

「そうか……」

大きな切り株にどっかりと座った男性は、まじまじと香了の顔を見つめてきた。

「しかし、お前は、動《どう》じない奴だな」

「え……？」

「そうだろう？　俺に会えてうれしいとか、そんなことを言うなんて……。普通は気味悪がるだろう？　俺のこの姿は、虎が人間に変化しているんだぞ？　こんな奴のことなんて……」

戸惑う香了に、男性は自嘲するように呟く。

「おまけに、一晩でこんなふうに目の色まで変わって。気味悪くないわけがないだろう？」

「……？　気味が悪いなんて、そんなふうには思っていないよ」

香了は男性の言葉に驚き、目を瞬かせた。

「虎から人間に変化できるのは、すごく不思議だとは思うけど……。でも、きっと三日前のあの雷に……『天帝の紫雷』に打たれたのが、原因なんだろうから。気味悪いどころか、神がかっていてすごいなって思うよ。それに、青色から変化したその紫色の瞳は……すごくきれいで、神秘的な色で、素敵《すてき》だなって思う」

「……『きれい』？　『神秘的』……？」

男性は香了の言葉が意外だと言わんばかりに、深い紫色の瞳をわずかに瞠る。

「本当に、俺のことを……そんなふうに思うのか？」

「うん、もちろん」

香了はにこりと微笑み、ゆっくりと頷いた。

「『天帝の紫雷』に打たれて人の姿に変化できるようになった、不思議な白虎。そんなあなたを、他の誰でもなく自分が介抱できたことも、すごく名誉で、誇らしいことだと思っている」

「『名誉』？　『誇らしい』……？」

男性は、まるで眩しいものでも見るかのように、じっと香了を見つめてくる。

彼がしばらく黙っている間に、二人のいる裏庭を、春の爽《さわ》やかな風が吹き抜けていった。

静寂の中、その風に、周りに立つ木々の緑の葉がサワサワと揺らされる。男性の黒髪もいくらか乱されたが、彼はそれを指で直したあと、再び口を開いた。

「決めた」

男性は、きっぱりと宣言するように言う。

「俺は今日から、ここに住む」

「え……？」

香了はよく意味が分からず、何度か瞬きをした。

「今、『ここ』って言った？」

目の前で朗《ほが》らかに微笑んでいる男前を、まじまじと見つめる。

「ここ、って……。もしかして、この村に住みたい、ってこと……？」

「……？　なにを言っている。『ここ』と言ったら、お前の家に決まっているだろう」

「えっ!?」

香了は大きく息を呑み、困惑の気持ちで問いかけた。

「ど……どうして、僕の家に？」

「お前はどうして、そんなに焦っている？」

男性は不審そうに首を傾げ、香了の家の方をチラッと見る。

「この前、山へ帰るときに、お前は俺に言ったじゃないか。もっと、この家に長い間滞在して養生していけばいいのに、と……」

「そ……それは、そうだけど」

「それに、そのとき、一人暮らしだとも言っていた。他に住んでいる者がいないなら、俺が今日からいっしょに住んだとしても、なにも問題はないだろう？」

「う……うん、まあ……」

男性の勢いに押される香了に、彼はさらに畳みかけてきた。

「俺は、突然、こんなふうに人間の姿にもなれるようになっただろう？　だが、人間のことをなにも知らない。だから、人間のことをもっと知りたいんだ。人間の生活様式や社会ってものを」

「人間のことを……？」

「そうしないと、この姿で過ごすときに、いろいろと不都合が生まれるだろうからな」

男性は、うんうん、と自分の言葉に深く頷いている。

「だからこれからお前と暮らして、人間のことを学びたい。よろしく頼むぞ」

「で、でも……」

男性が人間と同居したい理由は分かったが、なぜ自分と？　という疑問が残っていた。

「でも、どうして『僕』と暮らすなんて……？」

「お前は今、俺のことを『きれい』で『神秘的』だと言った。俺を介抱したことが『名誉』で『誇らしい』とも……。どうせいっしょに暮らすなら、そうやって俺のことを気に入っている相手とがいいに決まっているだろう？」

男性は香了を見つめ、屈託《くったく》なく微笑む。

「それに、俺の方もお前を気に入っている」

「え……」

「三日前のあの日、お前は、雷に打たれた俺を介抱してくれた。人間にとっては恐ろしい獣でしかないだろう、白虎の俺を……。そんなお前のやさしさを、俺は気に入っているんだ。お前があのとき助けてくれなかったら、俺は今頃、死んでいたかもしれない」

「そんな……僕は、特別やさしいっていうわけじゃ……」

あわてて首を横に振った香了を、男性は微笑みを消し、不思議そうに瞬きして見つめてきた。

「どうした？　うれしそうに見えないな。まさか、俺との同居が嫌なのか……？」

「嫌なんて……そ、そうじゃないけど。急なことで、ちょっと驚いて……」

香了は再び、首を千切《ちぎ》れんばかりに大きく横に振る。

「確かに、あの日から急に、そんなふうに人間の姿に変化できるようになったのなら……。人間のことを少しは知っておかないと、その姿で人間の中で過ごすときに、いろいろと不都合が出てくるよね……。分かった……じゃあ、しばらく、うちに住むといいよ」

「いいのか？　よかった！」

パッと顔を明るく輝かせた男性に、香了は、ただし、と付け加えた。

「でも、いちおう、村の皆に同居のことを知らせて……許可を得てからだよ？　しばらくの間かもしれないけど、あなたはこの村の一員になるんだから」

「なるほど……。人間は仲間と『群れ』で暮らすものだから、そういったことが必要なんだな」

男性はサッと素早く切り株から立ち上がると、香了の手を取ってその場に立たせる。

「それじゃ、さっそく、その許可とやらを得に行こう」

「え……？　い、今から……？」

微笑んだ彼に強く手を引かれて、香了は家の玄関の方へ向かって歩き出した。

「あっ、ちょ、ちょっと！　ちょっと待ってってば……！」

焦って引き留めたが聞き入れられず、結局、そのまま村の皆のところへ行くことになった。


その日の夜、香了は男性と二人で、板間に布団を並べて寝ることになった。

土間の奥には、小さいながらも個室が二つある。そこで別々に就寝してもよかったのだが、なるべく長くそばで過ごして、人間の生活様式を早く理解したい、と男性が言った。

彼の望みを叶え、板間に布団を二組敷いたのだった。

「それじゃ……。これから、よろしくお願いします」

香了は自分の布団の上に座り、目の前に胡坐《あぐら》をかいた男性に向かって深々と頭を下げる。

「こんな小さな家だけど、自分の家だと思ってくつろいで過ごして」

「ああ、俺の方こそ……」

男性は精悍なその頰を緩め、うれしそうに微笑んだ。

「しばらくの間、どうかよろしく頼む」

「うん」

「俺の人間としての名前も決まったし、明日からいよいよ人間としての生活が始まるんだな」

感慨深そうに深く息を吐いたあと、男性は幸せそうに頷く。

「『白皇虎《はくおうこ》』。白皇虎、か……。うん……音もきれいで品がいいし、気に入った」

「よかったよ、気に入ってもらえて」

香了は男性と、布団の上で微笑み合った。

「白皇虎……って、天帝の紫雷に打たれても生きていたあなたに、ぴったりの名前だと思う」

「まあ、俺のこんな変化が、本当にあの『天帝の紫雷』とかいう雷のせいかは、分からないがな」

「僕はきっと、あの雷が原因だと思うけど……。あ、でも、そうだったら、白皇虎が言い伝えどおり、天下を取ることになるのかな？」

「まさか。俺は虎だぞ？　人間の世界のことは、俺には関係ない」

白皇虎という人間名を持つことになった男性は、濃い肌色の頰に苦笑を浮かべる。

「とにかく、お前のおかげで全て順調にいった。礼を言うぞ、香了」

「そんな……とんでもないよ」

首を横に振った香了は、昼間の出来事をぼんやりと頭の中で思い出した。

昼間、話をしてからすぐに男性に手を引かれ、皆に同居の許可をもらいに行くことになった。

そのときに、男性に人としての名前がないことに気付いた。

村の皆に紹介するときにも、これからいっしょに暮らすのにも、名前はあった方がいい。そう思って、皆に会う前に、香了が急遽《きゅうきょ》、彼の名前を考えた。

天帝の紫雷に打たれて生き残った者は、将来、天下を取る――。

つまりは、国を統一して次の皇帝になる、ということだ。雷にまつわるその言い伝えと、男性の本性が白虎であることから、香了は『白皇虎』という名前を思いついた。

男性が気に入ってくれたので、その名前に決定した。

そのときに、香了は自分の名前も、初めて彼に教えたのだった。

(それにしても、村の皆がすんなりと同居を許してくれて、本当によかった……)

今日の昼、二人でまず訪ねたのは、長老的な立場にある史紋の家だった。

彼に頼んで、七十人ほどの村人を広場に集めてもらった。そして、香了はそこで、皆にこれまでの男性との……白皇虎との関わりと事情を全て話し、同居の許可を求めた。

目の前の男性が、三日前に雷に打たれた白虎だということを、皆は信じられないようだった。

ましてや、彼がそうして人間の姿に変化できるようになった原因が、おそらくあのとき『天帝の紫雷』に打たれたからだ、などと……。

ありえないと言い、信じようとしない。そんな皆に、香了は白皇虎の変化《へんげ》の力を披露《ひろう》させた。

目の前で、実際に変化の様子を見て、村人たちはようやく、白皇虎と名付けられたその白虎が超常的な力を持っていることを信じるようになってくれた。

最初に同居に賛成してくれたのは、史紋だ。

『旦令様から御養子のお話が来たこの時期に、このように不思議な力を持った者が、香了様のおそばに現れるとは……。私はそのことに、強い縁のようなものを感じます。……この者は、虎ではありますが、天帝の紫雷に打たれながらも生き残ったとか。そのような者が香了様のおそばに来たのも、なにか特別な天の采配《さいはい》であるとしか思えません。もしかしたら、香了様が近いうちに我々の長年の悲願である旧王朝の復活を、成し遂げる……。その前触れなのかもしれません。なんにしろ、その白皇虎という者をおそばに置くのは、縁起がいいように感じます』

彼がそんなふうに言ってくれたおかげで、村の皆もあとを追うように賛成してくれた。

ただし、村の存在そのものやここでの生活の様子を、外部に漏らさないことが条件となった。

『どうして秘密なんだ？』

白皇虎は首を傾げたが、すぐに了承して頷いた。

『まあ、俺も自分のねぐらを他の奴に知られて荒らされるのは、嫌だからな……。分かった、この村のことやここで見聞きしたことは、他言はいっさいしない』

『では、我々も……不思議な力を持つ白虎について、口外しないようにいたします』

交換条件のような約定が結ばれて、白皇虎は村で暮らすことを許された。

その後、二人で家に帰ってから、香了は、家の部屋や道具の使い方を白皇虎に教えた。

村のことについても、簡単に話した。

自分たちは、三十年前に遠い土地からこの地に移ってきた。そのため、内部の結束が強く、外部とはほとんど交流のない生活を送っている。少し閉鎖的で特殊な村なのだ、と。旧王朝との関わりにはいっさい触れず、村の現況についてだけを伝えた。

香了はこの村で生まれ父母と暮らしていたが、二年前に二人とも亡くなったことも話した。単独行動を主とする虎であるせいか、白皇虎は集団や村にあまり関心がないようだった。

それから香了が作った夕飯を食べ、今に至る。

「それじゃ、そろそろ寝ようか」

香了は膝立ちで燭台《しょくだい》に近付き、手をかざして火をふっと吹き消した。

白皇虎と並べた布団の中に入り、上掛けを肩まで被る。

隣の白皇虎にも、事前にそうして寝るように教えてあった。その甲斐《かい》があったらしく、彼も布団の中で同じようにする気配がする。

暗闇に目が慣れてくると、隣に寝ている白皇虎からじっと見つめられているのに気付いた。

「っ……?」

「香了……お前は、やさしくていい奴で。それから……やっぱり、お前はきれいだな」

身体を香了の方へ向けている彼は、男らしいその目をうっとりと細める。

「この前初めて会ったときから、きれいだと思っていた。こういう気持ちを、なんて言えばいいのか分からないが……。このまま、お前をずっと見ていたいような、そんな気分で……。実を言うと、この三日間、お前のことが頭から離れなかった」

「……？」

「ここに戻ってきたのも、どうしてもお前にもう一度会いたい、と思ったからだ。お前とこうしていっしょに暮らせるようになって、俺はとても満足している……」

「え……？　白皇虎、それはどういう……？」

香了が意味を問いかけようとしたときには、白皇虎は目を閉じて寝息を立て始めていた。

彼が口にした言葉を、香了は頭の中で何度か反芻《はんすう》してみる。

（ん……？　今のは、どういうこと……？　ここで暮らしたいって望んだのは、人間のことを僕のそばで生活して詳しく知りたいからだ、って。昼間はそう言っていなかった……？）

もしかしたら、寝入り際で、白皇虎は少し寝惚けていたのかもしれない。

それで、意味の繋《つな》がらない支離滅裂《しりめつれつ》なことを、つい口にしてしまったのか。もしそうなら、あまり気にしない方がいいだろう、と香了は思った。

（でも、きれい、なんて……。他人からそんなふうに言われたのは、生まれて初めてだな……）

なぜか心が弾み、照れくささで頬がほんのりと熱くなってくる。

布団の中で自然と微笑みながら、香了はすうっと深い眠りに引き込まれていった。

翌朝、目を覚ますと視界に白いものが広がっていた。

まだ眠くぼんやりとした頭で、これはなんだろう、と考える。同時に、身体がふわふわのやわらかなもので包まれているのを感じた。夜着を通して、じんわりと温《ぬく》もりが伝わってくる。人の体温よりもわずかに高いそれに、香了はうっとりと全身で浸った。

（ああ、温かい。それに、やわらかくて……最高に気持ちいい！）

再び眠りに引き込まれそうになったとき、頬をペロッと濡れた熱いもので舐め上げられる。

ハッとして目を開けた香了の前に、大きな白虎の顔があった。黒い鼻、口は大きく、そこから太く尖った牙がはみ出し、たった今香了の頬を舐めたらしい赤い舌も覗いている。

獣のものの鋭い瞳は、深く美しい紫色だ。

白虎の――白皇虎のどっしりとした身体は、香了に寄り添い、横から抱くようにして板間に敷いた布団の上に寝そべっている。

（あ、そうか……。僕は昨夜から、白虎と……白皇虎と、家でいっしょに暮らすことになったんだ。でも、あれ……？　どうして同じ布団に寝ているんだろう……？）

ふわふわの大きな白虎は、香了が起きたのに気付くと、その姿を人間へと変えた。

濃い小麦色の肌を持つ一人の男性が、香了のそばに寄り添って身を横たえる。先ほどまでの白虎と同じように、敷き布団の上で、香了の顔をじっと覗き込んできた。

「白皇虎、おはよう」

「ああ」

爽やかに微笑んだ彼のその精悍な顔立ちに、香了は思わず見惚れそうになる。

男らしく整った眉、すっときれいに通った鼻筋。広い肩と厚く引きしまった筋肉のついた胸から腰にかけては、白虎の姿のときのしなやかな獣の身体を彷彿《ほうふつ》させる。

ただの大型の肉食獣ではなく、奥深い山に住む神獣――。

それがそのまま人へと姿を変えたかのような、野性的で神秘的な魅力を、人間の姿に変化したときの白皇虎は全身にまとっていた。

「真夜中に起きたら、家の中が少し冷えていた。お前が寒そうに布団にくるまっていたから、温めてやろうと思って……。虎姿の方が、お前が温かくていいかと思ったんだが」

「……」

「嫌だったか？」

白皇虎は真剣な眼差《まなざ》しと、神妙な顔つきで問いかけてくる。

「ううん。そんな、嫌なんて……。ありがとう」

香了は白皇虎と横たわって見つめ合ったまま、にこりと微笑んだ。

「すごく温かかった。起きたときも、ふわふわの毛の中で……気持ちよかったよ」

「そうか？　気に入ったなら、毎日やってやる」

「ま……毎日はいいよ。気が向いたときだけやってくれたら、充分にうれしいから。あ……そうだ、お腹空いたよね？　朝ご飯を作るよ」

香了は笑顔で布団から抜け出て、板間の上で夜着から普段の着物へと着替える。

土間へ降りて炊事場へ行くと、同じように着替えた白皇虎がついてきた。

食事の作り方も覚えたいから朝食作りを手伝う、という彼の申し出を、香了は断った。

同居一日目の今日から、人としての生活のなにもかもを教えていては時間がかかる。今日一日でこなさなければならない香了の仕事が、全く終わらなくなってしまうからだ。

香了は、食事作りの代わりに、午前中に予定している畑仕事を手伝って欲しいと頼んだ。

白皇虎は素直に頷き、香了が朝食を作る間、板間の方から見学しているだけだった。

香了が手際よく短時間で作ったのは、炊いた白米と根菜の汁物、青菜と卵の炒め物だ。

土間にある四人掛けの卓台に、皿を並べて食べ始める。白皇虎は昨夜の夕食時と同じく、いたく感動しながら、箸《はし》を少し不器用に使って料理を口に運んでいた。

「この前の白粥といい、昨夜の夕食といい、この朝食といい……お前の作ったものは、なんでも最高に美味いなっ……！」

あまりに大仰《おおぎょう》な称賛ぶりに、香了は照れくさくなる。

「口に合う？　でも、虎は……生肉とかの方が、好きなんじゃないの？」

「そうだったはずなんだが、なぜか今はこういった人間の食べ物がとても美味いと感じる。もしかしたら、こうして人間の姿を取っているからか？」

「……？　人間の姿に、味覚も影響されるってこと……？」

「おそらくな、そのようだ」

白皇虎に箸の持ち方を教えたのは、昨日の夕食のときが初めてだ。

だいぶ苦労するだろうと予想していた。だが、彼はいくらか不器用にではあるが、すでに自由に箸を使いこなせるようになっている。その感覚のよさには、舌を巻くばかりだ。

二人で朝食を終え、しばらく休んだあと、家のすぐそばにある畑へ出た。

外は春らしい陽気で、美しい青空が広がっている。夕立がここ二日ほどはないことからも、雷雨の激しい時期がそろそろ終わりに近付いていると考えられる。

そこで、近日中に野菜の種蒔《たねま》きをしたい。その前に、畑の土を耕《たがや》しておきたいのだ。

香了と白皇虎は、二人で鍬《くわ》をそれぞれ一本ずつ持った。

香了の家の十倍ほどの広さがある畑で、香了は土の耕し方を実践してみせた。それから、畑の中央から二人がそれぞれの両端へ向かって後退する形で、土を耕していくことにする。

「僕はこっちをやるから。白皇虎はあっちに向かって、耕していってくれる？」

「分かった」

香了の指示に素直に頷き、白皇虎が鍬を高く振るって土を耕し始めた。

自分も鍬を振るいながら、香了はチラッと前方の彼を見てみる。

慣れない農作業で四苦八苦《しくはっく》しているかと思ったが、白皇虎は鍬も箸と同じく、もうほぼ使いこなしている。両腕でしっかりと力を込めて鍬を振るうその姿は、なかなか堂《どう》に入《い》っていた。

（やっぱり、勘《かん》がいい。いや、感覚がいい、っていうのかな……？）

彼に負けないようにと、香了も作業に精を出した。

まだ昼には時間があるのに、今日一日かけて耕す予定だった分の、半分を耕し終えた。

「白皇虎っ、ちょっと休憩しようっ……！」

香了は鍬を持つ手を止め、三十歩ほど離れた前方にいる白皇虎に、大きな声で呼びかけた。

先ほど作業を始めた畑の中央線まで戻ってきてもらい、そこで彼と向かい合って立つ。

「すごいよ……！　やっぱり、こういうことは二人でやると早いね。もう、今日予定していた仕事量の、半分を終えちゃったよ」

「俺はなかなか役に立つだろう？」

「うん、すごく」

青空の下、隣で香了と同じように鍬を土に立てた白皇虎に、香了は微笑んだ。

「それにしても、白皇虎は覚えが早いね。仕事も早いから、この分だと、お昼少し過ぎには今日の分の畑仕事が終わっちゃうかも……」

「こういうのは得意なんだ」

朗らかに笑う白皇虎が自慢げに頷き、香了は自分の額の汗を着物の袖で拭《ぬぐ》った。

「だいぶ汗をかいたね。今日は気温も高いし、あとで、川に水を浴びに行こうか……？」

「水浴び……？　香了……それなら、滝へ行かないか？」

白皇虎が急に、いいことを思いついた、と言わんばかりに、笑顔をさらに輝かせる。

「滝……？」

「ここからずっと奥へ行ったところに、大きな滝があるんだ。そこは水がすごくきれいで、俺が生まれてからずっとねぐらにしている洞窟《どうくつ》もあって……」

白皇虎は早口になって身を乗り出し、今にも香了の手を引いて歩き出しそうだ。

「今の時期は、きれいな花もたくさん咲いている。だから、これからすぐに行こう」

「へえ～……そんな滝があるんだ？　神獣って呼ばれる白虎が住む場所なら、きっとすごくきれいなところなんだろうね」

香了は猟のために何度も山の奥へ足を踏み入れたことがあるが、そんな滝は見たことがない。

ただ、村の裏手には川が流れている。もしかしたら、そのずっと上流に……山を二つほども越えた先に、ひっそりと隠れるように存在しているのかもしれなかった。

「それはぜひ、行ってみたいけど……。でも、これからすぐに、っていうのは無理だよ。今日予定している分の仕事は、きちんと終わらせてからでないと……」

「この畑のことか？　だったら、こうすればいい」

白皇虎が二人の周りに広がる畑をぐるりと眺め、すっと右手を肩まで上げる。

そして、その手を軽く、自分の前の空間を横に大きく撫でるように振り下ろした。

次の瞬間――まだ耕されていなかった畑の半分の土が、全て、地面から人の膝丈くらいの高さまで、ふわっと浮き上がった。

「えっ……!?」

大きく目を瞠った香了の前で、その浮き上がった土が、空中で一瞬にして細かくバラける。

次に、そのままバラバラバラッと音を立て落下し、畑の全面が鍬で耕されたような状態になった。

「い、今のは……？」

香了が恐る恐る隣を見ると、白皇虎がにこやかに微笑む。

「さあ、これで今日の仕事は終わった。すぐに滝へ行けるな?」

「っ……! 今の、白皇虎が……?」

「ああ、俺がやった」

白皇虎は片手を着物の腰に当て、満足そうに頷いた。

「でも、いったいどうやって? どうしたら、手も触れずにあんなことができるのっ?」

「うーん……それは、俺にもよく分からないんだが。なぜか急に、心の中で念じるだけで、こんなことができるようになった。あの『天帝の紫雷』とかいうのに打たれた日から……」

「ええっ!?」

「ねぐらの洞窟に帰ってから、自分がこんな不思議な力を使えることに気付いた。だが、力の加減が難しくてな……。それからの三日間、山の中で少しずつ、力を使う練習をしていたんだ」

白皇虎は香了に右手を見せ、手首から先を軽くクイクイと前後に振ってみせる。

「ほら……。こうやって手を軽く使ったりすると、力の調整が上手くいくんだ」

「……」

呆然と話を聞いていた香了は、ゴクリと唾を呑み込んだ。

「じゃ、じゃあ、白皇虎は……『天帝の紫雷』に打たれて、生き残って……。それで、人間の姿に変化できるようになっただけじゃなくて、そんな、まるで神様みたいな特別な力まで得たっていうこと……?」

「ん……？　本当にあの『天帝の紫雷』とかいうのが原因かどうかは、よく分からないが……。まあ、こんな力が使えるようになったのは、確かにあの雷に打たれた直後からだ」

白皇虎は笑顔のまま、うんうんと頷く。

「しかも、さっきこの畑の土にやったみたいに、物を好きに動かせるだけじゃない。俺は……風や、火や水も、自由に操《あやつ》れるようになったらしい」

「えっ……？　ほ、本当なのっ……？」

「ああ。見てみろ」

白皇虎は頷き、ますます呆然とする香了の前で、右手を上げて大きく横に薙《な》いだ。

「今から、風を起こす。あの洗濯物を、すぐに乾かしてやる」

「え……あ、わっ!?」

突然、香了たちの立つ場所を、ぶわっと強い風が吹き抜けていく。

家と畑の周りを守るように枝を広げて立っている高い木々が、突風で大きくしなった。ザザッと葉擦れの音が立ち、まるで山全体が吹き飛ばされそうなくらいに強い風だ。

「ああっ……？」

乱された黒髪を手で押さえた香了の目の前で、ゴオオオオと低い轟音《ごうおん》を立てるその風は、香了の家の外に立てられていた竹製の物干し竿を、勢いよく薙ぎ倒した。

干してあった着物や布といった十数枚が、全て地面に落ちる。

さらに、風は空へと向けて大きく渦巻《うずま》くように吹いた。その風に巻き込まれ、十数枚の洗濯物は土の上を引きずられるようにして、あちこちの方向へ散らばっていく。

風の強弱を、上手く制御できていない。このままでは、香了の家まで壊されるかもしれない。

香了はそんな恐怖に駆られて、悲鳴のように叫んだ。

「ちょ……ちょっと、やめて！　白皇虎、もうっ！」

「っ……！」

香了の隣に立つ白皇虎が、あわててもう一度、今度は手首を軽く捻《ひね》るように振る。

すると、すぐに風はピタリと止んだ。

木々のしなりと揺れも収まり、辺《あた》りに静寂が戻って、とりあえずホッと安堵した香了だった。

だが、散らばった洗濯物は遠目に見ても、土で汚れてメチャクチャになっているのが分かる。

「あれは……これから全部、洗濯のやり直しだね」

肩を落とすと同時に、長いため息が漏れる。

「すまない。風で乾かすだけのつもりだったんだが……まだ、力の加減が上手くできないな」

眉を寄せて悔しそうにしている白皇虎に、香了はもう一つため息を吐いた。

「今日は、ちょっともう滝には行けない……。洗濯のやり直しが、夕方までかかるだろうから」

「う……まあ、それは仕方がないな。こうなったのも、俺のせいだし……」

「じゃあ、鍬を家に戻して……散らばった洗濯物を、拾いに行こうか」

「ああ」

失敗したことで落ち込んでいるのか、白皇虎はすっかり意気消沈《いきしょうちん》している様子だ。

香了は白皇虎と並んで鍬を手にして家へと向かいながら、彼を元気づけようと微笑みかける。

「今日は、滝に行けなくて残念だったけど……。でも、近いうちに必ず行こうね。できれば一日かけてゆっくり出掛けたいから、なにも仕事がない日を選んで」

「香了……」

「楽しみにしているから。そのときには、白皇虎のねぐらも案内してくれるよね……？」

「あ……ああ、もちろんだ。任せておけっ」

白皇虎は一転して明るく顔を輝かせ、その足取りも一気に軽くなる。

彼に笑顔が戻ったことがうれしくて、香了も微笑んだ。


約束してから五日経《た》ったが、まだ滝には行けていない。

春は雨が多いが、農作業が忙しい時期でもある。耕した畑に野菜の種蒔きをしたり、草取りや水やりをしたり。例年どおりの仕事をこなしているうちに、あっという間に日々が過ぎた。

その日の朝早い時間、カタン、と玄関の方で音がして、眠っていた香了は目を覚ました。

「ん……？　白皇虎……？」

眠い目を手で擦りながら、板間に敷いた布団の上で上半身をゆっくりと起こしてみた。物音のした玄関の戸の内側に、背の高いすらりとした黒い人影が見える。

明るい朝日を背後から浴《あ》びた逞しい身体つきは、白皇虎のもののようだった。

「起こしたか。すまない」

彼は左の肩に、こんもりとした形の大きな布袋の荷物を担《かつ》いでいる。

「もっと静かに帰ってくるつもりだったんだが……」

「え、なに……？　こんなに朝早くから、どこに行っていたの……？」

香了は一段高くなっている板間から、彼のいる土間の方へと降りた。

夜着とその腰紐の乱れを直しつつ近付いていくと、白皇虎は炊事場の近くの床に、肩から大きな荷物をドサッと下ろした。

布袋の口が解かれて、中から現れたもの。

それは、すでに息絶えている小動物が十数体。ふわふわとした獣毛に覆われた、兎《うさぎ》や鳥だ。

「っ……」

突然、赤い血のついたそれらが目に飛び込んできて、香了は思わず息を呑む。

白皇虎はさも得意そうに、唇の端を上げて微笑んだ。

「夜が明ける少し前に、山へ狩りに出掛けたんだ。どうだ？　短い時間にしては、なかなかの収穫だろう？　虎の姿に戻れば、ざっとこんなものだ」

「狩りに……一人で？」

「この前、洗濯物をダメにした。その詫びと、ここで世話になっている礼だ。食ってくれ」

「そ、そう……。ありがとう……」

お前のために獲《と》ってきた、と言われて、香了は戸惑いながらも笑顔を返す。

「うれしいよ……。でも……こんなにたくさん、僕一人では、食べきれそうにないから。よければ、村の皆にも分けてあげていいかな？」

「……？　どうして、他の奴になんてやる……？」

香了の提案に、白皇虎は少し不機嫌そうな強い口調になった。

「俺たち虎は、食糧を仲間に分け与えたりしないぞ。もちろん、幼い頃は、母親に獲物を食べさせてもらったりはするが……。それは、あくまで家族の中だけでのことだ。俺もそのときは、まだ小さな子供……というより赤ん坊だった。そういう事情があったからで……」

「人間は、仲間と食べ物を分け合ったりするよ」

香了は人間のことを白皇虎によく知ってもらいたいと思い、丁寧に説明を加える。

「虎と違って、一人一人は非力だからね。皆で、できるだけ協力して生きていかないといけないんだ。皆、それを分かっているから、食べ物や幸せを分け合ったり、共有したりする」

「……」

「それに、こういったときに、他の人にも貴重な食べ物を分け与えるのは、大事なことだよ。そういったことの積み重ねが、いい関係を作っていったりするから。他人と良好な人間関係を築けたら、そこからお互いへの信頼も深まっていくものなんだよ」

「……？　『いい関係』？」

白皇虎は、いかにも呆れたと言わんばかりに片方の眉を上げた。

「そんなもの、生きていくのに必要ないだろう？　お互いの信頼とか、そんなのも、どうでもいい。そもそも命でも助けられない限り、他人を信用したりなんてしないだろう？」

「そういうものでもないよ。少なくとも、この人間の世界では……。お互いの命を救うとかそんな大仰なことをしなくても、日常の積み重ねだけでも、信頼は築《きず》いていけるんだ」

「……？　俺には、さっぱり理解できん」

白皇虎は自分の黒髪に手をやり、指を立ててガシガシと乱暴に掻いた。

香了の頭にふと、よい考えが思い浮かぶ。

「そうだ！　まだちょっと早いけど、これから白皇虎もいっしょに村を回って、二人でこの獲物を一軒一軒届けてあげようよ。きっと、皆喜ぶよ」

「はあっ？　なんで俺がっ……？」

頬を引き攣《つ》らせた彼に、香了は畳みかけるように言った。

「白皇虎は、まだそんなにこの村の人たちのことを知らないよね？　向こうも、白皇虎のことをよく知らない。お互いに知らない同士だから、これを機会に仲良くなれるといいかな、と思って……。白皇虎が山で獲ってきたものを分けてあげれば、皆はきっと白皇虎にいい印象を抱くよ。これから先、村の皆と、いい関係を築いていきやすくなる」

「だから、そういった『いい印象』とか『いい関係』とかは、俺には必要ない。さっきもそう言っただろう？　俺は、他者からどう思われてもいいんだ」

憮然《ぶぜん》としている白皇虎に、香了も負けずに言い返す。

「僕も、ちゃんと、さっきも言ったよね？　人間っていうのは、そういった日常の積み重ねが大事だ、って。人間としての暮らしを知りたいなら、まず一番に押さえておくべきことだよ……」

「むう……」

眉を寄せて黙り込んだ彼に、香了は、もう一押しだと思い、笑顔で誘った。

「ねえ、白皇虎、これからいっしょに行こうよ。ね……？」

「っ……ああもう！　面倒くさいな！　分かった、行く。いっしょに行けばいいんだろうっ？」

白皇虎は根負けしたように言い、肩で大仰にため息を吐く。

「ようするに、人間っていうのは……仲間に対して、母親みたいな無償のやさしさで接しないといけない、ってことだろ」

「そこまでとは言わないけど……。でも、理想を言ったら、おおむねそんな感じかな」

香了は白皇虎の了承を取りつけたことで、満足して頷いた。

ここのところ、外での農作業中に、通りがかった村の者と白皇虎が顔を合わせる機会も増えている。少しずつ話をするようになって、白皇虎は村の皆に自然と受け入れられつつある。

いい雰囲気になっているのがうれしい香了としては、ここでもう一押しが欲しいのだ。

(今回の獲物の件で、白皇虎がもっと村に溶け込めるようになるといいな……。だって、せっかく人間として、いっしょに暮らしているんだから……)

香了はさっそく白皇虎に出発を促そうとしたが、ふと思い止まって彼を見上げる。

「あ……そうだ。出掛けるなら、せっかくだからあれを着ていったらどうかな……？」

「うん。白皇虎は今まで狩りで山の中にいたせいか、今着ている着物も、土と枯葉で汚れていることだし……。ちょっと、こっちに来て」

「『あれ』……？」

「……？」

香了は家の奥にある小さな二つの部屋のうち、一方に白皇虎を招き入れた。

そこは壁の三面が天井までの本棚になっており、古い書物がぎっしりと並べられている。

父母が生きていた頃から、いわゆる書斎として使っている部屋だ。

その部屋にある書物は全て、三十年前に旧王朝が滅びて皇帝だった祖父がこの地に逃れてきたときに、都から持ち出してきたものだ。

大変に価値のあるもので、香了は四歳から十四歳まで、それらの書物を使って教育を受けた。

古くからの国の歴史や、軍事に関する事項、大国の頂点に立つ者に必要な帝王学。

それらを、旧王朝最後の皇帝の孫として――。将来、もし旧王朝を復活させることができたらその国の皇帝となるかもしれない唯一の皇子として、みっちりと勉強したのだ。

教育係として史紋が付きっきりで勉学の補佐をしてくれていた日々が、今は懐かしい。

「はい、これ」

香了は中央にある卓台へ近付き、そこにあった畳まれた着物を手にして白皇虎に差し出した。

「これは……？」

「白皇虎の新しい着物だよ」

戸惑いながら紫色のそれを両手で受け取った白皇虎に、にこりと微笑みかける。

「これまで白皇虎が着ていたものは、僕の亡くなった父のものだったから。せっかく人間として
この村で暮らし始めたんだし、新しいものがあった方がいいかな、と思って……。ここ何日か、
夜に白皇虎が寝てからしばらくの間、この部屋で僕が縫っていたんだ……」

「っ？　お前が……？　着物なんて、縫えるのか？」

「うん、もちろん」

わずかに目を瞠った白皇虎に、香了は頷いた。

「この村では、子供は皆、小さな頃からいろいろなことを……料理や裁縫、畑仕事とか、山での
狩りの仕方とかを、しっかり教育される。もしものときに、自分一人の力でも生きていけるよう
に……。そのおかげで、僕は二年前に両親を亡くしてからも、なんとか困らずに過ごしてきた」

「そうなのか……」

白皇虎は感心したように呟き、手元の着物をじっと見つめる。

「そういえば、お前はここのところずっと、夜になるとこの部屋に籠《こ》もっていたな」

「うん……」

「紫色か。きれいだ」

「白皇虎の瞳の色に合わせて、うちにあるものの中からこの布地を選んだんだよ。きっと、この
色が似合うと思って……」

白皇虎の着物を仕立てるのに使ったのは、旦令から援助された上等な綿《めん》の布地だ。

香了の村では、旦令から食糧や布地、農具といった援助の物資を届けてもらうと、それを各人にほぼ平等に分配する。父母が亡くなってからの二年間、香了は新しい着物を仕立てる気分にはならず、家には四着分ほどの布地が余っていた。

保管していたその中に、ちょうど白皇虎の瞳の色に似た、濃いめの紫色の布地があったのだ。

「着てみてもいいか？　今すぐに？」

白皇虎はうれしそうに声を弾ませ、着ていた着物を脱いで卓台の上にきちんと畳んで置く。

そして、新しい紫色の着物をきっちりと身につけた。香了がその着物に合わせていっしょに作っておいた黒い下衣も穿《は》くと、腰に片方の拳《こぶし》を当てて胸を張る。

「どうだ、似合うか？」

「わぁ……！　すごく似合うよ、うんっ！」

香了は感嘆の声を漏らし、何度もコクコクと頷いた。

新しい着物の紫色が、白皇虎の男らしい顔立ちをより精悍に、そして品よく見せている。

さらには、彼の男っぽく堂々とした立派な容姿に、包容力のある大人の男性のものの落ち着きと、知的で『人間らしい』雰囲気を加えていた。

瞳の深く美しい紫色と、着物の紫色が、お互いの色を引き立て合っているところもいい。

（やっぱり、僕の見立ては間違いなかった。こんなに似合って、白皇虎がこれまでよりもいっそう素敵に見える。なんだか、すごくうれしい……！）

心にジンと甘い喜びが広がるのを感じながら、香了は微笑んでいた。

「そうか、そんなに似合うか……」

白皇虎は幸せを噛みしめるように呟き、ふっと目を細める。

「決めた。俺はもう、これからはこの着物しか着ないぞ」

「え？　そ、そんなに気に入ってくれたの？　あ……」

白皇虎はすっと一歩前に出て、香了の両手をまとめて自分の両手でギュッと握った。

「香了……うれしいぞ。お前が自《みずか》らのこの手で、俺のために着物を……」

彼は甘く熱っぽい紫色の瞳で、香了を間近からじっと見下ろしてくる。

「……？　白皇虎……？」

白皇虎の迫るような熱の籠もった眼差しに、香了は息を呑んで戸惑うばかりだ。

（あ……どうして、こんな目で僕を……？）

瞬きを繰り返す香了を、白皇虎は微笑みを浮かべて見つめる。

「そうだ……今度、この前約束した滝へ行ったら……。そこで、お前に話したいことがある」

「話したいこと？　なに……？」

「だから、滝で話す」

「う、うん……」

白皇虎にきっぱりと甘い口調で言われて、香了は頷くしかなかった。

村の一番奥にある香了の家の前で、史紋はまず香了に向かって深々とその白い頭を下げる。

続けて、香了の隣に立つ白皇虎にも、同じように丁寧に頭を下げた。

「それでは……香了様のことを、よろしく頼みましたぞ」

「おう、任せておけ……！」

白皇虎は得意げに広い胸を張り、着物の上からそこを拳でドンと叩く。

一週間ほど前――白皇虎が大量の狩りの獲物を持って帰ってきてくれたあの朝、香了が手渡した、紫色の着物と黒い下衣。よく似合うそれらを身につけた白皇虎を促し、香了は迎えの馬車のうち後方の一台にいっしょに乗り込んだ。

今日は、二日前に急に決まった、旦令の居城を訪れる日だ。

旦令の養子であり一番の側近である西郭という三十歳くらいの男性が、予定どおり、朝食が終わってしばらくした頃に、王室の豪華な馬車二台で迎えに来た。

先導の一台には、西郭と、香了のもう一人のお付きとしてついてくる庸良が乗っている。

馬車が連れ立って村から山道に出るとすぐに、白皇虎が上機嫌で頷いた。

「あの史紋っていうじいさんは、いい奴だな」

香了と向かい合う席に座った彼は、黒い前髪の下で、深い紫色の瞳を楽しそうに細める。

「そういえば……以前、俺がお前といっしょに村で暮らしたいって言ったときも、あのじいさんが一番に賛成してくれた。それで、他の奴らも賛成に回ってくれて……。俺が今、お前の家にいられるのも、あの長老みたいなじいさんのおかげだな」

「うん……そうだね」

「あのじいさんとは、上手くやっていけそうだ」

白皇虎は史紋のことを、いたく気に入っている様子だ。

その理由は、一昨日に史紋が、今日の旦令の居城訪問にこうして白皇虎が同行することを許可してくれたから……いや、むしろ積極的に勧めて賛成してくれたから、ということが大きい。

（あのとき、まさか白皇虎が、お城についていきたいって言い出すとは思わなかった……）

都から村へ、旦令からの遣いである側近の西郭が来たのは、一昨日の昼頃だった。

西郭は、今日も馬車で迎えに来てくれた。幼い頃に孤児となり、旦令に引き取られて以来、ずっと彼のそばで学び、働いてきた。旦令は真面目で実直な西郭を信用して、香了たちの村の存在を明かしていて、村を訪ねてくるときもいっしょだった。今回、旦令から香了に養子となり跡継ぎとなって欲しいという話が出るまでは、いずれは西郭が実子のいない旦令の跡継ぎとなり、この西方の国の王となるのだろうと、周りの家臣たちは皆、思っていたようだ。

その、一番の側近である西郭を一人で遣いに寄越《よこ》し、しかも、必ず香了から直接返事をもらってくるように、と旦令が指示したという。その用件はというと――。

二日後、香了に彼の居城に来て欲しい、というものだった。

二十日ほど前の訪問時、旦令は、最近、天下統一のために隣国と協定を結んだと言っていた。

その隣国の王が今回、数日間、旦令の居城に滞在することになった。

いい機会だから、居城で香了と引き合わせたい、とのことだった。

そのときの西郭の口調からは、どうやらすでに隣国の王には、『旧王朝の末裔の皇子』である香了に旦令の城で会える、と伝えてしまっているようなのがうかがえた。

ここで断れば、旦令の顔を潰すことになる。そう考えた香了は、訪問を了承したのだった。

前回会ったときに、次回旦令に会ったら、彼の養子になる件も隣国の王に会う件も、きっぱり断ろう、と思っていたのに……。

仕方がないから、城に出向き、宴席に参加したらすぐに帰ってこよう。

そう考えて、その日、都へ帰る西郭を見送ったあと。

彼と話しているのをずっと家で聞いていた白皇虎が、自分もついていく、と言い出した。都は危ない場所のようだから、自分が護衛として同行する、と。

『村の者たちから、都は人がとても多いって話を聞いた。殺し合いや強盗まで起こるって言っていたぞ? お前がそんなところへ行くのに、俺が家でじっと待ってなんていられるかっ！』

彼は、どうしてもいっしょに行く、と言って譲《ゆず》らなかった。

一週間ほど前に、白皇虎が山で狩った獲物を、香了とともに村の皆の家に届けて歩いて。

そのことをきっかけとして、香了の思惑どおり、白皇虎と村人たちの距離がさらに縮まった。

今では、白皇虎は村の者たちから、都のことや、王や貴族や庶民といった人間社会での身分制度、市場でのお金を使った買い物の仕方など、広く様々なことを教えてもらっているようだ。

『俺の特別な力を知っているだろう？　きっと役に立つから、連れて行ってくれっ……！』

白皇虎の主張どおり、香了も、特別な『力』を持つ彼についてきてもらえれば、安心だった。

そこで、白皇虎を自分のお付きとして城へ連れて行くことを、史紋と庸良に許可してもらうため、香了はその二人にだけ、白皇虎の『力』を実際に目の前で見せることにした。

その結果、二人は白皇虎の同行に賛成してくれたのだ。

人間の姿に変化できるだけでなく、風や火や水といった自然のものを自由に使う白皇虎。数千人の力でも動かせないような重くて大きな物を、手も触れずに動かすこともできる。

そんな力を持つ白皇虎に驚き、史紋と庸良は彼を『神獣』と見なしたようだ。

まだ『充分に人間らしい』とは言えない白皇虎が、旦令の居城でなにか失礼なことをしないかという点については、不安が残りはするものの……。史紋などは、万が一のときには、ぜひその不思議な力で香了を守って欲しい、と何度も白皇虎に頭を下げて頼んでいた。

（ああやって、史紋が丁寧に僕のことを頼んだから……。それで、白皇虎は自分が認められたと思って、気をよくしたんだね。あれで一気に、史紋のことを気に入ったみたいだ……）

白皇虎は史紋のことを、話の分かる人間、と思ったようだ。

「ねえ、白皇虎」

香了は、悠々《ゆうゆう》と長い脚を組んで座っている正面の白皇虎に、苦笑いを向けた。

「史紋と仲良くなれそうっていうのは、それはそれで大事なことだし、いいんだけど……。でもその『じいさん』っていう呼び方は、ちょっと……考えた方がいいと思うんだ」

「じいさんはじいさんだろ」

白皇虎は、なにがいけないのか分からないというように、不思議そうに瞬きをする。

「それに、これまで俺はよく『じいさん』と呼んでいたが、じいさんはなにも言わなかったぞ」

「それは……無礼だと感じても、史紋が耐えてくれていただけだよ。本当は……きっと、あまりいい気持ちはしていないと思う」

「そうなのか？　それなのに怒らないなんて、人間っていうのは複雑な生き物なんだな」

さも感心したというように片方の眉を上げた白皇虎が、香了をじっと見つめてきた。

「複雑と言えば、お前もかなり複雑な奴だな……」

「え……？」

「二日前に、この国の旦令とかいう王から遣いが来たときに……。お前は、王に会うのは気が乗らない、と言っていたじゃないか。それなのに、結局は招待に応じ、こうして訪問している。会いたくない相手に、どうして会いに行ったりするんだ……？」

「それは……」

香了は先を言い淀み、しばらくの沈黙ののちに、再び口を開く。

「それには、ちょっと……それこそ、『複雑』な事情があって……いわゆる、義理とか……」

「事情？　義理……？」

「……」

昨夜のうちに、すでにその『事情』を白皇虎に話しておいた方がいいだろうとは思っていた。

香了は心の中で改めて決意を固め、正面に座る白皇虎を真剣な目で見つめる。

「白皇虎、その……これからお城に着くまでの間に、僕と旦令様とのこれまでの関わりを、白皇虎に話しておこうと思っているんだけど……」

香了は慎重に言葉を選びながら切り出した。

「その方が、お城に着いてから、白皇虎が、この国の王である旦令様の僕への丁寧過ぎる対応とかを見て、あまり戸惑わずに済むんじゃないかな、と思って……」

「……？」

「でも、ただ……僕がこれから話すことは、村の外の人には秘密にする、って約束して欲しい」

「ん？　ああ、また『秘密に』か？　それは構わないが……」

白皇虎はいきなりの話に戸惑いながらも、香了を見つめ返して頷く。

香了はそれをきちんと確認してから、自分の素性について話した。

自分が、旧王朝の最後の皇帝だった祖父の孫にあたること――。

そしてその旧王朝が滅んでから、一族と一部の側近や家臣たちが、どうやってこの地へ逃げ落ちてきたか。それから三十年間、この西方の国の先王だった旦令の父親や旦令本人と、どのような関わりを持って暮らしてきたか。

一年前に旦令の父親が亡くなってからも、息子の旦令はいろいろと世話を続けてくれている。

山奥で細々と暮らす香了たちにとって、彼からの金銭や物品の援助はありがたい。

そういった恩義があるから、二十日ほど前に、養子となって欲しいとか、天下統一の旗印となって欲しいとか打診されたときも、香了はすぐには断れなかったのだ。

そして今日も、こうして『気乗りしないが仕方なく旦令の居城へ行く』という複雑な事態になっている。そのことを、白皇虎に順を追って、できるだけ分かりやすく話した。

(白皇虎に僕たちの素性まで話すのは、まだ危険かもしれないけれど……。でも、話さないときっと、白皇虎はお城で戸惑う。どうして、一国の王の旦令様が、庶民の一人に過ぎないはずの僕に、すごく丁寧な対応をするんだろう、って……)

万が一、今日訪れた王城で、これはなにか裏があるなどと怪しんで、白皇虎がなにかの折にあの『特別な力』を使ったりしたら大変だ。

彼はまだ、あの力を上手く制御できていない。

旦令に怪我をさせるどころか、彼を殺してしまうような事態も起こりうる。

そんな危険を避けるために、香了は昨夜、今日城に着くまでの間に、白皇虎に旦令や隣国の王とどのような目的で会うのかまでを話しておこう、と決心したのだった。

(白皇虎の口から、僕が旧王朝の子孫であることが、外部に漏れる危険性も生まれるけど……でも、白皇虎は以前約束したとおり、村があそこにあるっていうことを、村の外で言い回ったりしていないようだし……。きっと、今回の件についても、秘密を守ってくれるはずだ……)

二週間ほどではあるが、白皇虎といっしょに暮らしてみて、香了は彼を誠実で信頼に足る相手だと思うようになっている。すでに、村の一員……いや、家族に近い存在だ。

だから、白皇虎を信じようと決め、思いきって全てを話すことにしたのだ。

（それに、白皇虎の本性は虎で……。今、人間のことを知ろうとはしているみたいだけど、もともと人間の社会には、あまり関心がないみたいだ……。旧王朝のことや、僕がその皇子だっていうことも、白皇虎にとっては大した意味はなさそうだし……）

香了の話を最後まで聞き終えた白皇虎は、わずかに眉間に縦皺《たてじわ》を寄せた。

「旧王朝の皇子？　お前が……？」

「うん……」

香了が肯定《こうてい》して頷いても、白皇虎は疑わしいと言わんばかりの目で見つめてくる。

「旧王朝の、ってことは……以前、この人間の国を統治していた皇帝の、その子孫で、皇子っていうことだよな……？」

「この国を統治していた、というか……この西方の国だけじゃなくて、今ある大小の十数ヶ国は全て、もともとは旧王朝の領土だったんだよ。最後の皇帝だった僕の祖父が、三十年前まで統治していた。旧王朝が倒れて、それ以降、今みたいにいくつもの国に分かれたんだ」

「じゃあ、よっぽどの大国だったんだよな？　そんな王朝の跡取りの皇子なら、お前はどうしてあんな山奥の村で、自分の手で畑仕事や料理なんてやっている？　しかも、古い小さな家に住んで……。皇族っていうのは、もっと、贅沢《ぜいたく》な暮らしをしているものじゃないのか……？」

「皇子といっても、今はなんの身分もない。庶民と同じなんだよ」

香了は白皇虎の素直な疑問に、苦笑して頷いた。

「それに、旦令様からの援助のおかげで、それほど苦労をせずに生活できているし……。村の皆もいっしょだし、今の暮らしで、僕は充分だと思っているよ」

「しかし、そうか。ふむ……なるほどな」

白皇虎は馬車の座席の上で、長い脚だけでなくその腕も胸の前でゆったりと組む。

「今の話が本当なら、これでようやく事情が分かった。一昨日からずっと不思議だったんだ。どうして一庶民のお前のところに、国の王から会いたいなんて遣いが来るんだ？　ってな。おまけにあの日、遣いの西郭とかいう男が、養子がどうとかっていう話もしていたし……」

「旦令様は、僕が旧王朝の皇子だから、養子にして跡取りに、と望んでいらっしゃるんだ」

香了の沈んだ声に潜《ひそ》んだ重苦しい気持ちを、白皇虎は鋭く感じ取ったようだ。

「なるほど……。お前は、その『養子』になるのが嫌なんだな……？」

「養子になるのが嫌というより、そのあと天下統一の『旗印』となるのが嫌なんだ」

香了は苦笑とともに話す。

「祖父の代からせっかく三十年も、山奥で隠れて暮らしていたのに……旧王朝の血が残っていることが、世の中に知れ渡ってしまう。そうなったら、いろいろ面倒なことになる。旧王朝の血を利用しようとする者が、必ず現れるから。自分の意思に反した形で、旧王朝の血や皇子ということを利用されるのは、僕にはとても耐えられないんだ」

「……？　お前たちが隠れて住んでいるのは、そういった奴らに利用されないためなのか？」

白皇虎に問われて、香了は深く頷いた。

「それもあるし、旧王朝に恨みを抱いている者たちの目から、逃れるためでもある。祖父が皇帝だった時代に投獄された者や、処刑された者の家族は、今も旧王朝を深く恨んでいる。大国が滅んで三十年経ってもまだ、生き残りの僕たちを探し出して復讐したいと思っているだろうから」

「だから、最初にあれだけ強く、俺に『村のことを他言《たごん》するな』と言ったのか」

白皇虎は納得したというように頷いたあと、しばらく考え込んでからまた口を開く。

「じゃあ、今日会う旦令とかいう王もそうか？　お前の血を利用しようとして……」

「それは……多分、違うよ」

香了は首を横に振った。

「旦令様は、そういった方じゃない……。僕を利用して、私利《しり》を得ようとはしていない。ただ早く天下統一を成し遂げて、長年の戦ばかりの生活に疲れきっている民たちを救いたい、という純粋な気持ちから、今回動くことにしたんだと思う。そのために、僕に養子になっていっしょに天下統一をして欲しいって、望んでくださっている……」

旧王朝の血を引く皇子の自分が、旧王朝を取り戻すために戦う――――。そう宣言すれば、大義名分ができる。天下統一がやりやすくなるからだと、香了は白皇虎に説明した。

「でも、僕は……天下統一とか、そういったことを自分の手でしたいとは思っていないんだ」

香了は正面の白皇虎の顔から脚へと、視線をゆっくりと逸らす。

「村の皆は、いずれ僕に旧王朝を復活させて皇帝になって欲しい、と望んでいる。そんな皆の期待を裏切ることになるけれど、やっぱり僕は……」

「そうか、お前は天下統一に興味がないんだな？　だから、今日、城に行くのも嫌なんだな」

「あ、うん……。そういうことだよ」

香了は馬車の床を見つめて頷き、小さなため息を吐いた。

「だけど、旦令様には義理があるから。今日はとりあえず、隣国の王様にもお会いする。宴席でお二人のお話を、黙って聞いているつもりだけど……。でも、次回お会いしたときには、はっきりお断りする。養子の件も、天下統一の『旗印』になる件も……」

「なるほどな……」

ガラガラと馬車の車輪が回る音につられて、香了は大きな車窓の外へ視線を上げる。

ずいぶん前に山を出て、平原の中の道を走っているのは分かっていた。馬車はすでにその平原を抜け、高い城壁に囲まれた都の中に入っている。

（あ……いつの間にか、もうこんなところまで来ていたのか……）

都の中心にある旦令の居城への到着が近いと知り、香了は話を切り上げにかかった。

「とにかく……今日はお城で、旦令様が僕を、とても歓待してくださると思う。でも、それを不審に思ったり、怪しんだりしないで欲しい。間違っても、あの『力』をお城の中で不用意に使って、旦令様に御迷惑がかかるようなことにだけはならないようにして欲しいんだ……いい？」

「おう、もちろんだ」

白皇虎はしっかりと頷き、胸の前で組んでいた腕を解いた。

「その辺《へん》は任せておけ。ここのところ、人間のことにもけっこう詳しくなったし……お前の護衛をしながら、城では上手くやる。だが、香了、お前は本当に天下統一を……」

なにかを言いかけて、途中でピタリと言葉を止める。

白皇虎は組んでいた長い脚も解き、座席から身を乗り出すようにして車窓の外を見た。

「ん……？　なんだ、あれは……？」

「え？」

香了もつられて、馬車の側面に大きく取られた車窓の外へ再び視線を遣《や》る。

四角い家屋や商店が密集している往来《おうらい》には、老若男女が多く行き交う姿が見られた。

野菜や肉、飲料を並べた店、衣料品を売る店などが、馬車が余裕を持って擦れ違えるほどの広い道の両側に、ずらりと並んでいる。

客と店員が熱心に値段の交渉している姿などは、白皇虎にとっては初めて見るものだろう。

だが、彼の目はその光景より、馬車の前方を歩いている、大勢の白い着物姿の人々に釘付けになっていた。その集団の人々は、成人男性から老人、女性や子供など、年齢や性別は様々だ。

共通しているのは、白い着物を身につけ、頭に白い鉢巻《はちまき》を締めていること。
四、五人が横に並んで、道幅の半分を占めて歩いている。彼らに追いついたときに、香了が車窓から顔を覗かせて見てみると、列は道のずっと先の方まで続いていた。
彼らは口々になにか呟きながら歩いており、それは祈りのようにもお経のようにも聞こえる。

「これは……きっと、世直しの集団だよ」

香了がそう気付いて言うと、白皇虎は車窓から香了の方へ視線を戻してきた。

「世直しの集団？　なんだそれは？」

「以前、聞いたことがある。今、あちこちの国でああいった集団が力をつけているって……」

香了の村の者たちは、基本的に外部と交流を持たない。

それでも、街で売られているものを買うために、交替で都へ来ることはある。そのときに見聞きした世の中の動向などを、村に帰ってから皆に報告するのが慣例となっている。

そこから得た情報によれば、一年ほど前から、この西方の国だけでなくあちこちの国で、『世直し』を掲げる集団が生まれている。特に、白装束《しろしょうぞく》を身につけた『世直し党《よなおしとう》』という集団には、続々と身を寄せる民が増えていて、その数は数万人にも達するとのことだった。

彼らは、現在の乱世を自分たちの力で終わらせ、庶民が安心して暮らせる世の中を作る、ということを最終目標とし、主張して各国内を歩いている。

富を独占している王族や貴族といった、特権階級の者たちによる支配を終わらせ、貧しい民であっても幸せに暮らせる新しい国や世の中を、自分たちの力を合わせて作り出す——。

その目標をともに成し遂げる仲間を募り、人々を啓蒙《けいもう》しながら、国々を渡り歩いている。

三十年も続いている乱世で、民たちのほとんどは疲弊《ひへい》しきっている。

戦争のたびに田畑を焼かれて、大人も子供も飢えている。それぞれの国が課す重い税にも苦しめられており、明日の生活や未来に全く希望を持てない。そんな状況に陥《おちい》り、自暴自棄《じぼうじき》になった民たちが自分たちの土地や村を捨て、世直しの集団へと集まってくるのだと聞いた。

香了も、彼らを実際に見るのはこれが初めてだ。

人から聞いた話だけれど、と前置きし、自分の知る『世直し党』について白皇虎に話した。

「今もきっと、こうして皆で、新しい世の中が必要だって訴えて回っているんだろうね……。この道の先は、真っ直《まっす》ぐ旦令様の王城へ続いている。王城前の広場は、人がたくさん集まることができる場所だから、皆でそこへ向かっているんじゃないかな……」

街の中をゆっくりと走る馬車の車窓から、列を作って歩く白装束の人々の背中を見つめる。

白皇虎が、再び香了と同じように車窓の外へ目を遣った。

「だが、こんなふうに集団で訴えたからって、世の中っていうのは変わるものなのか？」

「どうだろう？　難しいとは思うよ。だから……武力に訴える集団もいると聞く」

香了は、これまでに何度か、他国で王の軍と世直しの集団が武力で衝突したことがある、とも聞いている。双方に、かなりの犠牲者を出したようだ。

「武器を蓄《たくわ》えて、集団を構成する民たちの戦闘能力を磨《みが》いて……もう、軍隊だよね。人数が多ければ、下手をすると、一国の軍隊よりも力を持っている集団も存在しているかもしれない」

「……」

「この『世直し党』がそんな集団なのかどうかは、分からないけれど……。確か、この西方の国に入ってきたのは、最近のことらしいから。誰もその実態を知らないんじゃないかな……」

馬車は世直しの集団の行列とともに進んでいき、王城の前に着いた。

旦令の居城であるそこは、厚く高い石の壁に守られている。正面にある門の左右には、鎧《よろい》を身につけ槍を持った兵士が四人ずつ立っており、門扉《もんぴ》は固く閉じられていた。

王城の前は、石畳の広場になっている。

その三分の二ほどの部分が、白い着物と鉢巻を身につけた『世直し党』の者たちで埋め尽くされていた。ここに来るまでの道にも数千人はいた行列の目的地は、やはりこの広場のようだ。

城門の前へと馬車で近付いていくと、近くで叫ぶ彼らの声がよく聞こえてくる。

「王を潰せ！　貴族を潰せ！」

「世の中を変えよう！　俺たちの力を合わせて！」

「俺たちが搾取《さくしゅ》されず、安心して暮らせる国を作るぞっ！」

拳を振り上げ、口々に大声を出す人々。顔を真っ赤にさせて、興奮しているように見えた。

皆で城門へ押しかけてそこを無理やり開けさせようとする……などといった危険な行為は、今のところ行われていない。だが、広場は熱気に満ちている。白い着物を着た『世直し党』の集団は、いつなにをきっかけに暴徒化するか分からない、危うい雰囲気だ。

王城の前を守る兵士たちも警戒しているのか、頬の強張りからその緊張が見て取れる。

香了は、自分たちもあまりこの場に長居しない方がいい、と感じた。

「このまま、早く王城の中に入った方がいいね。前の馬車に続いてすぐに……」

前方を行く馬車。西郭と庸良が乗っているそれが、白い着物と鉢巻を身につけた人々を避けながら、城門の方へと慎重に進んでいく。

香了が車窓からそっとその後ろ姿を見ていた、そのとき。

馬車が横からドンッと大きく重いものに押されたような強い衝撃を受け、グラッと揺れた。香了は革張りの座面から放り出されそうになり、とっさに肘掛けに両手でつかまる。

「あっ……？」

「っ!?」

白皇虎も椅子から浮き落ちそうになり、肘置きをつかんで耐えた。

馬の高い嘶《いなな》きが上がり、馬車がガタンッと車輪の音を立てて停まる。なにが起こったのか分からないでいると、外で叫ぶ男たちの声がすぐ近くで聞こえた。

「貴族の馬車だ！」

「中の奴らを引きずり出せ！　俺たちの金を奪って、贅沢している奴らだぞ！」

「ちょうどいい、見せしめにやっちまえっ！」

わあっ、と広場を揺るがすような怒声が上がったかと思うと、馬車がまた、ドンッ、ドンッ、と何度も左右から強い衝撃を受け、グラグラと大きく横に揺れた。

周りを囲む人々から押され、揺らされているのだ。馬車は今にも倒れそうだ。

半ば立ち上がっていた白皇虎は、馬車の壁に肩を勢いよくぶつけた。痛みに顔を歪《ゆが》めた彼は、事態がまるでつかめないといった様子で、素早く左右の車窓を見る。

「な、なんなんだ、これはっ？　いったいいっ？」

「は……白皇虎っ！」

また馬車が大きく揺れて、白皇虎の足が床から浮き、彼は倒れそうになった。香了は支えようと、思わず手を伸ばす。しかし、その手が白皇虎に届く寸前で、側面の出入り口の扉が外からこじ開けられ、バターンッ、という大きな音とともに全開にされた。

香了は息を呑む間もなく、雪崩《なだ》れ込んできた男たちに腕をつかまれる。

そのまま数人の手で無理やり引きずられるようにして、馬車の外へと連れ出された。

「おいっ!? 香了になにをする、やめろっ!!」

白皇虎が助けようとして手を伸ばしてきたが、彼も他の男たちに羽交《はが》い絞《じ》めにされた。

力任せに暴れたが拘束は解けず、香了のあとに続けて馬車を降ろされる。

（こ、これはっ……どうしたらいいっ？）

香了は両側からつかまれている腕の痛みに眉を寄せながらも、前方へと視線を走らせた。

前を走っていた馬車も、白い着物を着た集団に囲まれて動けず、広場で立ち往生している。だが、香了たちの乗っていた馬車のように襲われてはいないようだった。

だが、ただ事ではないことを感じ取ったのだろう。

西郭と庸良が内側から扉を開け、外に飛び出すのが見えた。彼らは、後続の馬車に乗っていた香了たちを助けようとしてか、近付いてこようとする。しかし、たちまち『世直し党』の群集に呑み込まれ、人込みに流されるようにして香了たちのいる場所から離れていった。

西郭と庸良は顔を見合わせて頷き合い、城門の方へと人を掻き分けて向かい始める。

今の状況では、自分たちの力だけで香了たちの救出は不可能だ。いったん諦め、おそらく、王城内へ助けを呼びに行ったのだろう。

（二人が旦令様に知らせて、すぐに旦令様が兵を出してくだされば っ……！）

そうすれば、自分も白皇虎も、拘束から逃れられて助かる。

そう思った香了だが、ハッとして青ざめた。

広場を埋め尽くさんばかりに溢《あふ》れ返っている、白い着物姿の集団。人込みの中で、魚の鱗《うろこ》のような銀色の刃が、キラッと輝くのが見えたのだ。

「白皇虎、剣を持っている者もいる！　ここにいたら危険だ、一人で逃げてっ！」

香了は男たちに両腕を拘束されたまま、前方に向かって必死に叫んだ。

「西郭様たちといっしょに、早くっ！　王城の中にっ……！」

「っ……？　お前を置いていけるかっ！」

香了から五人ほどを隔てた前方に、白皇虎は立っている。彼は、男たちの集団に動きを封じられていた。彼らの手を振り解こうと肩を振り、腰を捻《ね》じらせていた。

「それに、どうして俺が逃げなきゃならないんだっ？　こんな……わけの分からない奴らに、いいようにされて！　なにも反撃せずにっ……？」

彼は怒りをぶつけるように、腕を乱暴に上下左右に振り回す。

「くそっ、この手を離せっ！　離せ、って言っているだろうが――っ！」

「う……うわっ!?」

白皇虎が大声で叫ぶと、彼を拘束していた男たちが弾かれたように周りへ吹き飛ばされた。

どっ、と石畳に一斉に尻餅《しりもち》をついた彼らは、なにが起こったか分かっていないようだ。呆然とした顔で、自分たちの前に立つ白皇虎を見上げている。

拘束を解かれて自由になった白皇虎は、サッと右手を顔の横から胸まで大きく振り下ろした。

その直後、広場に突風が吹き抜けた。

ゴウッ、と風の音がして、白皇虎と香了の近くにいた二百人ほどの男たちが、その風に巻き上げられて宙に高く浮き飛んだ。ある者はそのまま落ちて地面に転がり、ある者は王城を囲む壁にぶつかって、痛みに悲鳴を上げながら石畳に垂直に落下する。

銀色の剣が一本、空高く舞っていた。香了が先ほど見た男の手から、風が奪ったのだ。

それはクルクルと晴れた青空で回ったかと思うと、白皇虎を目がけて落ちてきた。右腕を上へ伸ばした彼の手に、すうっと柄《つか》から吹い込まれるように握られる。

「死にたくなかったら、香了から離れろっ！」

長い刃が剝《む》き出しになった剣の切っ先を、白皇虎はピタリと香了たちの方へ向けた。

「ひ……ひぃっ！」

白皇虎の怒りを込めた腹からの一声で、香了を拘束していたうちの三人がサッと手を離す。彼らは後ずさりしていき、最後にはクルッと踵を返して一目散《いちもくさん》に逃げ出した。

今、香了を拘束しているのは、背後から羽交い絞めにしている一人だけだ。

その残った一人を、白皇虎は右手で剣を構えたまま睨みつけていた。

「な……なんだ、今の風はっ？」

周囲では、白い着物姿の男たちが遠巻きにし、恐怖の目で白皇虎を見つめている。

いったいなにが起こったのか。わけが分からないといった様子の彼らは、石畳に倒れて呻《うめ》いている二百人以上もの仲間を、青く引き攣った顔で見回した。

「まさか、これはあの男がやったのか？　さっきの風でっ……？」

「手も触れずに、人をっ……？」

尋常ではないものを感じてか、皆がジリジリと後ずさりしていった。

香了たちの周りにあった円状の空間が、さらに大きくなる。

「おい……今のを見ただろうっ？　香了を離せっ！」

大勢が見守る中、白皇虎はすっと一歩、香了と男の方へ近付いてきた。

「それとも、お前は今、この場で死にたいのかっ……？」

「ひいいぃっ！　く……来るなっ！」

男は声を震わせ、香了の耳元で叫ぶ。

「来るなあああっ！」

男は背後から左手で香了の胸を引き寄せたまま、右手で自分の腰から短刀を引き抜いた。

抜き身のそれの切っ先を、香了の喉に当てる。

「それ以上近付いたら、こいつを殺すぞっ！」

「っ!?」

香了と白皇虎は、同時に息を呑んだ。

叫んだ男の動揺は大きいらしく、手がブルブルとみっともないくらいに細かく震えている。彼は香了を背後から拘束したまま後ずさりしようとして、石畳に躓《つまず》き、足元がフラついた。

倒れそうになって体勢が崩れたその拍子に、剣先が香了の肩を切り裂いた。

「痛っ……！」

とっさに顔を歪めた香了を見て、白皇虎が目を瞠る。

「香了っ!?」

本気で傷つけるつもりはなかったのか、男はさらに動揺して香了を突き飛ばし、横に離れた。

二人の間に、二、三歩ほどの距離ができる。それと同時に、白皇虎が素早く近付いてきて、右手に握っていた長い剣を、頭上高く振り被った。

「貴様《きさま》っ!!　俺の香了によくもっ!?」

「ひいっ！」

男が震える手から短刀を取り落とし、それが音を立てて石畳の上に転がる。

両手を顔の前で交差させ、自分の頭を守ろうとしている男。香了はとっさに彼の前に走り寄って、盾になるように白皇虎に向かって立った。

「白皇虎、ダメだっ。やめて！」

「なんだってっ!?」

整った男らしい眉を寄せた白皇虎は、信じられないと言わんばかりに叫ぶ。

「お前、なにを言って……いや、やっているんだっ!?　お前が庇《かば》っているのは、たった今、お前を殺そうとしていた奴だぞっ!?」

彼は苛立《いらだ》ちをぶつけるように、剣を振り上げたまま叫び続けた。

「いきなり襲ってきて、今までなんの関わりもなかったお前を短刀で殺そうとしたんだ！　こんな頭のおかしい奴は、殺されて当然だろうっ？」

「ダメだよ」

香了は血の流れる自分の肩を右手で押さえ、首を緩く横に振る。

「白皇虎……ダメだ、必要ない。殺さないで」

「っ……!!」

白皇虎が、振り上げた剣の持って行き場がないというように、悔しそうに唇を噛んだ。

イライラした様子で、くそっ！　と舌打ちを漏らす。そうしながら剣を自分の脇にブンッと音を立てて勢いよく振り下ろした彼は、ふいっと香了から目を逸らした。

白皇虎がゆっくりともう一度香了の方を見たとき、城門の方が急に騒がしくなる。

「あ……」

城門の重い扉が、門番たちの手によって外側に引き開けられていく。続けて、中から武装した兵士たちが横十列くらいの集団で、勢いよく走り出てきた。

厚い鎧と剣を身につけ、長い槍を手にした兵士たち。

屈強《くっきょう》な身体つきの彼らが、二千人ほど、絶え間なく列になって城門から出てくる。そして、広場を埋め尽くしていた白い鉢巻と着物姿の『世直し党』の人々を、次々に蹴散《けち》らし始めた。

香了と白皇虎の周りにも兵士たちが駆けつけ、守るようにぐるりと取り囲んでくれる。

（ああ……た、助かった。一時は、どうなることかと……）

今さらながらに、命を失くすかもしれなかった恐怖で膝が震え始めた。それをどうにかこらえて立ち、ホッと一息吐いた香了の方へ、二十人ほどの兵士に護衛された旦令がやってくる。

「香了様っ！　お怪我をっ？」

五十過ぎの彼だが、髪は黒々としている。一国の王らしい威厳を放ち、颯爽《さっそう》と歩いてきた。

彼のそばには、先ほど馬車を降りて城門へ向かった西郭と、庸良の姿がある。彼ら二人が、香了たちが窮地《きゅうち》に陥っていることを、門の前にいた門番たちに伝えてくれたのだろう。

その礼を言う間もなく、香了は庸良にぐいと手を引かれた。

「どうぞこちらへ！　お早く！」

彼と西郭、白皇虎、そして旦令とともに、兵士たちに守られて城門の中へと入る。

そのあとすぐに、城門の前に、誰も入ってこられないように多くの兵士が配置された。旦令は香了のために医師を呼びに行かせ、そばに立つ西郭に厳しい声で命じる。

「西郭、あとは任せたぞっ。将軍や兵士たちと協力し、あの集団を都から出て行かせろっ！」

「はっ……」

一礼をした西郭が部下の兵士を引き連れて踵を返し、急いで城門の外へ走っていった。

香了は城門のすぐそばにある門番の待機所で、とりあえずの治療を受けた。

幸い、傷は浅かった。医師が血を拭い、薬を塗った白布を肩に巻いてすぐに処置は終わった。

そばに立って見守っていた庸良と白皇虎が、椅子に座る香了を心配そうに覗き込んでくる。

大丈夫だよ、と彼らに微笑んでいると、先ほどいったん出て行った旦令が戻ってきた。

「香了様……今回のことは、なんとお詫びしていいのか……」

彼は眉を寄せた申し訳なさそうな顔をしたまま、香了の前の椅子に腰掛ける。

「近頃、あのような輩《やから》が我が国に入り込み、都のそばの平原で寝泊りしていることは、家臣たちから報告を受けて知っておりました。動向を見張らせておりましたところ、大人しくしているようでしたので、ひとまず静観しておりましたが……。まさか都に入って、あのような暴挙に出るとは。しかも、我が城の前で、香了様が巻き込まれてお怪我をするとは……。早く兵士を出して、国から追い出すなど、なんらかの対処をしておくべきでした」

「いいえ……どうか、そんなふうに謝ったりしないでください」

香了は、悪いのは旦令ではない、と首を横に振った。

「あれだけの人数の者たちです。対処するのも、なかなか大変なことだと思いますし……。それに、幸い、白皇虎が守ってくれたおかげで、傷も浅いもので済みましたから……」

「『白皇虎』……とは、そちらの方のことですか？」

旦令が香了のそばに立つ白皇虎の方を、チラッとうかがうように見た。

香了も椅子に座ったまま白皇虎を見上げ、深く頷いてみせる。

「はい……。護衛として、庸良とともについてきてもらったのです」

「おお、そうでしたか。先ほど、城門の外に出たとき、『世直し党』の者たちが大勢倒れているのを見ましたが……。もしや、あれはこちらの白皇虎殿が一人で……？」

「はい、そうなのです」

香了は誇らしい気持ちになり、前に座る彼に微笑みながら頷いた。

「たった一人で、とは……。それは、大した腕ですな……！」

旦令はいかにも感心したというように目を瞠り、快活に笑う。

「しかし……これまで、村ではお見かけしたことがなかったような」

「あ、は、はい……。実は、僕の遠縁の者で、ずっと他国で暮らしていたのですが……。最近村に来まして、今、家でいっしょに暮らしています」

「では、旧王朝に関係するお方ですか……？」

「そ、そのような感じです」

香了が誤魔化《ごまか》すように微笑むのを、白皇虎は納得がいかなさそうな顔で見下ろしていた。

だが、口出ししたり、反論したりはしない。こういう場面ではその場の空気に従うのが人間らしい振る舞い方だと、理解しているようだ。

彼は、ここに来る馬車の中で、城では上手くやる、と約束したのをきちんと守っている。

（よかった……。この分なら、お城ではなんの問題も起きなさそうだ……）

香了がホッと胸を撫で下ろしていると、一人の男性が待機所の入り口に姿を現した。

赤く短い髪で、背の高い、がっしりとした体格の男性。絹の光沢のある着物には、全面に美しい刺繡《ししゅう》が入っていて、三十歳を少し越えたくらいの年齢に見える。

男性は堂々と大股で近付いてきて、椅子に座る旦令と香了のそばに立った。

「旦令殿、暴徒たちの制圧はどうなりましたか？」

「おお、これは、左臥《さが》殿……」

旦令は軽く一礼して立ち上がり、丁寧な口調で答える。

「せっかくのご滞在中に、このような不手際《ふてぎわ》……全く、面目ない。ご心配をおかけしましたが、そろそろ片付くかと思われます。どうぞ、ご安心ください」

「それはよかった」

赤毛の男性が低く淡々とした声で言うと、旦令が香了に声をかけてきた。

「香了様、のちほど改めて、宴席で正式にご紹介をいたしますが。ひとまずここで、簡単にご紹介させてくださ い。こちらは、隣国の王様の左臥殿です」

「あ……」

香了はハッとし、失礼にならないよう、挨拶《あいさつ》のためにあわてて椅子から立ち上がる。

旦令は友好的な笑みを浮かべ、香了と赤毛の男性を――隣国の王の『左臥』を交互に見た。

「そして、左臥殿。こちらが、今日お引き合わせする約束をしておりました、香了様です」

「おお、そうでしたか。香了殿、お初にお目にかかります」

隣国の王の左臥から先に挨拶をされ、香了はそれに応《こた》えて軽く頭を下げる。

「香了と申します。どうぞよろしくお願いいたします」

「こちらこそ」

左臥の話し方は落ち着いているが、硬い声は少し冷たく感じた。

表情は硬いまま動かさない。体格が大きいせいもあってか堂々として見え、全身から厳しい雰囲気が伝わってくる。いかにも軍事力の強い大国の王、といった自信に満ちていた。

（なんというか、思っていたとおりの勇猛《ゆうもう》そうな方だ……。大勢の兵士を率《ひき》いて戦っても、決して気後《きおく》れせず、先頭に立って敵の中に突っ込んでいきそうな。そうすることで味方を鼓舞《こぶ》して勝利をつかめそうな、そんな方のようだ……）

勇猛というより獰猛《どうもう》そうで、頼り甲斐がありそうな印象だ。

この左臥という隣国の王なら、旦令が天下統一のために協力し合いたいと思ったのも頷ける。

そう考えていた香了は、左臥の目がじっと、自分のそばに寄り添うように立っている庸良と白皇虎を捉えているのに気付いた。

「あ、あの……この二人は、今日、僕に付いてきてくれた者たちです」

香了はまず庸良を、次に白皇虎を視線で指して紹介する。

「名は、庸良と白皇虎といいます」

「『白皇虎』……？」

香了の縫った紫色の着物を身につけた白皇虎を、左臥はジロジロと眺めた。

そして、フッと鼻で笑う。

「これはまた、ずいぶんと立派な名ですな……」

明らかな侮蔑《ぶべつ》を含んだ目と口調に、白皇虎の頬がピクッと強張った。

「なに……？　どういう意味だ……？」

「名に『皇』の字を入れるなど……あまりに大胆で、不敵《ふてき》ではありませんか？　天下を取り、皇帝にでもならせるつもりで、親がそんな名前をつけたのか……。だとしたら、よほど世を恐れぬ者が無知ぶりをさらしたことになり、恥ずかしい限りですな。まあ、そのような身のほど知らずの思い上がりは、身分の低い下々の者には、ままあることではありますが……」

「っ……」

「まさかとは思いますが、自分でそんな呼び名をつけたのではないのでしょう？　いくらなんでも、香了殿の従者には、そのような恥知らずな者はいないとは思いますが」

言葉遣いは丁寧だが嫌味を強く滲ませた口調に、白皇虎がムッとしたのが伝わってきた。

白皇虎が強く左臥を睨みつけ、香了はハラハラした。

確かに、香了も無礼だと感じた。だが、左臥に限らず、こうした上から庶民を見下すような物言いは、一国の王にはよくあることだ。

（は、白皇虎っ、ここは受け流して……！　ダメだよ、左臥王様に力を使ったりしたら……！）

生きた心地がせず、ただ成り行きを見守っているしかなかった。

しばらくの間《ま》のあと、白皇虎は左臥を睨みつけたまま、ふっと不敵な笑みを浮かべる。

「どうだろうな……？　誰がつけたにしろ、この名を俺につけた者は、お前の言うような無知で恥知らずな者などではない。思い上がってもいない。正しい名を選んでつけてくれたのだ。なにしろ……俺はまさしく、近い将来、お前の言うその『皇帝』になるかもしれないのだからな」

「なに？　お前が、皇帝に……？」

今度は左臥が、頬をピクッと強張らせる番だった。

「俺が皇帝となる可能性は高い」

白皇虎は左臥に向かって、自信満々の笑みとともに頷く。

「なにしろ、俺は『天帝の紫雷』に打たれて、生き残ったのだからな」

「なんだと……？」

「お前も知っているだろう、この地方のあの言い伝えを。俺の瞳は、二十日ほど前にその『天帝の紫雷』に打たれてから、こうして紫色に変わった。稲妻の……いや、雷の色が移ったようだ」

「っ……」

左臥に見せつけるように、白皇虎は自分の美しい紫色の瞳を指差した。

「こんな瞳の色を持つ人間を、他に見たことがあるか？　ないだろう……？」

「確かに、なんともめずらしい紫色の……」

感心したようにそう呟いたのは、二人の会話をそばで聞いていた旦令だった。

「では……本当に、貴方は『天帝の紫雷』に打たれたのですか……？」

「ハッ、バカバカしいっ！」

左臥は眉を顰《ひそ》め、これまでの丁寧な言葉遣いもいっさいやめて、荒々しい口調になる。

「ほらを吹くのも、たいがいにしたらどうだっ？　この地方の『天帝の紫雷』の言い伝えは、俺も知っているっ。だが、それはあくまで言い伝えに過ぎないっ。現実としてありえないだろう、春のこの時期のあの強烈な雷に……『天帝の紫雷』に打たれて、生き残るなんてっ！」

「あ、あの……」

香了は、それは嘘ではありません、この目で見ました、と言おうとした。

だが、それよりも早く、白皇虎が挑発的な口調で言い放つ。

「そうだな。お前のような凡人であれば、間違いなく死ぬだろうな」

「なっ……!?」

「だが、俺は生き残った。皇帝となる者なのだから、それも当然というものだ。お前は残念ながら、この先もし『天帝の紫雷』に打たれることがあっても、ただその場で死ぬだけだろう」

「き、貴様っ!!　よくもそんな口をっ……!!」

左臥の額に青筋が立ち、彼は気色《けしき》ばんで腰の剣に素早く手をかけた。

「この俺に向かって、そのような侮辱《ぶじょく》をするとは、ただでは済まさんぞっ!!　俺が誰だか知っているのか、俺はっ……!!」

「は、白皇虎っ！　お前、隣国の王様に向かって、なんという無礼な口をきくんだっ！」

それまでハラハラと見守っていた庸良が、ついに二人の間の険悪な雰囲気に耐えきれなくなったというように、白皇虎の腕をぐいと引いて後ろに下がらせる。

白皇虎は彼の手を振り払い、チッと大きく舌打ちした。

「なにをそんなに焦っている？　ただ、事実を言ったまでだろう？」

「白皇虎っ……！」

庸良が悲鳴に近い声でそれ以上の言葉を制したとき、旦令がやんわりと笑顔で割って入る。

「まあまあ、左臥殿……。どうか、その辺で、お怒りをお鎮《しず》めになられてください……」

彼は左臥に近付き、彼が剣の柄にかけた手をチラッと見下ろした。

「この白皇虎殿は、まだこの地に来て日が浅いと、先ほど香了様からうかがいました。きっと、王族に対する礼儀というものも、よく知らないのでしょう……。そのような者をこの城に入れてしまいましたのは、私の不手際でございます。ご無礼があったことは、私からお詫びを申し上げますので……。この場は私に免《めん》じて、お許しいただけませんでしょうか」

「む……」

香了は旦令からの助け船に心の中で感謝しつつ、すかさず左臥に向かって深く頭を下げる。

「ほ……本当に、申し訳ありませんでしたっ。連れの者が、大変なご無礼をっ……！」

「香了様も、こうおっしゃられています」

旦令は人がよさそうな目を細め、ニコニコと左臥に笑いかけた。

「世が世なれば、皇帝のお立場……。そんな、旧王朝の世継ぎの皇子でいらっしゃる香了様にこうして頭を下げられては、我々としてはお許ししないわけにもいかないでしょう？　特に、我々はこれからの天下統一に向けて、香了様に『旗印』となっていただきたいと、お願いする立場にあるわけですし……」

「っ……！　それはっ……。まあ、仕方がありませんなっ、旦令殿がそう言われるなら……」

左臥は不満そうに眉を寄せ、渋々ではあるが、腰の剣から手をゆっくりと離す。

香了がホッと胸を撫で下ろすと、笑顔の旦令が、門番の待機所の出口の方を視線で指した。

「では……お二人とも、本殿の方へどうぞ。五階の見晴らしのいいお部屋に、三人での宴席を設《もう》けさせていただきました。そちらで、ゆっくりとお話などいたしましょう」

「は、はい……」

「香了様のお連れの方々には、一階の別室でお待ちいただきます。お食事もご用意しています」

「ありがとうございます」

旦令の気遣いに感謝し、歩き出した彼のあとについていこうとしたそのとき——。

「待てっ！」

白皇虎が鋭い声で制して、香了と左臥、旦令の三人は、ピタリと足を止めた。

旦令が訝《いぶか》しそうに白皇虎を振り返る。

「なにか……？」

「俺も、宴席が設けられているという、その五階の部屋へついていく。ここで別れて香了を一人にしたら、護衛としてこの城までついてきた意味がないだろう……？」

白皇虎は堂々とすっと一歩前に出て、旦令を紫色の瞳で睨みつけた。

「先ほどの城外での『世直し党』の件といい……。都というのは、かなり物騒《ぶっそう》なようだからな」

「それは……我々のことが、信頼できないという意味ですかな？　まさか、私たちが香了様に危害を加える、とでも……？」

「信頼がどうとか、そんな面倒くさいことはどうでもいい」

わずかにピクリと眉間を震わせた旦令だが、白皇虎は怯《ひる》まずに強い口調で言い返す。

「ただ、俺が、香了のそばを一時も離れずに守りたい、と思っている。それだけのことだ」

「……」

「村の、史紋とかいうじいさんからも『くれぐれもよろしく頼む』と言われたしな。俺は香了のそばを離れないぞ。離したければ、力ずくでやれ」

「あっ……？」

白皇虎はズカズカと大股で近付いてきて、香了の怪我をしていない右の肩を抱き寄せた。

香了を自分の胸の中で守るように、ギュッと強く抱く。

「ただし、そのときは、遠慮なく反撃させてもらうからな。お前たちは、さっき城外にいた『世直し党』の連中と同じ目に遭う。地面に這いつくばる覚悟をしておけ……！」

「は、白皇虎っ……？」

あまりに強気で好戦的な白皇虎のもの言いに、香了は呆れるしかなかった。

そばに立つ庸良も、もうどう言って彼を諭《さと》したらいいか分からないといった青ざめた顔で、ただ立ち尽くして口をパクパクさせている。

「なるほど……。確かに、おっしゃることにも、一理あります」

じっと白皇虎を見つめていた旦令が、ポツリと呟くように言って頷いた。

「よろしいでしょう。では……香了様のお連れのお二人も、ついてきてください。宴席を設けたお部屋には通せませんが、その続きの間を、お二人の控えの間とさせていただきます」

「旦令殿っ？　なぜ、そのようなことをっ……？」

左臥がすかさず抗議したが、旦令はそれには答えず、待機所の出口へ向かって再び歩き出す。

仕方なく彼のあとを歩き出した左臥は、その後ろからついていった香了たち三人の方を、チラ

チラと何度も振り返った。特に、香了の肩を抱き寄せて歩く白皇虎の方を……。

恐ろしくなるほどの敵意と嫌悪が彼の目に滲んでいて、香了はため息を吐きたくなる。

（ちょっと……どうして、こんなことに……？）

待機所を出て主殿へ向かう途中、香了は肩を抱いて歩く白皇虎に、こそっと小声で問う。

「白皇虎……。お城では『上手くやる』っていう、約束じゃなかったの……？」

「ん？　上手くやっているだろう？」

白皇虎は朗らかに笑い、前を歩く旦令と左臥の背中を、機嫌よさげに大きく顎でしゃくった。

「これで、お前があの二人の王と宴席にいるときも、俺が近くで守れるようになった。護衛について、なにも問題がなくなったんだ。これは『上手くやっている』と言えるだろう？」

「っ……？　そ……それは、そうかもしれないけれど。でも、やり方が……」

「やり方なんてどうでもいい。お前を守れるなら」

きっぱりと言いきった白皇虎が、香了の肩をさらにぐっと強い力で抱き寄せて歩く。

「お前は俺が守る、必ず。いつも、ずっと……この手で守りたいんだ、お前を……！」

「は、白皇虎……？」

甘い熱を帯びた真剣な瞳に見つめられ、抱かれている肩がじわっと痛いくらいに熱くなった。

4. 恋情

旦令の城から帰ってきた、その翌日。香了は昼少し前に、村の最奥にある小さな自宅の、入ってすぐのところにある土間の炊事場に立っていた。

着物の下――左肩には、薬を塗った当て布の上に白布が巻いてある。

昨日、城門の前で『世直し党』の者に斬《き》られてからずっと、その傷がズキズキと痛んではいるが、そこに負担がかからないようにしながら煮物を作っていた。

まな板の上で包丁を持ち、人参や蓮根《れんこん》、芋といったものを食べやすい大きさに切る。

準備が終わると、それらを大きな鉄製の深鍋にまとめて入れ、竈《かまど》に乗せて火をつけた。

強火で沸騰《ふっとう》したので火を弱め、ふう、と一息吐く。

「よし、と……。あとはこのまま、しばらく煮込むだけだ……」

薄《う》っすらと汗をかいた額を着物の袖で拭いながら、右にある玄関の方を見た。

もうそろそろ、そこから白皇虎が帰ってくるはずだ。

彼は今、自宅の裏の斜面を下り、すぐそばに流れる川へ行っている。怪我をした香了には休んでいるように言い置いて、朝からそこで一人で洗濯をしてくれているのだ。

お前はしばらくなにもするな、と言われたが、仕事をしないで過ごすのは性に合わない。

白皇虎が出掛けてすぐ、香了は根菜《こんさい》を集めて煮物作りを始めた。

(昨日、城門前で襲われたときに助けてもらった、そのお礼も兼ねて作っているけど……。夕方には、味がよく染みているはずだ。白皇虎に、美味しく食べてもらえるよね……）

竈の上でグツグツと弱火で煮込まれている深い鉄鍋を見つめ、香了は昨日のことを思い出す。

「それにしても、僕が昨日一番驚いたのは、白皇虎のお城での態度だったよ……」

小さなため息を吐き、自分の言葉に、うんうん、と頷きながら独り言を呟いた。

「旦令様や、隣国の王の左臥様に、あんな不遜《ふそん》な態度……というか、もっとはっきり言うと、挑発的で好戦的な態度を取るなんて。全く、ずっとヒヤヒヤしっ放しだった」

確かに昨日のあのときの、隣国の王・左臥の発言は、白皇虎を見下したものだった。

だから、白皇虎が彼に反撃したかった気持ちも分かる。よく、例の『特別な力』を使わずに口だけでこらえたと、その点は褒めるべきだろう。

だが、旦令にまで同じ態度を取っていたのは、明らかにやり過ぎだった。

旦令はなんら、白皇虎に対して礼を欠いた対応はしていなかったのだから……。

（白皇虎、そろそろ人間同士の付き合いの仕方っていうのも、分かってきているはずなのに。それでも、あんな態度なんだから……。でも、まあ、昨日の訪問はなんとか無事に終わったし、別にいいんだけどね、うん……）

白皇虎の恐れ知らずなところや、大胆不敵さ。

それに呆れながらも、一方で、香了は強い憧《あこが》れを感じてもいる。彼の揺らぐことのない芯の強さや、己の心のままに行動する真っ直ぐさが、とても眩しく見えるのだ。

（白皇虎のああいうところ、嫌いじゃないし……）

昨日、旦令が香了を、主殿五階に用意した宴席へ案内する、と言ったときも、白皇虎は自分の主張を曲げなかった。護衛として自分も宴席へついていく、と言って譲らなかった。

『お前は俺が守る、必ず』

『いつも、ずっと……この手で守りたいんだ、お前を……！』

彼は頼もしい口調で言って、香了の肩をぐっと自分の方へ抱き寄せながら歩いた。

門番の待機所を出て城の主殿へと向かいながら、うっとりと甘い熱を帯びた眼差しで、香了を包み込むように見つめてきて――。

あの眼差しと同じものを、香了は同居を始めた夜にも見たことがある。

二週間前の夜、土間の奥にある板間の上で、並べた布団で眠りに就《つ》こうとしていたとき。隣で布団を被った白皇虎が、香了をじっと見つめてきたのだ。

『香了……お前は、やさしくていい奴で。それで……やっぱり、お前はきれいだな』

囁くような声で言いながら、うっとりと熱い眼差しで見つめてきた。

その後、白皇虎のために縫った新しい紫色の着物を、彼に渡したときも……。感激して喜んだ彼から、同じような瞳で見つめられた。

（……？　そういえば、どうして、白皇虎は時々あんな目で僕を見るんだろう……？　あの目で見つめられると、なんだか気恥ずかしいような気分になって、ちょっと困るっていうか……）

香了が、竈に乗せた大きな深鍋の前で、ふうーっ、と長いため息を吐いたそのとき。

右手にある玄関の戸が、突然、ガラッと音を立てて勢いよく引き開けられた。

「っ!?」

香了がその場に跳び上がりそうになり、弾かれたように右手を見ると、扉を引き開けたばかりの白皇虎が、香了と同じくらい驚いた顔をして戸口に立っていた。

「っ……？　香了、お前、なにをやっているんだっ？」

白皇虎は、ズカズカと大股で近付いてくる。

弱火で煮込まれてグツグツと音を立て、家中によい匂いを漂わせている深鍋。その中の煮物を見たあと、彼はクルリと香了の方へ向き直った。

「また、お前はこんなことをっ……」

男らしい眉を深く寄せた恐ろしい顔で、ギッと睨まれる。

「しばらく、仕事はなにもするな、って言っただろうっ？」

「へ、平気だよ。肩の傷も、もうそんなに痛くないし」

香了は苦笑を浮かべて誤魔化そうとしたが、白皇虎はますます眉間を寄せた。

「痛くないわけがないだろう、斬られたのは昨日だぞ？　人間の身体ってのは、ヤワだしな」

「虎は……白皇虎は、違うの？」

「山の中で生きていれば、怪我をするのは日常茶飯事だ。人間よりは痛みに慣れている。野生だから、回復だってずっと速い」

白皇虎はきっぱりと言い、小さなため息を吐いて深鍋の方を見る。

「とにかく、人間はヤワなんだから。少し休んで、こんなことはするな」

「うん……でも、この煮物は、どうしても作りたかったんだ」

白皇虎が心配してくれているのがうれしくて、香了はにこりと微笑みかけた。

「昨日、助けてもらったお礼に、と思って。それに……白皇虎、この前も、僕の煮物が美味しいって言ってくれたから。だから白皇虎に、食べてもらいたくて……」

「っ……。俺のために……？」

白皇虎は一瞬、ふっと照れくさそうにその頬を緩めたが、すぐにあわてたように睨んでくる。

「全く、お前は、いつもそうやって他人のことばかり考えて……。お前のそういったやさし過ぎるところには、本当に呆れる。……昨日だって、お前の肩を斬った『世直し党』とかいう集団の男を、庇ってやっただろう？」

彼はいかにも不満そうに顔を歪め、吐き捨てるように言った。

「あんな、頭がおかしいような奴らは、助けたりしなくてよかったんだ……！　お前が余計なことをしなかったら、俺があの場であの男を殺してやっていたのに！」

「白皇虎……」

「なんだ？　そうするのが正しいだろう？　お前のことを貴族だと誤解して、それを理由に殺そうとしたんだぞ？　メチャクチャな人間どもじゃないかっ」

白皇虎は語気を荒らげ、容赦のない言葉で非難を続ける。

「俺はあいつらのことを、今も許せない。あいつらが、今度、お前になにかしたら……いや、もう一度どこかで会うことがあったら、そのときには全員殺してやるっ……！」

「そんなふうに、過激なことを言わないで……」

香了は苦笑とともに、宥《なだ》めるように言った。

「白皇虎が、そうやって僕のために怒ってくれるのは、うれしいけど……。僕は今、こうして無事でいるんだから」

「ふん……。まあいい」

白皇虎がまだなにか言いたそうにしながらもやめて、深鍋の方へ向き直る。

「とにかく、この煮物の続きは俺がやるからな」

右手をすっと胸まで上げた白皇虎に、香了は瞬きとともに問いかけた。

「白皇虎がやる、って……え？　どうするの？　あ……」

「こうするんだっ！　俺の『力』でさっさと煮上げてやるっ」

彼が手首をクイッと内側に捻った次の瞬間、竈の火力がぶわっと勢いを増す。

その竈の上に載っている大きな深鍋が――深鍋に入っている煮物の汁が、一気に沸騰し、ブクブクッと大きな泡を立てて煮立った。

「あーっ――？」

香了が目を瞠ったとき、熱い煮汁が勢いよく溢れ出て鍋肌を伝い、竈の上に零《こぼ》れ落ちる。

「っ……!?　なんだ、くそっ……!!」

白皇虎が小さな舌打ちをし、再びあわてたように右手首を一度振った。それと同時に、熱い蒸気を上げていた深鍋の煮立ちがすうっと収まる。

落ち着いたようなので、香了は近付いてそっと深鍋の中を覗き込んでみた。

「あ……よかった。中身は、大丈夫みたいだよ」

香了はホッとし、隣に立つ白皇虎を見上げる。

「いきなり沸騰して噴き零れたから、びっくりしたけど。でも、煮物が焦げたりはしていない。煮汁が零れて汚れた鍋肌を拭いて、きれいにして……もう一度煮直せば、平気そうだよ」

「すまない……」

白皇虎は香了の微笑みを見て、きまり悪そうに目を逸らした。

「火っていうのは、白虎のときに扱ったことがなかった。だからか……？　水や風と違って、馴染みがなくて、どうも操作が難しいようだ……」

「そうなんだね……？」

自分の右手を広げてじっと見下ろしている白皇虎に、香了はわずかに苦笑する。

「うん、でも……これは、なんていうか……。なんでも強い力で押せばいいってわけじゃない、っていうことの、いい例だね」

「……？」

「煮物っていうのは、僕がやっていたみたいに、弱火で少しずつ煮た方がいいんだよ。その方がやわらかく煮上がるし、味も染み込みやすい。白皇虎がやったみたいに、強い火力で一気に煮てもダメなんだよ……。それは、国造りと似ているかもしれない。皆の上に立った者が、ただやみくもに力で国を一つにして支配しようとしてもダメで……。少しずつ変化させて、民の心がきちんとついてくるようにしないと、なにをやっても上手くいかない、っていうのと同じだ」

「『国造り』……？」

白皇虎が片方の眉を上げ、香了を訝しそうに見つめた。

「お前は、そんなものに興味があるのか？　昨日、馬車の中で、自分の手で天下統一をするつもりはない、って言っていたのに……？」

「あ……そ、そうじゃない。国造りっていうのは、単なるたとえだよ」

香了は白皇虎の追及に戸惑いつつ、首を横に振る。

「それより……白皇虎こそ、どうなの？」

「ん……？」

瞬きをした白皇虎に、香了は彼の真意をうかがうように問いかけた。

「昨日、王城で、左臥王様を相手に『天帝の紫雷』の言い伝えを持ち出していたよね……？　紫雷に打たれて生き残った自分は、将来の皇帝になるかもしれない、なんて言っていた。もしかして、白皇虎は人間の世界での『国造り』に、興味が湧き始めているの……？」

「ああ、あれか。まさか！」

白皇虎は香了の言葉を、とんでもない、と軽く笑い飛ばす。

「あれは……どうしてもあの左臥とかいう隣国の王を、やり込めたくて、言っただけだ。あの男は、俺ばかりでなく、俺に『白皇虎』という名前をつけてくれたお前まで侮辱した。だから、あの赤毛野郎を、どうしても許せなかったんだ」

「あ、赤毛野郎……？」

白皇虎が口にした言葉に、香了は軽い目眩《めまい》を覚えた。

「ちょ……ちょっと、白皇虎？　『野郎』なんて言葉、いったいどこで覚えたの？　そんな言葉は、使ったらダメだよ」

「ん？　『赤毛野郎』か……？　どうしてだ？」

白皇虎は不思議そうに何度も瞬きをし、首を傾げてみせる。

「人間は、気に食わない奴のことを、『野郎』をつけて呼ぶだろう……？」

「そ、そうなんだけど……。でも、他人にそんな言葉を使うのは、人間として品がよくないことなんだよ。人間として『悪いこと』だ。そういった『悪いこと』まで、人間の真似をしなくていいから……！　だから、もう『野郎』なんて使ったらダメだよ？」

「そうなのか……？　お前がそう言うなら、これからは使わないようにしよう」

白皇虎が素直に頷いてくれたので、香了はホッとした。

「よかった……。白皇虎はいつの間にか、たまに人間よりも人間っぽい言動をするようになっていて……。こっちは、びっくりしちゃうよ」

「そうか？　そうだろう、そうだろう……。俺はこの二週間、村で暮らしながら、人間のことをよく観察して、人間についていろいろと学ぼうと努力してきた。俺の最近の『人間のふり』がすごいのは、その絶え間ない努力の賜物《たまもの》だ」

香了から褒められたと思ったのか、白皇虎は満足そうに、うんうん、と何度も頷く。

「昨日も……都の城で初めて会った王二人は、俺が人間だと信じて全く疑わなかった。俺は、本当は虎なのに、二人はすっかり騙《だま》されていたじゃないか？」

「うん……そうだったね」

「今はまだ、お前から、人間としての言動の『いい』や『悪い』の基準を教えてもらっているが……。すぐに、俺の方がお前に『人間らしい振る舞い方』を教えてやるようになるだろう」

「ええ？　プッ……」

そんな将来のことは、今の時点では、まるで想像がつかない。自然と噴き出してしまった香了は、口に手を当て、クスクスと笑い続けた。

笑いの止まらない香了を見ていた白皇虎が、納得がいかないというように口を結ぶ。

「なにをそんなに笑っているんだ？　俺は冗談を言ったつもりはないぞ。そう遠くないうちに俺は、『人間らしさ』という点で、人間歴たった十七年ほどのお前なんて追い越すだろう」

「ふふ……」

「そうなったときには、俺がお前に『人間としてあるべき生き方』まで教えてやるからな」

「うん、そうだね……。よろしくお願いします」

至極《しごく》真剣な顔で頷いている白皇虎に、香了は真面目な返事をしながらも笑いが止まらない。

（なんだか、白皇虎って可愛い……）

生まれてからずっと人間として生きてきた自分に、勝つつもりでいるなんて。

そんな、一般的にはとうてい考えもつかないだろう発想が出てくること自体が、どこか子供っぽくて愛らしい。大人の男の外見を持つ白皇虎の中身が、実は対抗心の強い幼子《おさなご》のようなものなのだと思ったら、気持ちが一気に和《なご》んだ。

(こういう感情って、なんて言ったらいいんだろう？　白皇虎のことを、すごく可愛らしく感じる。ギュッと抱きしめて可愛がりたくなる、っていうか……)

ひとしきり一人で笑い続けたあと、香了は再び煮物の続きを始めることにした。

焦げついた深鍋の外肌を洗うのを手伝う、と白皇虎が申し出てくれて、その仕事に二人で取りかかる前に、香了は向かい合って立つ彼に微笑みかける。

「白皇虎、ねえ……。僕の肩の怪我が治ったらすぐに、以前約束していた山奥の滝へ行こうね」

「ん……？」

「生まれ育った滝の周りや、ねぐらの洞窟を案内してくれるって。この前言っていたよね？」

「あ……ああ、あの滝の話か……！　もちろんだ！」

白皇虎は急に、顔をそれこそ子供のようにパッとうれしそうに輝かせた。

「最近、春とは思えないほど暑くなる日もあることだし……。滝へ行ったら水遊びをしよう。滝壺の水はすごくきれいで冷たくて、最高なんだ……！」

「うん」

「だが、傷が治っていないようじゃ、水の中には入れない。滝へ行きたいなら、お前はこれから俺が言ったとおり、なるべく養生して、肩の傷を早く治すんだぞ。いいな……？」

「うん……うん、分かった」

朗らかで男らしい白皇虎の笑顔に、香了も明るい最高の笑みを返した。


滝を訪れることができたのは、それから十日後のことだ。

山の奥深くに鬱蒼《うっそう》と生い茂る雑木。その葉の、目の奥に染み込んでくるような鮮やかな緑色。人の背丈の十倍以上もある、垂直に切り立った巨大な岩崖。

それらに囲まれた滝壺は大きく、澄んだ青い水をなみなみと湛《たた》えていた。

広い場所だが、とても静かだ。聞こえるのは鳥の声と、高い岩崖の上から流れ落ちてくる滝の水音だけ。こぢんまりとした隠れ処にでもいるような気分になる。

その滝壺の淵《ふち》で、香了は大きな岩の上に白皇虎と並んで座っていた。

岩から下ろした足の下では、冷たい滝壺の水が昼の光を反射してキラキラと輝いている。そばにあるのは、二本の竹筒に入ったお茶と、二種類のおむすびだ。

すでに一つの種類を食べ終えた白皇虎が、もう一方を手に取り、大きく開けた口へと運ぶ。

「おお、これも美味いな！」

豪快にむしゃむしゃと頬張りながら明るい笑みを見せた彼に、香了は目を細めた。

「そう？　よかった」

香了も、もう一方のおむすびを竹皮の包みから手にし、口に運んでみる。

白皇虎はよく食べるので、おむすびは大きめだ。二人分で、十数個ほども用意してきた。

中に入っている具は、濃いめの味で煮て保存してあった細切りの昆布。もう一つは、鰹節《かつおぶし》の削りと炒《い》った胡麻《ごま》。おかずとして、ゆで卵と、昨夜作った煮物の余りものを少しだけ持参している。

今朝、日の出とともに起き、白皇虎といっしょに昼食用のそれらを準備した。

それからすぐに家を出て、白皇虎の案内で山の奥へと進んだ。遠いと聞いていたがそれほどでもなく、日が高く昇る前には、目的地であるこの滝に着くことができた。

しばらくの間、着物が濡れないように袖や裾を捲り上げて、滝壺の浅い部分で水遊びをした。

遊び疲れた頃にちょうど昼になったこともあり、今、食事を始めたところだ。

「お前の作ったものは、なんでも美味いな」

煮物を手づかみで食べている白皇虎は、美味い美味い、と呟くように繰り返した。

「以前も言ったが、虎の俺が人間の食べ物を、どうしてここまで美味いと感じるのか……。不思議でたまらない。味覚が、この人間の姿のときには完全に人間のものになっている……ということなのか？　とにかく、お前の作るものは特に、なんでも本当に美味い、と感じる」

「そんなに褒めてくれてうれしいけど、これは二人で作ったんだからね」

香了は座っている自分の脇で、ゆで卵をコンコンと軽く岩にぶつけて、白い殻《から》を剝く。

「今朝は白皇虎が手伝ってくれたから、昼食の準備も早く終わった。助かったよ」

「手伝ったと言っても、ほんの少しだろう……？」

白皇虎はまた一つおむすびを手にし、うんうんと自分の言葉に頷いた。

「まあ、今朝のでだいたいのコツは分かったから……。次回、またこの『おむすび』を作るときには、今回より少しは上手く作れるだろう」

「また手伝ってくれる？　期待しているよ、次回もいっしょに作ろう」

「ああ」

隣に座って岩から足を下ろしてくつろぐ白皇虎と見つめ合い、どちらからともなく微笑む。

「他の料理の作り方も、そのうち教えてくれ。上達したら、俺がお前に食事を作ってやる」

「ええ？　そうしたら、白皇虎、ますます人間らしくなっちゃうね」

香了が冗談めかして言うと、白皇虎はさも自慢げに頬を緩めた。

「お前が俺から『人間としてあるべき生き方』を教わる日も、かなり近いな。生まれたときから人間とはいえ、俺に『人間』として追い越されないか、焦るだろう？」

「ふふ……。今のところ、まだ大丈夫だよ」

多分ね、と付け加え、香了は剝いたゆで卵を手にしたままクスクスと笑う。

春から初夏への移ろいを感じさせる爽やかな風が、滝壺の水面を撫でて吹き抜けていった。それに黒髪を揺らされていると、たまらなく心地よい。

（ああ、気持ちいい……。ここにいると、胸がすっと軽くなってくる……）

頭上高くには、晴れた青空が広がっている。

正面では、切り立った岩崖から流れ落ちてくる滝が、辺り一面を細かな飛沫で包んでいた。

日の光が透明なその飛沫に当たって輝き、滝壺の周辺が光の粒でできた霧に覆われているかのように見える。地面だけでなく岩崖の割れ目にまで、桃色や赤、黄、白の花が咲いていた。小さく可憐《かれん》なそれらが一斉に風に揺れるさまは、天上にあると聞く神々の花園のようだ。

辺りの風景の美しさに、香了はうっとりと見惚れた。

まるで桃源郷《とうげんきょう》のようだ——。

香了の暮らす村も山深いところにあり、静寂に包まれてはいるが、ここほどではない。こんなに心地いい場所を訪れたのは初めてだ。空気も爽やかで、ただこの場にいるだけで安心できる。

香了は食事を終え、竹筒からお茶を飲んで、ふうーっと長い息を吐いた。

隣で同じように食事を終えて微笑む白皇虎を見て、ふと気付く。

(あ……でも、こんなに心地いいのは、もしかしたら白皇虎といっしょだからかも……？　もちろん、このきれいな場所のせいもあるだろうけど……)

白皇虎の存在が大きい。そうなのかも、と思って見つめていると、彼が静かに口を開いた。

「お前とこうしていると、すごく楽しいな」

しみじみと噛みしめるように言って、さらに微笑みを深くする。

「香了、お前と出会えてよかった。お前に介抱されて、そのあといっしょに暮らせるようになって……。今このときを、お前と過ごせている。そのことが、俺はうれしくてたまらない」

「白皇虎……？」

瞼《まぶた》を半分だけ落とした美しい紫色の瞳に、間近からじっと見つめられた。

この熱く甘ったるい白皇虎の眼差しを、香了はこれまでに何度も見たことがある。

（あ……また？　あの目だ……）

一度目は、同居を始めた日の夜。二度目は手縫いの着物を渡したとき。

三度目はつい十日ほど前、いっしょに旦令の城へ行ったとき。白皇虎が強引に、香了と旦令と隣国の王・左臥の宴席にまで、自分もついていくと言い出して……。

香了の肩を『俺がお前を守りたい』と言い、強く抱き寄せて歩いていたときだ。

それらのときと同様、香了は今もまた、気恥ずかしくて困ったような気持ちになっている。

白皇虎の目をまともに見つめ返せない気分になるから、やめて欲しいと思う。

（そういえば……この前、手縫いの着物を渡したとき。白皇虎は、この滝で僕に話したいことがある、って言っていた……。その話は、いつするのかな……？）

香了が白皇虎の顔をうかがい見ていると、彼が突然、すっと肩へ手を伸ばしてきた。

「あ……？」

「こんな傷は、お前には似合わないな」

以前、都の王城の前で斬られた方の肩に、やさしく触れられる。

着物の袖を水で濡れないように肩まで捲り上げているため、肩から二の腕にかけての一本の傷跡が剝き出しになっていた。

この十日ほど、香了はあまりきつい肉体労働などはせずに、大事を取っていた。

わざわざ怪我の心配をして村へ見舞いの品を届けてくれた旦令の側近・西郭に応対したり、史紋や庸良に、やはり旦令の養子になる件は断ろうと思っている、という話を初めてしたり。

史紋と庸良は、残念だが最終的には主君にあたる香了の考えに従う、と言ってくれた――。

そうして過ごしているうちに、あっという間に十日経ち、斬られた傷もよくなってきていた。

まだ、赤黒く盛り上がった、痛々しい一本の線になってはいる。だが、表面は乾き、水に入っても問題がない。痛痒さも少なくなったため、こうして今日は滝へ来たのだった。

「俺が消してやる、こんな傷は……」

白皇虎は香了の肩の傷に、自身の手のひらを被せ、そっと上から包む。

しばらくの間、そのままじっとして――。彼がその手をゆっくりと離すと、下からきれいな肌が現れた。短刀で斬られる以前のような、一つの傷もない滑らかな肌だ。

香了は大きく目を瞠り、息を呑んだ。

(傷が……一瞬で治った……!?)

香了は信じられない思いで、隣に座る白皇虎を見つめる。

「え……？　今の、白皇虎が……？」

「そうだ」

「こんなことができるのっ？」

興奮に声を上《うわ》ずらせた香了に、白皇虎は静かに頷いた。

「どうやら、そうらしい。この力には、二日前に気付いた。川で薪を拾っているときに、木の枝で手を怪我して、それを自分で治すことができて、それで……。この二日間、本当に自分にそんな治癒の力があるのかを確かめていた。結果、山の鳥や、兎の傷を治すこともできた。ただ、命を失った生き物を生き返らせることまでは、できないようだ」

「それでも充分にすごいよっ。本当に、そんな力が……？」

たった今、目の前でその力を見たばかりでも、とても信じられない気分だ。

「それも、もしかして、この前の『天帝の紫雷』に打たれたのが原因で……？」

「おそらく、そうなんだろうな……。以前の白虎のときには、俺には全くなかった力だから」

神妙に頷く白皇虎を、香了は神への畏怖《いふ》に近い思いを抱いて見つめる。

白皇虎は特別な力をいろいろと持つようになったが、この治癒の力はその中でも格別だ。

（すごい……！　こんなふうに、傷を治す力なんて……。もしかして、生き物全ての病気や怪我を治せるのかな？　だとしたら……そんなの、まるで神様みたいだ……）

もしかしたら、虎ではあるけれど、あの『天帝の紫雷』に打たれて生き残った白皇虎は、本当に近い将来、皇帝となる者なのかもしれない。

ふと、そんな考えが心に浮かんだ。

香了はこれまで、口では何度か、もしかしたら白皇虎が人間の世界での皇帝になる運命なのかもしれないよ、と言うこともあった。だが、それは半ば冗談だった。そもそも、昔からの言い伝え自体をそこまで信じておらず、それが現実のものになるとも思っていなかったのだ。

けれど、今こうして、白皇虎が得た神のような力を目の当たりにすると……。

（白皇虎がこんなにすごい力を得たのが、あのときの雷のせいだとしたら……。『天帝の紫雷』

の言い伝えは、雷に打たれた者が人間かどうかは、関係ないのかも……?)

まさか、という否定の気持ちと、でももしかしたら、という期待が、香了の中でせめぎ合う。

(だとしたら、紫雷に打たれても生きていたこの白皇虎が、いずれ天下統一をする……?)

香了の気持ちは高揚《こうよう》し、胸がドキドキと鳴り始めた。

隣に座っている白皇虎は、たった今香了の傷を治したばかりの自分の手を広げ、じっと見下ろしている。それをギュッと握り込むと、彼はなにかを心の中で決意したかのように顔を上げた。

「まあ、この治癒の力はともかく……。それより、香了。その……お前に一つ、確認しておきたいことがあるんだが……」

「え」

「訊《き》いてもいいか?」

「う、うん……」

すぐに頷いた香了の瞳を、白皇虎は神妙な目で見つめてくる。

「この前、あの旦令という王の城に行ってから、ずっと気にかかっていたんだが……。お前はどうして、天下統一ってやつをしたくないんだ? 城へ行く馬車の中で、自分の手で天下統一をして皇帝になるつもりはない、って言っていたよな……?」

「……」

「だけど、お前は旧王朝の末裔……皇子なんだろう? 旧王朝最後の皇帝の、孫にあたる。だったら、もう旧王朝は存在しないとはいえ、だからこそ国を取り戻し、新しい皇帝になりたい、と思うものじゃないのか？　立場的には、そう思ってもおかしくないだろう……？」

白皇虎は淡々とした口調で、香了の目を見つめたまま訊《たず》ねてきた。

「お前はこの前も、煮物の作り方を国造りに例えていたが……。あのときに、俺はふと思ったんだ。お前は本当に『皇帝』になることに、興味がないんだろうか、と。村の者たちも、期待しているんだろう？　お前が旧王朝を再興《さいこう》して、皇帝の地位に就くことを……」

「それは……」

今このときに、その件について白皇虎から問われるとは思っていなかった。

突然で面食らったが、この問題については、香了は子供の頃からこれまで、さんざん考え抜いてきた。香了自身の中では、今はすでにはっきりと答えが出ている。

他者には理解してもらいづらいかもしれないが、その自分の考えを伝えるしかないと思った。

「確かに、僕は……村の皆から、期待されてきた。旧王朝の再興を、幼い頃からずっと……」

香了は静かに、ゆっくりと話し始める。

「将来いつ『皇帝』になってもいいように、山奥に暮らしてはいても、史紋や父母から、高い教育を受けて育ってきた。軍や戦、国の歴史といったことの他に、一番大事な国造りについても学んだよ。だから、新しい国を一から造ることには興味がある。民たちの暮らしの安定を第一に考えた国を造れるなら、それはやってみたいと思う……」

香了は自分の言葉の意味を噛みしめるように、一言一言を慎重に口にした。

「でも、そうした国造りをするためにはその前提として、まずは天下統一を自分の手で成し遂げて、この乱世を終わらせないといけない。そうして新しい大国の皇帝にならないと、自分の好きな国は造れないけれど……。この前言ったとおり、僕は自分で天下統一をしたり、その後に旧王朝を再興したり、新しい国の皇帝になったりっていうことは、したくないと思っている。なぜかというと、僕がそんなことをしたら、民たちを余計に苦しめることになると思うから……」

「……？　お前が、民たちを苦しめる？」

白皇虎が、全く納得がいかない、というように眉を寄せる。

「だが……そうやって、民たちのための国造りをしたい、と望んでいるお前が皇帝になれば、民たちは喜ぶんじゃないか？　お前の統治下だったら、きっと幸せになれるだろう？」

「もしかしたら、そうかもしれない……。でも、それまでに民たちが払う犠牲が大き過ぎる」

香了は白皇虎の目を見つめ返し、しっかりと頷きながら話した。

「僕は、幼い頃から戦や兵法について学んだとはいっても、実戦の経験がない。とても、乱世の戦いで勝利し続けて、早急に天下統一を成し遂げられるような実力はないんだ。つまり……僕が旦令様たちの『旗印』となって軍を率いても、ただ、いたずらに兵士たちに血を流させるだけで成果は上がらない。そういう事態になる。兵士たちだけでなく、この国の民も苦しめる。僕たちの新たな参戦が原因で、今、天下統一を目指して十数ヶ国間で行われている争いが、さらに長引くことになれば……民たちは、その戦で家や田畑を焼かれたり、怪我を負ったり、家族を失ったり、食べ物がなくて飢えたりすることになる。……僕が、天下統一をしようとしたり皇帝になろうとしたりしたら、民たちを余計に苦しめることになる、っていうのは、そういう意味だよ」

「……」

「たとえ、旦令様や左臥様が、いくら多数の兵士や武器を援助してくれて、この先、僕といっしょに戦っていってくれたとしても……。天下統一を短期間で成し遂げることは、僕たちにはできない。それほどの力は、この地方の一勢力になるに過ぎないだろう僕たちの軍には、ないと思う。今も昔も、各国や多くの勢力が激しく争っている中では、飛び抜けた『強者』が生まれることができなかった。それぞれの力が平均的なままだから、天下統一に辿りつくのはとても難しくて、その結果、三十年間もこんな乱世が続いてきたんだ。僕たちが名乗りを挙げて、これから戦いに乗り出していっても……そんな、戦況が膠着《こうちゃく》した状態は、なにも変わらないと思う」

香了が話すのを、白皇虎は目を逸らさずにただ真剣な表情で聞いてくれている。

「それどころか、むしろ……僕たちは、いや、僕の存在は……逆に、民を苦しめている各地での戦いを長引かせることになってしまう。なぜかというと、僕に戦をして他者を制する実力がないうえに、旧王朝の血を『旗印』として掲げるからだ。今、旧王朝の名を出せば、国の再興という大義名分に惹《ひ》かれて、それなりに人が集まってくると思う。そして僕たちの軍の規模が膨れ上がれば、対立する勢力との戦いに決着がつきにくくなっていく。下手をすると泥沼化する。いつまでも戦いが終わらずに、民たちは苦しみ続けるばかり、ということになって……。民を不安定な暮らしや苦しみから救うために天下統一をするつもりだったのに、その僕たちが原因で、戦争が長引いて……民たちを今より余計に苦しめる、という皮肉なことが起こってしまうんだ」

香了は唇を噛み、いったん言葉を切ってから、また話し出した。

「だから、そういった理由から……僕は、自分は天下統一のための戦いというのには、乗り出さない方がいい、と考えている。民たちの本当の幸せを考えたら、皇帝にも、旦令様が望んでいる戦の『旗印』にも、僕はなるべきじゃない、って……」

「なるほど……」

白皇虎がため息のような長い息を吐き、わずかに眉を寄せたまま頷く。

「なんだか……けっこう、いろいろ考えての結論だったんだな。お前が、自分の手では天下統一をするつもりはない、と言っていたのは……」

「うん」

香了は、自然と浮かんだ苦笑とともに頷き返した。

「将来、いつかは必ず直面する問題だって、分かっていたから。僕なりに、子供の頃から、こういうときにどうすべきか、っていうのは考えてきた」

「そうなのか……」

「でも、自分では無理だと思って諦めてはいるけれど、早く誰かの手で天下統一が成されればいいと、僕は強く望んでいるよ……。だって、この乱世が終われば、民たちは安定した暮らしを送ることができる。幸せになれるから……」

自分をじっと見つめている白皇虎に、香了は何度も頷きながら話す。

「ようするに、他力本願てやつだよ。他人を当てにして、自分はただ見ているだけ……なんていう、こんな考えを公《おおやけ》に口にしたら……きっと、僕は世間から非難されるんだろうな。……祖先の建てた国を再興するっていう、旧王朝の皇子としての責任からも、民を苦しみから救いたいと言っていながらその民たちの現状を変えることからも、自信がなくて逃げている、って」

「……」

「なにも自分では、やろうとしない。僕は逃げてばかりの、心の弱い臆病な人間だ、って……」

「弱い？　お前が……？」

白皇虎は驚いたように、その美しい紫色の瞳にかかる睫毛《まつげ》を瞬かせた。

「そうか……？　お前はむしろ、強いだろう？」

「え……？」

「そうやって、見ず知らずの他人から『心が弱い』なんて、屈辱的な言葉で非難されるかもしれないと分かっていながら、お前は自分で正しいと決めた道を変えない。民たちのために、意思を貫き通そうとしている。そういうのは、充分に『強い』者の行動じゃないのか……？」

白皇虎はふっと瞳に力強さを滲ませ、香了を見つめてくる。

「さっきのお前の話を聞いて……俺には、お前が天下統一について考えていることがよく分かった。『自分ではやらない』というその考えに至った、お前の気持ちも理解できた。……心が弱いとか弱くないとかいった、そういう問題じゃない。お前はただ、民たちが少しでも幸せであって欲しい、と願っているだけだ。いかなる苦しみも与えたくないと思い、民を第一に考えている。お前はそういうやさしい奴なんだ。ただ、それだけのことだ」

「っ……」

「お前のそういったやさしさが、俺はとても好きだ。お前がそんなふうにやさしいから、最初のときも『天帝の紫雷』に打たれた俺を、家に連れ帰って介抱してくれたんだろうし……」

白皇虎は話しながら、ふと気付いたというように言った。

「そうだ……。お前はあのとき、大きな白虎の姿をしていた俺を、全く怖がらずに介抱してくれたじゃないか？　初めて会った野生の虎にあんなことができるのは、弱い人間じゃない。よっぽど心の強い人間だけだと思うぞ」

「白皇虎……」

彼に、自分を慰めようという意図があるのかどうかは、香了には分からない。

ただその言葉が、じわりと熱く胸の奥に染みた。

（なぜなんだろう……？　白皇虎にこんなふうに言ってもらえて、すごくホッとしている……）

香了は、岩の上に並んで座る白皇虎に、胸の温かい感情に戸惑いながら微笑みかける。

「ありがとう、白皇虎……」

「ん……？　どうして礼を言う……？」

「僕のことを『強い』なんて言ってくれて、うれしかったから。きっと、白皇虎以外は、誰も僕のことをそんなふうには言ってくれない」

「そうか……？　俺は、そうは思わないが……」

白皇虎は目を細めて温かく微笑み、岩の上で姿勢を正して座り直した。

「しかし、まあ……。とりあえず、今のお前の話を聞いて、俺は安心した」

「え……？　安心……？」

「お前が、本当にこれから天下統一をするつもりも皇帝になるつもりもないって、はっきり分かったからな。そこでだ、香了……」

彼は香了の方へ身体を向け、そっと両肩をつかんでくる。

「皇帝にならないなら、俺と番《つがい》になってくれ」

「え……」

あまりにも唐突で意外な言葉に、香了はしばらく呆然とし、それからハッと我に返った。

「えっ⁉　つ、番っ……⁉」

「ん？　まさか、『番』を知らないのか？」

「知っているよ！　もちろん、知ってはいるけど……」

白皇虎の言う『番』というのは、獣の世界での言葉だ。人間に当てはめて言い直せば、自分は今、『夫婦になってくれ』とか『結婚しくれ』と言われているのだろう。

香了は混乱が収まらない気持ちのままに、おずおずと問いかけた。

「え？　それ、本気で……？」

「もちろん本気だ」

白皇虎の熱く真剣な眼差しから、本当に冗談は言っていないと伝わってくる。

香了はますます混乱し、香了の両肩をつかんだままの彼を見つめ返した。

「でも、『番』って……どういうこと？　どうして僕が？　そもそも男なのに『番』って……？」

「お前が男でも、俺はお前と番になりたい。一生、いっしょに暮らしたいんだ」

白皇虎は香了の肩からそっと手を離し、きっぱりと言う。

「一ヶ月ほど前に、雷に打たれたところをお前に助けられて……。あのときに、俺はお前を好きになった。……お前は男だし、そもそも虎の俺とは種族の違う『人間』だ。だが、お前のことが忘れられなくて……それで、三日後には村に戻った。お前のそばにいたかったから人間の姿に変化して、人間の世界のことを学ぶために村でいっしょに暮らしたい、と言って……」

「……」

「あのときにはもう、お前との将来を想像していた。あの家に二人で暮らしているうちにも、お前のことをどんどん好きになっていって……。俺と番になってくれっていう話を、いつ切り出そうか、いつも考えていた。俺が生まれ育ったこの滝に、お前を連れてこられたら話そう、と決めた……。この前、ここで話したいことがあると言っただろう？　あれは、このことだったんだ」

「僕を……す、好きに……？」

白皇虎からの告白は突然過ぎて、香了はすぐには信じられなかった。

「でも、これまで、そんなこと一言も……」

「たまに、お前を『きれいだ』と言っていただろう？　落ち着くまでは、想いを告げないつもりでいたが、つい、気持ちが口に出ることがあって……。だから、お前はもう、俺の気持ちに薄々気付いているだろうな、と思っていた」

「っ……。そういえば……？」

同居を始めた初めての夜、寝るときに並べた布団の隣から、白皇虎はじっと見つめてきた。甘い眼差しで、うっとりと香了に囁くように言った。

『香了……お前は、やさしくていい奴で。それで……やっぱり、お前はきれいだな』

そのあとも何度か、そのときと同じ熱っぽく甘い瞳で、包み込むように見つめられた。

だが、それが自分への恋情を秘めた眼差しだとは、香了は今まで気付かなかった。

「それに、旦令とかいう王の城へ行ったときも……。あのとき護衛を申し出たのも、あの世直し党の奴らから守ったのも、お前を好きだからだ。そうでなかったら、命を助けられた恩義からだけでは、俺はあそこまでのことはしない」

「そ、そんな……」

「人間のことを学びたいと言ったのも、お前と『番』になるためで……。俺が人間らしく暮らせるところを見せれば、俺の本性が虎でも、お前が俺を好きになってくれるかもしれない、と。お前が俺との将来を考えてくれる可能性も高くなるだろう、と考えてのことだった」

「そうだったんだ……?」

言われてみれば、白皇虎の行動には、いちいち自分への好意が滲んでいたかもしれない、と。

香了はこれまでのことを思い返し、今さらながらに思った。

自分は、そんな彼の気持ちに気付かなかった。ただ、白皇虎にほとんど家族同然のような親しみを感じて、彼との暮らしは楽しくてたまらない、と思って過ごしていただけで……。

(最初から僕のことを好きだった、って……本当に？　しかも、白皇虎が人間の世界のことを学ぼうとしていたのも、僕に好かれるためだったなんて？）

そこまでするなんて、ずいぶんと健気《けなげ》に思える。でも……。

「は……白皇虎の言っていることは、分かった。分かったけれど……でも、僕にとっては、こんなのはすごく突然で……。それで驚いて、その……なんて言っていいか」

「香了」

白皇虎が強く迫るような口調で言葉を遮り、香了の胸にドキリと熱が広がった。

「は、はい……」

「俺はお前がいい。お前と『番』になりたい」

白皇虎は香了の目を見つめ、香了の両手を取って自分の両手でギュッとまとめて握る。

「できれば、この滝のそばでいっしょに暮らして欲しいが……。お前がどうしても史紋のじいさんや仲間と離れたくないって言うなら、俺は今までみたいに村で人間として暮らしてもいい」

「っ……」

「だから、香了、今すぐ俺と『番』になってくれっ……！」

「え……ちょ、ちょっと待って、白皇虎っ……」

香了は背中を反らして彼から逃れようとしたが、白皇虎は矢継《やつ》ぎ早《ばや》に問いかけてきた。

「どうして待たないといけない？　お前と『番』になるのを、いつまで待つ？　今日の夕方までか？　夜までか？　それとも、明日の朝までかっ……？」

「だ……だから、ちょっと待って、って言っている。とにかく、落ち着いてっ……！」

ますます両手をギュッと強く握ってくる白皇虎を、香了が悲鳴のような声で制したそのとき。

不意に、少し離れた二人の背後から、男性の声がした。

「そうだな、ちょっと急ぎ過ぎだぞ。全く、無粋《ぶすい》な奴め」

「っ!?」

ハッとして白皇虎が素早く香了の手を離し、二人で弾かれたように背後を振り返る。

緑の葉を茂らせた木々の下に、二十代後半くらいに見える男性が、腕組みをして立っていた。

背が高く、肩幅の広い男らしい身体つき。不思議なほど強い光沢を浮かべる薄い青色の着物の上に、丈の長い上着をふわりと羽織っており、腕や脚はすらりと長い。

彫りの深い顔立ちで、男前なのだが精悍さよりも上品さと華やかさの方が際立っている。

目立つのは、薄っすらと淡い灰色の瞳と、その秀麗《しゅうれい》な眉。そして、背中の半ばまである真っ直ぐな銀色の髪だ。細く長い髪は、魚の鱗のように日の光を反射し、眩しいくらいに輝いていた。

香了の村ではもちろん、近隣の地域でも一度も見かけたことのない男性だった。

彼の神々しいまでに美しい外見に、香了の目は引きつけられる。

(淡い灰色の瞳に、煌《きら》めく銀色の髪……。なんて、きれいな……)

男性はまるで、半刻も前からそうしていたかのように、悠然と腕を組んでこちらを見ている。

だが、香了もそして白皇虎も、彼がたった今声を発するまで、気配にすら気付かなかった。

(この人は……いったい、いつからこの場に……?)

香了が息を詰めて見惚れていると、男性は岩の上をゆっくりと近付いてきた。

白皇虎は男性を警戒してか、彼の方から視線を逸らさず、香了の手を離して代わりに二の腕をつかんだ。香了はそのまま彼の胸に守られるようにして、いっしょにその場に立ち上がる。

男性は香了たちの前まで歩いてきて、そこで静かに歩みを止めた。

「少し前から、あちらで話を聞かせてもらっていたが……」

腕組みをしたままの男性が、白皇虎を見て、フッと軽く小馬鹿《こばか》にするように笑う。

「あんなに性急では、拒絶されて当然だ。しかも、人間に向かって『番になれ』とは……」

「っ……!!」

「まあ、しかし、こんなことを獣に指摘したところで、どうせ理解はできないか……。情緒という面では、まだ獣より人間の方がマシだからな」

「だ……誰なんだ、貴様はっ……!?」

白皇虎は香了をさらに深く自分の胸へ引き寄せ、牙《きば》を剥かんばかりの勢いで問いかけた。

「どこから現れたっ!?　俺たちに、なにか用かっ!?」

「用があるから、俺は来たんだ。あそこからな……」

男性が右腕を真っ直ぐに上へ向けて伸ばし、立てた人差し指で頭上を指す。

香了と白皇虎は彼の動きにつられて、広く青い空を仰いだ。

「……？　空……？」

「チッ！　全くバカ者どもが、どこを見ている？　空じゃない、あそこは『天《てん》』だろうが」

男らしくも優美な容姿に似合わず、男性は盛大な舌打ちを漏らす。

「俺は鳳兆《ほうちょう》という名の、天上界の神の一人だ。主人である『天』から……つまり『天帝』から、この人間界へと遣《つか》わされた。つい先ほど、ここに着いたばかりだ」

「て、天帝……？　神の一人……？」

「そうだ、俺は神だ。そして、天帝の側近でもある。その俺が、天帝から頼まれた仕事を片付けに、獣の虎に会いに来てやった。こんな、人間界の果てのような山奥へなっ」

鳳兆と名乗った長い銀髪の男性は居丈高《いたけだか》な態度で、白皇虎に向かってクイと顎をしゃくった。

「お前たち、こうして俺の姿を拝《おが》めただけで、一生分、感謝しろよ……？」

「あ……」

白皇虎の腕に抱かれていた香了は、突然現れた彼――鳳兆の言葉に、ハッとした。

「今、白皇虎のことを『獣の虎』って……？」

「そう呼んだが、なにか悪いか？　そいつは白虎だ、獣の虎で間違いないだろう？」

「それは……でも、どうしてそれを知っているんですか……？」

白皇虎は今、人間の男性の姿に変化している。その彼に、鳳兆は初めて会ったはずなのに。

白虎の姿を見ていないのに、どうして白皇虎の本性を知っているのだろう……？

（この人は、いったい……？　まさか、本当に、天上の神様……？）

香了が訝しみながら鳳兆を見ていると、彼は眉を寄せて香了を見つめ返してきた。

「しかし、なんだ、その『白皇虎』という名は？　お前がこの虎につけたのか……？」

「は、はい……。そうです」

「ふむ……。ずいぶんと大きく出たというか、大胆に思える名だが……。まあ、人の姿でこの人間界の『皇帝』となるには、名前はあった方がいいだろう。……それに、天帝の力の一部を授《さず》けられた虎だ。獣とはいえ『皇』の字を使っても、それほど大仰ではないか」

「え……？　皇帝になる？　天帝の力……って？」

香了が詳しく訊き返そうとすると、白皇虎がイラついたように叫ぶ。

「香了、もうこんな奴と口をきくなっ！　見るからに怪しいだろうがっ……！」

「ほう……」

今にも手が出そうな彼を見て、鳳兆はまた唇の端に小馬鹿にするような薄い笑みを浮かべた。

「その様子では、やはりお前はまだ自分の『使命』を分かっていないんだな？　もう一ヶ月にもなるというのに、なにも動きがない……と、天帝も心配しておられたが……。全く、これだから、愚かで無知な獣という奴は困るんだ……」

「なにっ……？」

「いいか、よく聞け」

鳳兆は白皇虎の言葉を遮り、ゆっくりと腕組みを解く。

「今からお前たちに、天帝のお言葉を伝える」

腰に片方の手を当てた彼は、すうっと大きく息を吸って広い胸を張り、次の言葉を発した。

「ここ三十年間というもの、人間界では乱世が続いている。大小の国々が争い、民たちの暮らしは不安定だ。その乱れた世をそろそろ終わりにすべく、天帝が、人間界を統一して治めるべき者をお選びになった。そして……その者に一ヶ月前、天から落とした雷で、ご自身の力の一部をお与えになられたのだ。天下統一という使命を果たすために、その力を使うように、と……」

「え……か、雷で……？」

「人間界では、昔から『天帝の紫雷』として知られているだろう？　おい、そこの虎。お前自身はさすがに覚えているだろう、その雷に打ち貫《ぬ》かれて死にかけた本人なのだから」

「っ……！」

鳳兆にまた乱暴に顎をしゃくられたが、白皇虎は彼を睨みつけたまま表情を変えない。

香了は、白皇虎だけでなく自分もその白皇虎を打った『天帝の紫雷』をよく覚えている、と鳳兆に言いたかった。けれど、ぐっとこらえて彼の言葉を聞き続ける。

「だが、しかし……もう一ヶ月近く経つのに、お前は天下統一に向けての動きをなにも見せていない。その事態を憂慮《ゆうりょ》された天帝が、俺をこうして人間界へと遣わされたのだ。まだよく己の『使命』を理解していないらしい、愚かな獣の虎に、自分の役割を悟らせるためにな」

鳳兆は、低いがよく通る声で、香了たちを見つめながら話した。

「天帝はその虎に、こう言っておられる。『紫雷によって天から与えられた力を使い、一日も早く天下統一を果たして皇帝となって、この人間界を平安に治めるように』と……」

「白皇虎が『皇帝』に……？」

香了は、自分を守るように抱いている白皇虎の顔を、そっと見上げてみる。

彼の反応をうかがったが、白皇虎は頬を強張らせたままだ。

いきなり、天帝の紫雷のことを持ち出されたり、天下統一をして皇帝となるのが使命だ、などという話をされたりして……。香了と同様に、ただ戸惑っているのだろう。

彼の硬い表情からは、まだ鳳兆という男性の言葉をまるで信じていないのが、伝わってくる。

「は、白皇虎……」

香了はそんな白皇虎の胸から、静かに身体を離した。

彼の隣で、鳳兆にきちんと向き直って、ゴクンと唾を飲む。

「あの……鳳兆、様……？　今の話は……本当なんでしょうか？　本当に、白皇虎が……天帝から、次の皇帝になるようにって、選ばれたんですか……？」

「俺は天上の神だぞ。神は嘘を吐かない。人間のように、嘘を吐く必要がないからな」

上からものを言う鳳兆だが、確かに、堂々としている彼が嘘を吐いているようには見えない。

香了は、もしかしたら本当に『神』かもしれない相手に戸惑いつつも、さらに問いかける。

「で……でも、あなたも先ほど言われましたが、白皇虎は虎です。白虎なのに人間界の皇帝になるなんて、そんなことがありえるのですか……？」

「そのことには、俺も今、とても驚いているところだ」

鳳兆はいかにも香了に同意するというように、うんうんと大きく頷いた。

「まさか、天帝がこの人間界の将来を託されたのが、こんな獣の虎とは……。いや、俺もつい先ほどこの場に来るまで、全く知らなかったのだ。……おまけに、その虎の隣にいて『番になれ』などと求愛されていたのは、お前……。旧王朝の末裔の皇子ときている」

「っ……。僕の素性も、知って……？」

「実に興味深く、面白い状況だ。全く、あの方は……天帝はこうして常に、俺たちそばに仕える者たちの想像が及ばないことをして、楽しませてくださる」

鳳兆は空を見上げて、天帝がそこにいるとでもいうように、うっとりと目を細める。

「これは気まぐれか、それとも、恐ろしく深い意味があるのか……。どちらにせよ、この謎解きのような楽しさがあるから、あの方の側仕《そばづか》えをやめられないのだ」

彼はしばらく空を見つめたあと、ふっと笑みを消し、それまでとは一転した冷たく蔑《さげす》むような目で、香了と白皇虎を見た。

「まあ、そういうわけだ。天帝のお言葉は、これで全て伝えたからな。あとは、しっかりと自分の使命を果たせよ。分かったな、そこの虎……？」

鳳兆は強く念押しをして、白皇虎に向かってまた顎をしゃくる。

「時々だが、様子を見に来る。サボっていないかの監視だ。それじゃあな……」

素《そ》っ気《け》ない挨拶をしたかと思うと、一瞬後、香了たちの前からその姿がすっと掻き消えた。

「っ……！」

香了たちの立つ大きな岩の上には、鳳兆がいた痕跡はなにも残されていなかった。

目の前にできた、人一人分のぽっかりとした空間。まるで、神を名乗る銀髪の彼が今までそこに立っていたことすら、白昼夢《はくちゅうむ》だったかのように感じる。

静けさの中に滝の音だけが響く中で、白皇虎が眉を寄せて呟いた。

「なんだったんだ、今のあいつはっ……？」

「て……天上の、神様だったんじゃないかな？　本人も、そう言っておられたし……」

香了もまだ半信半疑ではあるが、鳳兆が本当に天上界の住人であり、本人が言っていたように天帝の遣いである可能性が高い、と思い始めている。

「白皇虎の本性が虎だっていうことも、天帝の紫雷に打たれたことも、知っていたし。僕が旧王朝の血を引くことも知っていた……。それに、天帝の話も真実味があるように思えたよ。あんな白皇虎にぴったり合うような作り話を、普通は都合よく思いつくはずがない。もし、あの話が全くの嘘だったとしたら、それを僕たちにああして聞かせた意味も分からないし……」

「どうだかな……。ただの、とんでもなく頭がおかしい奴だっただけなんじゃないか？」

「それに、ここに現れたときも突然だったし、去るときも。今の、見たよね？　一瞬で目の前から姿が消えた。あんなこと、普通の人間にはできないよ……」

「それは、まあ、確かに……」

鳳兆が去った場所をじっと見つめている白皇虎に、香了は頷きながら微笑みかけた。

「でも、あの人が本当に神で、天帝の遣いだったとすると……。この地方の、昔からの『天帝の紫雷』の言い伝えは、本当だったっていうことになるね。たとえ本性が虎でも、『天帝の紫雷』に打たれて生き残った白皇虎が、天帝から次の皇帝として、選ばれていたんだから。天帝から天下統一をするべき者として指名を受けたなんて……すごく名誉で、誇らしいことだね……！」

「別に、俺は……そんなの、名誉とも、誇りとも思わない」

白皇虎は冷めた口ぶりで言い、岩の上で香了の方へ向き直って立つ。

「それに、もし、さっきの鳳兆っていう奴の言っていたことが本当で、俺が天帝から次の皇帝に選ばれたのだとしても……。俺は、天下統一の使命とやらを果たすつもりは、さらさらない」

「え……？　白皇虎……？」

「そんなことより、俺にはこの人間界でもっとやりたいことがあるんだ。香了……」

白皇虎は香了の二の腕をつかみ、怖いくらいに真剣な瞳で見つめてきた。

「俺はお前と『番』になって、一生いっしょに暮らしたい。どうか、さっきの返事をくれっ」

「は、白皇虎……」

香了は、急に現実に引き戻された気分になる。

鳳兆が現れる前に、白皇虎から求婚されていたことを思い出した。

「あ……僕は、その……さっきも言ったけれど。正直なところ、白皇虎とそんなふうな関係になるなんて、これまで考えたこともなくて……」

「意識して考えたことはなくても、お前は俺を好きなはずだ。だから『番』になってくれるな？」

「……？　どうして、僕が白皇虎を好き、って……？」

「これまでの一ヶ月間、二人で上手くやってきたじゃないか。お前は俺と暮らしている間、よく楽しそうに笑ってくれていた。お前がそうして笑ってくれるたびに、俺はすごくうれしくなったんだ。お前も俺のことを好きでいてくれているんだな、と思えたから」

「それは……もちろん、白皇虎のことは好きだよ」

香了は強くつかまれた二の腕に痛みを感じながら、慎重に言葉を選ぶ。

「でも、それは、『番』になりたいとか、そういう意味の『好き』じゃなくて……」

「一ヶ月前に、突然、人間に変化できるようになった、俺のこの力……。これは確かに、天帝から与えられたものかもしれない、と思う。天帝が俺に、この力をくれたんだろう。お前にこうして、人間の言葉できちんと想いを伝えられるように……」

ぐい、と二の腕を勢いよく引き寄せられて、身を少し屈《かが》めた白皇虎の顔が間近に迫った。

鼻先同士が触れ合いそうになり、深く美しい紫色の瞳にじっと覗き込まれる。

「っ……？　は、白皇虎っ……あ？」

唇に熱くやわらかなものが重ねられて、香了は目を瞠った。

すぐにそれが白皇虎の唇だと気付き、逃れようとして身を捩《よじ》る。けれど、二の腕をつかんでいた彼の手で背中を抱きすくめられて、身動きすらできなくなった。

「ん、んんっ……」

白皇虎の熱い舌で、唇が強引に割られる。口の中に、彼の温かな舌が入ってきた。

やわらかな粘膜を舐め上げられ、舌を根本から吸われる。生まれて初めて他人から口の中に与えられる愛撫は、強烈に甘ったるくて心地よかった。

ちゅっ、ちゅく、と唾液の音を立て、舌が絡み合う。そのたびに、頭の中がクラクラした。

「う、む……ん、ふう、ぅっ」

肩を強張らせて拒絶しているつもりなのに、身体からすうっと力が抜けていく。

頭の中も同じだ。この状況をどうにかしなければ、とその片隅で思っている。だが、実際は溢れてきた甘い熱でいっぱいになり、ぼんやりとしてしまって、なにも考えられない。

香了はただ、初めての口付けの甘さと快感に呑み込まれ、どこまでも流されそうだった。

(これが、口付け……？　あ……すごく、気持ちいい……)

ふっと意識がどこかへ飛びそうになって、瞼を閉じかけていた香了はハッと我に返る。

次の瞬間、力いっぱい、白皇虎の胸を両手で突き飛ばした。口付けの途中で不意を衝《つ》かれたからか、白皇虎はそのまま後ろにフラつき、二、三歩、香了から離れる。

「白皇虎っ、ダ……ダメだよ、こんなっ！」

恥ずかしさから、頬に一気に血が上った。香了は、白皇虎の顔をまともに見られなかった。

「どうして、こんなことをするの？　突然、こんなっ……。僕は、白皇虎のことをそんなふうに考えたことはないって、そう言ったよね？　それなのに……！」

「っ……！」

白皇虎が苦しそうに眉を寄せ、口付けで濡れた自分の口を手の甲で静かに拭う。

「それは……俺が、虎だからか……？」

呻くように呟いた彼は、頬を強張らせ、香了を睨むように見た。

「俺が虎だから、お前は『番』の相手として考えられないのか。獣だから……？」

「え？　は、白皇虎……？　なにを……」

白皇虎の顔がぐにゃりと泣きそうに歪んだように見えて、香了の胸はズキッと痛む。

この世の全てに絶望したとでも言わんばかりの、白皇虎の暗く辛そうな表情。眉を寄せ、悔しそうに唇を噛んでいるその表情が、香了の胸を深く抉《えぐ》った。

（あ……は、白皇虎……？　どうして、そんな顔を……）

香了が戸惑うばかりでなんと言っていいか迷っているうちに、白皇虎が口を開く。

「分かった、もういいっ！」

香了への恋情を振り捨てるかのように言い、彼は勢いよくフイッと顔を逸らした。

「そんなに俺のことが嫌で、番になりたくないって言うなら……。俺はお前のそばに、二度と近寄らない。村にも家にも、もう行かないから、安心していろっ！」

「あっ、は、白皇虎っ？」

素早く踵を返した白皇虎が、ダッと駆け出す。

「どこへっ？　白皇虎っ……？」

香了は二、三歩追いかけたが、白皇虎の姿はあっという間に、木々の緑の中へと消え去った。

取り残された香了は、その場に呆然と立ち尽くす。

（あんな顔をさせて……。白皇虎を……僕が、傷つけた……？）

背後の切り立った高い岩崖の上から、大きな滝が豪快な音を立てて流れ落ちていた。

その滝から、髪や頬に、ひんやりと冷たい霧のように細かな飛沫が降り注いでくる。それに包まれながら、香了は、白皇虎の消えた木々の間をただ見つめていることしかできなかった。

5. 裏切り

夜更けに、玄関の方で、カタン、と小さな物音がした。

板間に布団を敷いていた香了《かりょう》は、ハッとしてそちらへ顔を向ける。

息を詰めたまま、急いで土間へ飛び降りて靴を突っかけて履き、玄関の方へ走った。

「白皇虎《はくおうこ》っ？　お帰りっ……！」

ガラッと勢いよく戸を引き開け、とびきりの笑顔で迎えようとしたが、目の前に広がっていたのは暗い空間だけだった。

どこまでも続いている静かな闇。期待した白皇虎の姿はない。

その、じっと見つめていると頭から呑《の》み込まれてしまいそうに深い夜の暗がりと、頬に触れる空気の冷たさに、香了は肩で長い息を吐いた。

「風か……」

二人で遊びに行った滝。そこから白皇虎が走り去り、今日で五日経《た》つ。

姿を消した彼は、これまで一度も、村にも香了の家にも帰ってきていない。今夜こそは、もしかしたら……と思いつつ、香了は毎夜一人で過ごしてきた。今日も夕食後ずっと待っていたのだが、すでに夜も更《ふ》けた。そろそろ寝なければいけないからと、その支度をしていたところだ。

香了は玄関の引き戸をゆっくり閉め、もう一つ深いため息を吐く。

「どこに行っちゃったんだろう、白皇虎。今、いったいどこに……？」

人間の知り合いなど、村以外にはいないはずだ。人の社会では行くところはないだろう。

もしかしたら、山のどこかへねぐらを移し、そこで暮らし始めているのかもしれない。だがそうだとしても、香了にはその場所を知る術《すべ》はない。

それでも、なんとか行き先を突きとめたいと思い、村の皆にも相談した。

いきなり消えた白皇虎に、庸良《ようりょう》などはひどく憤慨《ふんがい》していた。

薄情で恩知らず。ついでに礼儀知らず。そんな奴のことは放っておけばいい、と言っていた。

香了が白皇虎を庇《かば》い、自分が彼を怒らせたのが原因だから、そんなふうに言わないで欲しいと頼むと、庸良は呆《あき》れ、ますます怒った。

しかし結局、彼を含めた村の皆は、白皇虎を見たらすぐに香了に知らせると約束してくれた。

旧王朝の血筋であることを隠して暮らし、外部との接触をできるだけ避けている香了は、都などへ頻繁《ひんぱん》に白皇虎を探しに行くわけにはいかないのだ。村の皆の協力を取りつけたあと、香了にできることは、ただひたすら彼の帰りを家で待つことだけだった。

「白皇虎の行きそうな場所なんて、この村とあの滝以外には全《まった》く想像もつかない……」

香了は力なく歩いて板間へ戻ると、そこに敷いてあった布団の上に座った。

燭台《しょくだい》の小さな火に照らされた天井を、ぼんやりと見上げる。

薄暗い天井が、やけに高く感じられた。小さな家のはずが、今夜は広々と感じられる。空気も冷たい。どこか寒々しく、身体だけでなく心の芯まで凍りつきそうだ。

こんな家だっただろうか――。生まれてからずっとここで暮らしてきたのに、急に自分が別の家にでもいるかのような錯覚に襲われて、香了はその不安と違和感に戸惑《とまど》った。

（そうか……ここ最近ずっと、白皇虎といっしょにこの家で過ごしていたから……。白皇虎がこの家にいるのが当然、ってなっていた。だから白皇虎がいないと、変に感じるんだ……）

思い返せば、二年前に父母が亡くなってから、この家は香了にとって寂しい場所になった。

幼少期からの父母との思い出が、たくさん詰まっている。だからこそ、灯が消えたようなこの家で送る一人きりの生活は、寂しさと孤独を余計に感じるものだった。

そこに一ヶ月ほど前、突然、白皇虎が現れて、ともに暮らすようになって——。

人の常識が通用しないけれど朗《ほが》らかな彼との、少しばかり大変だが賑《にぎ》やかだった毎日。

それにどれほど、心が慰められていたか……。父母を亡くしてからずっと失っていた心の温《ぬく》もりを、白皇虎との生活の中で取り戻せていたのだと、今、改めて思い知っている。

（白皇虎との暮らし……。いつも、すごく楽しかったな……。あの滝でのことがなかったら、今頃も、そんな生活を続けていられたはずなんだ……）

五日前の滝での一件を思い出し、香了の胸はズキンと鈍《にぶ》く痛んだ。

あのとき、鳳兆《ほうちょう》という天帝の遣《つか》いを名乗る男性が去って、白皇虎に求婚の返事を迫られた。

香了は、突然の好きだという告白や、男同士なのに『番《つがい》』になりたい、という彼の希望に戸惑っていた。さらには初めて他人とした口付けへの驚きと、その心地よさに流されそうになった自分への恥ずかしさで、混乱して……。香了はとっさに強く、白皇虎の求愛を拒絶してしまった。

自分の『好き』と彼の『好き』は、明らかに違う。

だから仕方のないことではあったが、白皇虎があんなに悲しそうな顔をするなんて――。今も眉を歪《ゆが》めた彼の、今にも泣き出してしまいそうな顔。去り際のそれを思い出しただけで、今も香了の胸はキュッと締めつけられて、自分も泣いてしまいそうに悲しくなる。

(白皇虎はいつも堂々としていて、自信に溢《あふ》れて見えていたけれど……。でも、そんな白皇虎でも、あのときは、すごく緊張していたはずなんだ。だって、自分の想いを誰かに告げるなんて、すごく勇気が必要なことだろうと思うから……)

せめて、もう少し白皇虎を傷つけないような断り方を、あのときできなかったか。

今さら考えてもどうしようもないことだが、香了は何度もそう考えて後悔せずにいられない。

「白皇虎……」

香了は座っていた布団の上に背中からバタンと倒れ、天井の薄闇に白皇虎の姿を思い描いた。

「色恋っていう意味ではないけど、僕は白皇虎のことをすごく好きになっているんだ。白皇虎といっしょだと、気持ちがいつも弾んで、明るくなれる。心が軽くなって、史紋《しもん》や庸良にも話しにくかった、亡くなったお父さんとお母さんの思い出とか、旧王朝の復興や天下統一についての自分の考えとかも、自然と偽《いつわ》らずに話せて……」

白皇虎の本性が虎だとか人間だとか、そんなことはどうでもいいのだ。

彼は、もしかしたら香了が生まれてから十七年間で初めて、友情を築《きず》けた相手かもしれない。

白皇虎は快活で、心のままに行動する。他人の思惑をまるで気にせず、自《みず》らの意志を貫《つらぬ》く。

白皇虎のそんなところを、香了は眩《まぶ》しく感じていた。

ときに危うく、乱暴にも感じられる彼の性格。その全《すべ》てを好きになっている。

白皇虎といっしょにいると、彼の豪胆《ごうたん》さに引っ張られた。気持ちがおおらかになり、旧王朝の皇子《おうじ》という血筋や使命を忘れて、自分の全てが許されているような安心感に包まれた。

恋愛感情はなくとも、彼が香了にとってこの世界で一番『特別』な存在であるのは確かだ。

「白皇虎の、白い大きな虎の姿……懐かしいな。お腹がすごく温かくて……」

毎朝起きると、自分をそのやわらかくてふかふかの腹に抱いていてくれていた大きな白虎《びゃっこ》。香了は彼の姿をぼんやりと思い出して、天井を見上げたまま、うっとりと幸せな気持ちで目を細めた。

また、以前のように、白皇虎の腹で寝かせてもらいたい――。

この家でいっしょに暮らしたい、という思いが募ると切なくて、涙が零《こぼ》れそうだった。

「こんなに寂しいなんて……。白皇虎、本当に……今、どこにいるの？　お願いだから……早くこの家に帰ってきて欲しい。白皇虎がいないと、僕はすごく寂しいよ……」

白皇虎のいない毎日は光が失われ、世界の全てから色が消えている。

味気なく、彼の温もりに包まれることもなく、ただ心を冷たい隙間風が吹き抜けていく。そんな毎日に、香了はとてもこれ以上耐えられそうになかった。


昼過ぎに村を出た馬車は、都へと続く広い平原の中を走っていた。

青空の下、草の丘を貫く土の一本道を踏んで回る車輪が、ガラガラと乾いた音を立てる。

その大きな音を聞きながら、香了は車窓の外を眺めて、ため息を吐いた。

旦令《たんれい》の城からの迎えの馬車に村で乗り込んでから、ため息はもう三回目になる。

出発のときから、気分はずっと冴えない。どんよりと暗い曇り空のような顔つきで、元気がない。そんな香了をついに見かねて、正面の座席に座る庸良が声を掛けてきた。

「どうされたのですか、香了様？　先ほどから、そうしてため息ばかり……」

彼は、体格のよいその身を乗り出してくる。

「もしや、ご気分がすぐれないのですか？」

「あ……ううん、なんでもない。大丈夫だよ」

香了が苦笑を混ぜて微笑むと、庸良は神妙な顔で頷《うなず》いた。

「そうですか、それならよいのですが……。ここのところ、香了様はあいつの件で、お元気をなくされておられたようですので……。つい、心配になりました次第です」

「うん……」

「どうか、あいつのことなどもう考えないでください。あんな虎のことなどどっ」

庸良は眉を寄せ、吐き捨てるように言う。

「行き先も言わないまま姿を消して、もう十日以上になるのでしょう？　全く、本当に礼儀知らずで恩知らずです。皇子に……いえ、香了様に介抱《かいほう》していただいて、回復したくせに。そのあとも、勝手に押しかけてきたあいつを家に置いて、香了様が面倒を見てやっていたというのに」

「それは、でも……」

白皇虎が出て行ったのには特別な事情があるのだ、と説明したかったが、香了は呑み込んだ。

(理由を聞いたら、それはそれで庸良はまた怒るかもしれないし……)

山奥の滝で別れたきり、白皇虎が村にも香了の家にも帰ってこなくなってから、すでに二週間が経った。

香了がただ家で彼を待つことしかできなかったその間に、王城にいる旦令から遣いが来た。

再び彼の城で、隣国の王・左臥《さが》と三人で会食をしたい、という誘いだった。

きっと、養子の件と、天下統一のために香了が『旗印《はたじるし》』となる件を、その場でまた話したいのだろう。香了は正直なところ、白皇虎が心配でそれどころではなかった。しかし、旦令や左臥と関わりのあるそれらの件についても、これ以上、結論を先延ばしにしておくわけにもいかない。

先にきっぱりと断ってそちらのケリをつけようと、旦令の居城を訪問する約束をした。

今日のその件が一段落したら、村を出て白皇虎を探して回ろうと思っている。もちろん旧王朝の皇子という素姓と村の存在が外部に漏《も》れないよう、充分に気をつけながら。

白皇虎がどこにいるかも分からないまま、彼に二度と会えないなんて辛過《つら》ぎるから……。

「せめて、白皇虎がどこにいるか分かれば……。どこかで無事に暮らしているっていうことだけでも分かれば、とりあえずはそれだけで、僕はいいと思っているんだけど……」

香了は再び車窓の外へ目を遣《や》り、そこに広がる緑の平原をぼんやりと眺めた。

「もちろん、帰ってきて欲しい。帰ってきてくれるなら、それが一番いいことではあるけどね」

「……帰ってきやしませんよ、あいつは」

庸良は香了をじっと見たあと、プイと顔を逸《そ》らし、ぶっきらぼうに言う。

「あんなところであんな暮らしをしていて、帰ってくるわけがない」

「庸良……？　『あんな暮らし』って？　白皇虎がどこにいるか、知っているの……？」

「っ……」

瞬きをしながら香了が追及すると、庸良は気まずそうに黙り込んだ。

しかし、しばらくして顔を正面に戻し、再び口を開く。

「実は、その……村の者から、あいつの話を聞きまして」

「白皇虎に関する話……？」

「そうです。五日ほど前に、買い出しのために都へ行った村の者がおりました。その者から、あの虎の……白皇虎の姿を見た、との報告を受けました。あいつは、都の外の……この平原に天幕を張って寝泊りしている『世直《よなお》し党《とう》』という、大きな世直しの集団の中にいるようです」

「え……？」

思いもよらない彼の言葉に、香了は視線を揺らした。

「『世直し党』？　あの、白い着物を身につけた……？」

「はい」

庸良が深刻そうな顔で頷き、香了の頭の中はますます混乱した。

「まさか……！　だって、そんなのおかしい。白皇虎は、あの集団を好きじゃなかった。以前旦令様のお城に行ったとき、城門の前の広場で襲われた一件があったから」

「はい……。私もそう思ったのですが」

馬車が平原の道を走る音が響く中、庸良はまた神妙に頷く。

「村の別の者を確認に行かせましたところ、その者も、確かにあの白皇虎は、世直し党の集団にいると言うのです。しかも、幹部以上の厚待遇を受けて、悠々自適《ゆうゆうじてき》な生活を送っているとか」

「ええ……？」

「なんでも、あの党の者たちは、皆、あいつが山で『天帝《てんてい》の紫雷《しらい》』に打たれて生き残ったことを知っていたとか。あのめずらしい紫《むらさき》色《いろ》の瞳と、以前の暴動事件のときに世直し党の者たちに向けて振るった『特別な力』を、神聖視されて……。あいつは党の者たちから、今現在の乱世を終わらせて『次の皇帝』となるのに相応《ふさわ》しい者として、祭《まつ》り上げられている、とのことでした」

庸良は香了の目を見つめ、いくらか言いにくそうにしながらも淡々と話した。

「世直し党は、あの白皇虎を、天下統一のためのあの集団の『旗印』として掲げるつもりのようです。次の皇帝となるのに相応しい、神のような力を持った者だ、と崇《あが》めて……」

「そ、そんな……？」

庸良が嘘を吐いているとは思えなかったが、香了は彼の話をすぐには信じられなかった。

白皇虎は以前、香了を傷つけた『世直し党』の者たちを許さない、と言っていた。今度どこかで会うことがあれば『全員殺してやる』などと、過激なことを言っていたのに……。

まるで敵のように見ていた相手のところへ行き、その仲間になるなんて、ありえるだろうか。

しかも、彼らの頂点に立つ主のような存在になり、人の世界で皇帝になる、なんて……。

(あの鳳兆様に会って、天帝から乱世を終わらせる次の皇帝に選ばれたという話をされても、白皇虎はまるで関心がなさそうにしていた。この人間の世界での天下統一にも、皇帝という身分にも、なんの関心もないって、そう言っていたはずなのに……?)

頭の中が戸惑いと疑問だらけのまま、庸良に問いかける。

「どうして、あの白皇虎が、皇帝になることを目指しているんだろう? 世直し党の『旗印』みたいなものになることを、白皇虎自身も了承しているのかな……?」

「私には、そのように見受けられますが……」

庸良は白皇虎への侮蔑《ぶべつ》を含んだ苦々しい顔つきで頷いた。

「きっと、あの世直し党で『新皇帝』などと担《かつ》ぎ上げられて大事に扱われているのが、心地よくてたまらなくなったのでしょう……。確認に行った村の者の話によれば、あの白皇虎は、集団の中でも一番豪華で大きな天幕に住み、毎日贅沢《ぜいたく》な食事で腹を満たして、働きもせずに好き勝手に遊んで暮らしている、とのことでしたから……。今はもう、あいつはそういった楽な生活を手放したくない、と思っているに違いありません。このまま、あの世直し党の集団の『旗印』でいるのも悪くない、という気持ちにでもなっているのでしょう」

「……」

庸良の声には棘《とげ》があり、白皇虎の行動に心底呆れているようだ。

「そのような報告を受けたこともあって、これまで香了様には、この件をお話しできずにいた次第です。あの無礼な虎が、香了様に行き先さえ告げずに姿を消し、ひどくご心配をおかけしておきながら、例の『世直し党』の集団で、毎日、面白おかしく暮らしている、などと……。そのようなあの者の現状を、香了様にどうお伝えしていいか分からず……」

この件は、村の相談役のような存在の史紋も知っている。彼も庸良と同意見で、そういう事情ならば、香了にはしばらく知らせないでおこう、と意見がまとまったのだと、庸良は言った。

「我々には、香了様に、このままあの恩知らずな虎のことをきれいさっぱりと忘れていただきたい、という思いもありまして。それで……」

「白皇虎の居場所を僕に黙っていたことは、もういいよ」

庸良や史紋なりの自分への気遣いがあったのは、香了にも理解できる。

「はっきりとした居場所も分かったし、元気にしているらしいってことも分かって、安心したから。怒ったりしていないから、この件についてはもう気にしないで」

「はい……。申し訳ありませんでした」

「ただ、まさか白皇虎が『世直し党』の後押しを受けて、これから天下統一をするつもりでいるなんて……。そんな話は、さっき初めて聞いた。あまりにも意外で、すごく驚いていて……そのことについては本当なのかどうか、できれば自分で確かめたいな、と思ってはいるけれど……」

香了が話しながら、再び馬車の窓の外を見つめた、そのとき――。

ふと、広くなだらかな草の丘の上に、ぽつぽつと人の姿が見えてきたのに気付いた。白い着物と鉢巻《はちまき》を身につけた人々が、無数の天幕が密集した一帯で生活している。

「あれは……」

天幕は彼らの住居らしく、大きな丸い天井を何ヶ所か軽くつまんだような形をしていた。

ざっと見て千個以上が、三つの丘に渡って張られている。

（あれは『世直し党』の者たち？　じゃあ、あそこに、白皇虎もいるっ……？）

香了は心にそう浮かぶのと同時に、鋭い声で叫んだ。

「庸良、馬車を停めてっ！」

「え……？　こ、ここで……ですか？」

庸良が戸惑いながらも御者《ぎょしゃ》に声を掛け、王族用の立派な馬車を急停止させる。

香了は素早く立ち上がり、外への扉の持ち手をぐっと握った。

「ちょっと、立ち寄りたいところがあるから。庸良はついてこなくていいよ」

「か、香了様っ……？　これから、旦令様とのお約束がありますのにっ？」

「それには間に合うようにする」

車窓の外へ目を向けた庸良が、少し先に白い着物を着た多数の人々がいるのを見て目を瞠《みは》る。

「っ……？　あれは『世直し党』？　まさか、目的は白皇虎……ですか？」

「うん……。だから、一人で行く」

香了が決意を込めて頷くのと同時に、庸良は勢いよく座席から立ち上がった。

「そ、そういうわけにはいきませんっ……！　お一人では、危険ですのでっ……」

結局、彼もどうしてもついていくと主張して譲《ゆず》らず、二人で馬車を降りることになった。

平原に張られている千個以上もの天幕のうち、中央に集まる十ほどのものは、一目見て分かるほど他よりも大きい。布も厚く、健具も優美で豪華な造りをしている。

きっと、そこがこの集団の中心部で、幹部たちなどが暮らしている場所なのだろう。

あそこへ行けば、白皇虎に引き合わせてくれる者に——この集団で力と決定権を持っている上層部の者に会えるに違いない。香了はそう考え、前方にあるそちらへ足を向けた。

途中、集団内で生活している者たちから、ジロジロと注目されて緊張した。

老若男女、様々な者がいる。ちょうど昼食の準備中らしく、あちこちで中年の女性たちが集まって、大鍋で料理を作っていた。香了のそばを駆け抜けていった子供たちの衣服には、ほつれや汚れがある。集団内の生活にはあまり余裕がないという、内情がうかがえた。

三つの丘に散らばって暮らす彼らは、一万人以上いるように見えた。

大人数だと噂では聞いていたが、実際に目にすると、人の多さに圧倒される。

(これほどの数の民《たみ》が、あちこちの国からこの集団に参加している。故郷を捨て、救いを求めてやってきているんだ……。やっぱり、民たちは今の世の中ですごく苦しんでいる……)

現在の乱世を終わらせ、貧しい民であっても幸せに暮らせる平和な国を造る——。

そんな理想と目標を掲げるこの『世直し党』に、入党する者が多い。それはつまり、それだけ今の戦いだらけで不安定な世の中に不満を抱き、絶望している者が多いということだ。

(僕に、今の世界の状況を変える力があったら……そうしたら、民たちを救えるのに！　でも、僕にはとてもそんな力はなくて……)

香了は改めて自分の無力さに辛い気持ちになりながら、豪華な天幕の群れへと近付いていく。

それらの天幕が並ぶ場所の周りだけが、高い木の柵《さく》で囲われていた。

柵の扉開きの入り口には、腰を剣に差して槍を手にした、二人の見張りの男性が立っている。

少しの間でいいから、白皇虎と話したい。香了はそう言って彼らに取次を頼んだが、屈強《くっきょう》で粗野《そや》な風貌の二人から、不審そうに眉を寄せられただけだった。

「お前たちは何者だ……？　白皇虎様と、どういう関係なんだ？」

「白皇虎様は、もうすぐ皇帝になられるお方だ。俺たちが作る国のな！　お前たちなどが、気軽に口をきけるわけがないだろうがっ……！」

乱暴な口調の彼らが、香了と庸良の目の前で、長い槍をガシャンと音を立てて交差させる。

行く手を阻《はば》まれ、これはダメかもしれない、と思ったそのとき。

香了は、柵の向こうに見える前方の天幕の一つから、三人の男性が出てくるのに気付いた。

そのうちの一人が身につけている、紫色の着物。見覚えのある濃いめのその色が目に飛び込んできてハッとした香了は、思わず声を発する。

「はく……白皇虎っ!?」

手を伸ばし駆け寄ろうとしたが、見張りの男性たちが前方で交差していた槍で押し戻された。

「おいっ!!　貴様《きさま》、なにをするんだ、やめろっ!!」

「こいつ、殺されたいのかっ!?」

大声で凄《すご》まれたが、香了は諦《あきら》めずに白皇虎の名前を呼び続ける。

すぐに、前方に見える黒髪の男性が――背の高い彼が、足を止めた。

白い着物を着ている者ばかりの中で目立つ、紫色の着物を身につけた男性。

こちらを気にしている他の二人の仲間に、あの問題は自分が処理する、と言わんばかりに手で前方を指したあと彼らに別れを告げ、香了たちの方へ早足でやってくる。

「香了……？　ここでなにをしている……？」

眉を寄せた彼は、つっけんどんな口調だった。

白皇虎と知り合いだと分かったからだろう、香了の腕をつかんでいた見張りの男性二人が、あわててその手をパッと離した。

香了は柵の門扉《もんぴ》に駆け寄り、そこに両手でしがみつく。

「白皇虎っ！　話があるんだっ、時間は取らせないからっ……！」

「……」

柵の向こうに立つ白皇虎は、しばらくの間、冷ややかに香了と庸良を見ていた。

そして、不意に踵《きびす》を返す。

「お前だけならいい。ついてこい」

香了は隣の庸良を見て、ここで待っていて、と暗《あん》に言い置いてから白皇虎のあとを追った。

今度は、見張りの男性二人は、すんなりと扉を開けて通してくれる。

そこを抜け、白皇虎が早足で向かった二つ先の天幕に、彼に続いて入った。

大きな天幕の中は薄明るい。入り口の布を閉めていても、白い布を通して日光が差し込む。

中に並ぶ家具の豪華さには、目を瞠るばかりだ。

焦《こ》げ茶色の美しい光沢が浮かぶ、高級な木製の箪笥《たんす》。天板に細かな貝の埋め込まれた、六人掛けのどっしりとした円卓。猫脚に草花の彫刻が施《ほどこ》された、優美な意匠《いしょう》の長椅子。奥の方には、貴族が使うような、天蓋《てんがい》付きの寝台まで置いてある。

こんな天幕を一人で使用できているのは、白皇虎がここでよほど重宝《ちょうほう》されているからだろう。

(党の幹部しかいないような中心部で、しかも、これほど豪華な部屋に住んでいるなんて……。やっぱり、庸良の言っていたことは本当なのかな……?)

白皇虎は天幕の中央まで行き、長椅子にドカッと乱暴に腰を沈めた。

彼はそばにある小さな丸い卓台へと手を伸ばし、大皿に盛られている上品な菓子を一つつかんだ。いつもそうしているのか、口の中へ無造作に放り込む。

天幕の中には、菓子や高級な酒といった、王族や貴族しか口にできないような贅沢品が並ぶ。

質素極まりない自分の家での暮らしと、ずいぶん違う。ここでの生活の方が快適だろう。

けれど……それでも、白皇虎に帰ってきて欲しい――。

香了はその一心で、彼が菓子を飲み込んですぐに問いかけた。

「白皇虎は……ずっと、ここにいたの?」

長椅子の上でそっぽを向いている白皇虎の前に立ち、慎重に言葉を選ぶ。

「僕の家に帰ってこなくなってから……滝で別れてから、ずっと……この党といっしょに?」

「ああ、まあな。ほとんどは」

白皇虎は香了と目を合わせず、軽く頷いた。

「何日かは、山の中にいた。そのまま、もう人間とは全く関わらないようにして生きていこうかとも思ったが……その前に、やっぱりこんなふうに人間の姿にも変化できることだし、もう少し人間の世界というのを見ておこう、と思い直した。都の方へ歩いてきたら、この『世直し党』が暮らしているこの場所で、城門前での一件のときにいたらしい者たちに会って……」

「……」

「なにかあのときの復讐でもされるのか、と思ったが。逆に、丁重《ていちょう》にもてなされて、俺があの城門前で使った不思議な力について訊《き》いてきたんだ。それで、一ヶ月半ほど前に『天帝の紫雷』に打たれたという話をした。本性が虎であることは話していないが……この紫色の目も、そのときに変化してからずっとこの色になっている、と話した。そうしたら、俺のことを『新しい皇帝になるべき方だ』とか言い出して。天下統一がどうとか騒いだかと思ったら、幹部の連中が出てきて、ぜひここに留まって欲しい、と頼まれた。それからは、ずっとこの天幕で暮らしている」

「そうだったんだね……」

白皇虎がこの世直し党に合流した経緯や、この党での扱われ方については、馬車の中で庸良から聞いた話と、ほぼ違いはないようだ。

香了が頭の中で納得していると、白皇虎が顔を正面に戻してくる。

「それで……なんだ、お前の話っていうのは？」

彼は初めて、しっかりと香了と視線を合わせた。

「そもそも、どうして俺がここにいると分かった……？」

「それは……村の者が以前、白皇虎をこの集団の中で見たって、庸良から聞いて……。さっき馬車でこの前を通りかかったとき、もしかしたら本当にここにいるかもしれないから、会えないかなと思った。それで、馬車を降りて近付いてみたら、白皇虎の姿が見えて……」

白皇虎の冷たい態度に話しにくさを感じたが、香了は思いきって切り出す。

「それで、その……僕の話っていうのは……。白皇虎に、村へ帰ってきて欲しいんだ」

「っ……」

「この前の……滝でのことは、謝るよ。だから、僕の家に戻ってきて……」

「謝る……？」

白皇虎の男らしい眉の間が、ピクッと震えた。

「謝るって、なにをだ？　なんのために……？」

突き放すような厳しい口調で、詰問《きつもん》してくる。

「あのとき、俺とは『番』になれないって言ったよな？　俺に、口付けするな、とも言った。あれがお前の本心で、俺への気持ちだろう？　それなのに、なにを謝るっていうんだ？」

「白皇虎……」

「俺のことが嫌なんだろう？　だったら、同じ家に住むことだって嫌だろう？　だから、俺はお前の家も村も出たんだ。同じ家で暮らせば、嫌な俺といつもいっしょだぞ？　俺と手が触れることさえ、嫌なんだろう？　だったら、どうして、そんなふうに俺に戻ってこいなんて言う？」

「そんな……。白皇虎のことが嫌いだなんて、あのとき、そんなふうに言ったつもりは……」

香了はズキンと胸の奥が疼《うず》くような重い痛みを感じ、必死に言い返した。

「あのときは、ただ……突然、口付けされて驚いて……。それで、つい、乱暴な言い方になったかもしれないけど。でも……」

「言い方がどうだろうと、関係ない。あの滝で、俺はお前から拒絶されたんだ」

長椅子に座ったままの白皇虎が、苦しそうに眉を歪めて見上げてくる。

「俺と『番』にはなれないと言われて……。つまり、俺はお前から、お前の人生にとっていらない存在だ、と言われた。だから、俺はお前のそばを去ったんだ。それなのに……お前から不要だと思われているのに、俺がこの先お前の家に帰ることなんて、あると思うのか？」

「っ……」

一向に固い口調と態度を崩さない白皇虎を見ていると、香了の胸は悲しさで張り裂けそうだ。

声と心の震えをこらえ、目の前の彼に問いかける。

「じゃ、じゃあ……白皇虎は、もう二度と、僕の村へは帰らないつもり……？」

「……」

「このまま、ここで暮らしていくの……？　それで、いずれ、この党の人たちといっしょに天下統一を成し遂げて、新しい国の新しい皇帝になるつもりなの……？」

「……？　新しい皇帝？　そんなもの、なるわけないだろう？」

白皇虎の吐き捨てるような口調に、香了は、え？　と目を瞠った。

「バカらしい……！　皇帝になって大勢の人間なんて統治して、なにが面白いっていうんだ？」

白皇虎は、いかにも面倒くさく感じるというように、長椅子の上で自分の首を大きく左右に捻《ひね》ってパキパキと音を鳴らす。

「俺はこの先、そんなことをするつもりはない。以前にも言っただろう？　俺は、この人間の世界での覇権《はけん》になんて、全く興味がないんだ」

「え……で、でも。この党の人たちは、期待しているんじゃないの？　近い将来、白皇虎が自分たちといっしょに戦って、天下統一をしてくれる、って」

「ああ、どうやらそうらしいが……」

白皇虎は軽く頷いたが、あまりそのことには関心がないというように言葉を続けた。

「だが、俺はもうすぐここを出るつもりだ。この党の奴らが俺を『旗印』として天下統一とやらに乗り出す前に、この党を離れる。そのあとは、山奥にでも帰って暮らそうと思っている」

「山奥に……？」

「これまで、俺はこの党の奴らに、充分に協力してやった。この『世直し党』は最近、ここでいっしょに暮らしている俺の『特別な力』を外に吹聴しまくって、ずいぶんと多くの入党者を獲得したようだ。その見返りに、俺はこんな贅沢な暮らしをさせてもらっていた。だが……そろそろこの暮らしにも、飽きてきたことだし……。もうこの集団からは離れて、以前みたいに、ただの白虎として山で独り気ままに暮らすのもいいか、と思うようになった」

白皇虎はそこまで話したあと、急にすっと長椅子から立ち上がり、矢継ぎ早に硬い声で言う。

「そういうわけだ。俺は近々ここを出て、山奥で一頭の白虎として暮らす。お前の家に帰ることは、金輪際《こんりんざい》ない。分かったか？　分かったら、さっさとここから帰れ」

「っ……！」

「誰かいないか！　こいつを追い出せっ！」

白皇虎が天幕の外へ向かって大声で呼びかけると、白い着物を着た男性二人が入ってきた。

彼らに両腕をつかまれた香了は、出入り口の方へ引きずっていかれそうになる。とっさにその手を逃れて前にダッと走り、白皇虎の方へ精一杯手を伸ばした。

「待って！　白皇虎、まだ話がっ……！」

白皇虎の着物の袖をつかんだそのとき、後ろから襟首を持たれ、力任せに引き戻される。

「あっ……！」

次の瞬間、香了のつかんでいた白皇虎の着物の袖が、ビリッと音を立てて肩で大きく裂けた。

「っ⁉」

ピタッと動きを止めた白皇虎は、目を瞠った香了より、よほど驚いた顔をしていた。

彼は視線を揺らし、着物の肩の裂け目を見下ろす。そして、袖を破って呆然《ぼうぜん》と立ちすくんでいる香了を、どう扱っていいか分からないというような、ひどく戸惑った目で見つめてきた。

香了の襟の後ろから手を離した男性が、そんな彼に心配そうに声を掛ける。

「だ、大丈夫ですか、白皇虎様……？」

「ああ」

白皇虎が頬を強張らせたまま頷き、眉を寄せて香了を睨《にら》みつけるように見下ろした。

「あ……ご、ごめん、僕、こんな……」

香了は全身から血が引くのを感じつつ、右手でつかんでいた袖から、そっと震える手を離す。

「謝る必要はない」

冷たく厳しい声音で突き放すように言った白皇虎が、自分の破れた着物を——彼のために香了が以前縫った紫色のそれを、素早く脱ぎ始めた。

彼はあっという間に黒い下衣だけの姿になり、破れた着物を床にバサッと乱暴に投げ捨てる。

「ちょうどよかった。どうせ、これは捨てようと思っていたところだ」

「っ……!?」

香了を見つめる白皇虎の深い紫色の瞳は、氷でできているかと思うほど冷え冷えとしていた。

「俺には、もう必要のないものだからな」

「はく……白皇虎っ……!?」

白皇虎の言葉で、香了は一瞬にして心まで凍りついたかのように感じた。

「さあ、お前っ！　大人しく来るんだっ！」

目の前がじわじわと溢れ出てきた熱い透明なものでぼやけて、香了は二人の男性に再び腕をつかまれて天幕から引きずり出されても、なんの抵抗もできなかった。

その後、馬車で旦令の城に着いてからも、香了は落ち込みから抜け出せなかった。

隣国の王・左臥が約束の時間に少し遅れるとのことで、香了は先に、庸良を一階の控えの間に残して、主殿の五階に用意された宴席へと案内された。

そこで旦令と四人掛けの卓台で熱いお茶を飲み始めてからも、ずっとぼんやりとしていた。

先ほど平原で会った白皇虎の、冷たい態度ばかりが思い出される。

せっかく居場所が分かったのに。まさか、あれほど強く帰宅を拒否されるなんて――。

ここに来るまでの馬車の中で、庸良は香了を乱暴に追い返した白皇虎の無礼ぶりに対し、ひどく憤慨していた。だが、彼の文句や悪口も、香了の耳にはまるで聞こえていなかった。

今日で白皇虎との別れが決定的になったと感じられて、辛くてたまらなかったのだ。

（あの紫色の着物も……白皇虎、ずっと着てくれていたんだ……。それなのに、もう捨てる、って。僕と暮らした思い出も、あの着物といっしょに捨ててしまうつもりなのかな……）

自分が引っ張ったせいで、肩から大きく破れてしまった着物。

白皇虎の紫色のそれを思い出すと、まるで彼との関係までもがその着物と同じように破れ、床に投げ捨てられてしまったかのように思えて、胸にズキリと痛みが広がった。

（この先、白皇虎とは一生会えないのかな……？　そんな……そんなのは、嫌だ……！）

香了がお茶の杯を卓台の上で持ったまま、肩で深いため息を吐いたそのとき。

旦令が正面の席から、心配そうに瞬きをしながら見つめてきた。

「どうされました、香了様？　今日はずっと、お元気がなさそうですが……」

「旦令様……」

五十歳を過ぎていながら黒々とした髪の彼は、人のよさそうな笑みを向けてくる。

「なにか、ご心配事がおありですか？　よければ、お話をお聞きいたしましょうか」

「い……いいえ、大したことはなにも……」

香了はあわてて誤魔化《ごまか》すように微笑み、首を横に振った。

「ただ、その……この前、こちらにも連れて参りました、白皇虎という者のことで少し……」

「ああ……。では、もしや以前護衛としてお連れになられたあの方が、平原の『世直し党』に入ってしまわれたことですか？　それが、香了様のお悩みの原因ですか？」

「っ……？　白皇虎があの党にいることを、ご存知だったのですかっ……？」

大きく目を瞠った香了に、旦令は神妙な顔で重々しく頷く。

「以前、この城の前で騒ぎを起こした『世直し党』の者たちを、都から追い出してから……平原に本拠地を置くあの党のことを、よく監視させていたのです。そうしていたところ、十日ほど前に、西郭《さいかく》から白皇虎殿の件の報告を受けました。どうやら、あなたの……香了様のお連れだったあの白皇虎殿が、世直し党と行動をともにし始めたようだ、と」

「……」

「しかし、たとえそのような報告がなかったとしても、白皇虎殿が『世直し党』にいることはすぐに分かったかとは思いますが」

「え……？　どういうことですか……？」

わけが分からず瞬きをした香了に、旦令は種明かしをするように言った。

「実は……この一週間ほど、都はどこへ行ってもあの方の噂で持ちきりなのです」

「……？　白皇虎の……ですか？」

旦令は卓台の向かいの席で、ええ、と即座に頷く。

「つい先日、言い伝えにある『天帝の紫雷』に打たれて生き残ったばかりでなく、それによって不思議な神のような力を得た者が『世直し党』の中にいる、と。その者は白皇虎という名で、紫雷に打たれた証拠として瞳が紫色だ、という噂が広まっているのです……。昔からの言い伝えどおり、彼がこれから天下を統一して次の皇帝となる。だから、『世直し党』に入ればきっと将来よい目を見られる、救われる……と。そのように考える者が増えて、白皇虎殿のおかげであの『世直し党』は、この一週間だけでも、ずいぶんと多くの新しい入党者を獲得したようです」

「そ、そうだったのですか。まさか、そんなことになっていたとは……」

そんなに白皇虎の噂が広まっているとは、香了は思ってもいなかった。

しかも、彼が『天帝の紫雷』に打たれて生き残ったことや、特別ないろいろな力を得たことまで、すでに広く世間一般に知られているとは……。噂の出所は、この国で多数の新しい入党者を獲得したいと狙っている、あの『世直し党』自身なのか。

だとしたら、白皇虎が党での贅沢な暮らしを『見返り』と言ったのも頷ける。

「ところで、香了様……白皇虎殿は、本当に神のような力をお持ちなのですか？」

旦令は身を乗り出すようにして、真剣な目で問いかけてきた。

「あの白皇虎殿ご自身も、以前この城にいらしたときに、自分は『天帝の紫雷』に打たれて生き残った、と言っておられましたが……。あれは本当だったのでしょうか？　それが原因で、白皇虎殿は不思議な力を得たのですか？　世間の噂で言われているように……？」

「あ、は、はい……。その噂は本当のことを言っています」

もうこれほど広まっているなら、今さら旦令相手に隠すこともないだろうと思えた。

「一ヶ月半ほど前に、僕の村で『天帝の紫雷』に打たれてから……白皇虎は、風や火や水を自由に扱えるようになりました。それに、手を触れずに山を動かすような、強大な力も得て……。他人や自分の、傷や病を癒すことも、できるようになったのです」

「おお……！　そうでしたか！」

「以前、このお城の前で『世直し党』が暴動を起こしそうになったとき……。白皇虎があれを一人で止めることができたのも、その不思議な力があったからなのです」

「なるほど、それで納得いたしました……！」

旦令がいかにも感心したというように長い息を吐き、深く頷いた。

「あのとき……いくら白皇虎殿の腕が立つとはいっても、一人の人間に二百人もの者を一気に打ち倒すことができるものだろうか、と。いくらか疑問に感じましたので……。しかし、その白皇虎殿は、どうして香了様のおそばを離れたのです？　なぜ、あの『世直し党』に……？」

「それは……」

「きっと、なにかご事情があってのことでしょうが……いずれは香了様のもとに戻り、白皇虎殿もいっしょに天下統一を目指してもらいたいものです。そのような不思議な力を持った者がおそばにいれば、香了様が新皇帝となられる日も早まるでしょうから」

旦令は香了の目を見つめ、温かく微笑む。

「私は、白皇虎殿が天下統一をして新しい大国の皇帝になる、という部分についてだけは噂に同意しかねます……。やはり、次の皇帝には、旧王朝の皇子である香了様がなるべきだと思っております。白皇虎殿には、私の養子となっていただいた香了様を、補佐していただき……この国を足掛かりとして、二人で力を合わせて一刻も早く天下統一を成し遂げていただければ、と……」

「た、旦令様……。実は、その件についてなのですが……」

旦令の養子や戦いの旗印になることは断りたいと、彼に早く告げなければ……。

香了がそう思って切り出そうとしたそのとき、廊下に立つ護衛の兵士二人から、隣国の王・左臥が部屋の前に到着した、との声掛けがあった。

旦令がすぐに入室の許可を与え、左臥が入り口から隣の続きの間に入ってくる。

三十歳を少し越えている彼。がっしりとした身体を、光沢のある黒い絹の着物で包んでいた。

赤く短い髪の左臥が、香了たちのいる部屋との境の引き戸のところで立ち止まると、旦令は卓台に手をつき、ニコニコとした笑顔で椅子を立つ。

「おお、左臥殿」

彼は両手を前に伸ばし自分の胸に迎え入れるような格好で、左臥に近付いていった。

「お待ちしておりましたぞ、ようこそ我が城へ。急用というのは、首尾《しゅび》よく片付きましたか?」

「……」

左臥は黙ったまま、旦令を硬い表情で見つめる。もともと雰囲気が厳しく、鋭い目つきの彼だが、今日は一段と暗い陰がその目の奥に落ちているように見えた。

（……っ？　なにかおかしい……？）

不穏《ふおん》なものを感じ取った香了が、思わず椅子から立ち上がったそのとき。

左臥が素早く自分の腰の剣を握り、長い刀身をすらりと一気に引き抜いた。

昼の明るい光を、ギラッと毒々しいまでに強く反射した剣。左臥がしっかりと握る銀色のそれが、目にも留《と》まらぬ速さで大きく弧《こ》を描くように翻《ひるがえ》って――。

次の瞬間、天井までバッと勢いよく血飛沫が飛ぶとともに、旦令の背中がグラッと傾いた。

崩れ落ちるようにバタリと床に倒れ込んだ彼に、香了は悲鳴を上げて駆け寄る。

「た、旦令様っ!?」

「……うぅ……」

深く斬《き》られた首の左側から、ドクドクと血が流れ出し、床に赤い染みを広げていった。

両膝をついて彼の肩をつかんだ香了の前で、旦令は目を張り裂けそうに大きく見開く。息をしようとしたが空気が吸えず、ただ苦しそうに何度か呻《うめ》いた。

やがて事切《ことき》れて、その目から光が闇の奥へ吸い込まれるように、すうっと消える。

「旦令様っ、旦令様っ……!!」

必死に肩を揺すったとき、男性の焦《あせ》ったような声が二回、廊下の方から聞こえてきた。

続けて、人が床に倒れるようなドサドサッという重い音がした。

「っ!?」

香了は息を詰めて旦令から手を離し、そちらを見る。

左臥は赤い血に濡れた銀色の剣を右手に下げたまま、旦令を斬ったその場に立っていた。

「左臥王様、こちらも片付きました」

静まり返った部屋に、左臥のお付きの者らしい男が、入り口の扉を開けて入ってくる。

屈強な身体つきの彼は、廊下から二人の護衛の兵士たちの身体を抱え、床を引きずって部屋の内側へ運び入れた。ぐったりとして動かない二人の上半身は、赤い血でべっとりと濡れている。

「こいつも、確かに死んだな」

左臥は自分の足下に横たわる旦令の亡骸《なきがら》を、靴の先で軽く蹴る。

「死体はこのまま部屋の中に入れておけば、しばらくは見つからない。逃げる時間が稼げる」

「さ……左臥様？　どうして……？」

香了は声の震えを必死にこらえ、目の前に立つ左臥を呆然と見上げた。

「どうしてなのです？　これはいったい……？」

「『どうして』だと？」

左臥は皮肉っぽく笑い、そんなことも分からないのかと蔑むように見下ろしてくる。

「俺は最初からこうするつもりだった。旧王朝の皇子のお前を見つけて手に入れるために、この国の王を……旦令を利用しただけだ。すでにお前と引き合わされた今、旦令は用済みだ」

「っ……!!」

「さっさと殺しておいた方が、いずれこの国を俺のものにするときにも、やりやすくなる」

左臥は血に濡れた剣を、左腰の鞘《さや》へしまった。

「ひとまず、ここから無事に逃げなければならないが……お前には、我が国へいっしょに来てもらう。俺の天下統一のための『旗印』となってもらうぞ、俺だけのな……！」

左臥は、床に膝をついている香了の腕をつかみ、ぐいとその場に立たせる。香了の後ろに回り込んで短刀を抜き、香了の背中にその切っ先をピタリと押し当てた。

「さあ、歩け！　城の外に出るまで、ぜったいに声は立てるなよ」

左臥とお付きの男に背後から見張られながら、香了は部屋を出て主殿の一階へ向かわされる。

焦るばかりでなんの抵抗もできないまま外へ出て、彼らの馬車にいっしょに乗り込んだ。

(こ……このまま、隣国へ連れて行かれる？　せめて庸良に、なにか伝えられたらっ……！)

ゆっくりと出発した馬車の前方で、城の重い門扉が開く。

それに気付いてか、主殿の一階から出てきた西郭が、馬車の方へと急ぎ足で歩いてきた。

「香了様……？　左臥王様と、どちらへ？」

「さ……西郭様、大変です！　旦令様がっ……！」

香了が窓越しに叫んだとき、御者が鞭《むち》を高く振り上げて——。六頭の馬が一斉に高く嘶《いなな》き、馬車は一気に速度を上げて城門を駆け抜けたのだった。

6. 囚われの皇子

角灯の明かりに照らされている室内は、とても牢《ろう》とは呼べないような豪華なものだ。

広いその部屋は、高級な調度品で溢れていた。

厚い布団が敷かれた大きな寝台に、彫り模様の美しい箪笥や棚。優美な猫脚の椅子が付いた六人掛けの卓台の天板には、華やかな花と龍が描かれている。透けそうに白い陶器の壺《つぼ》や、金細工の置物もいくつも並ぶ。窓を覆う布や、足下に敷かれている絨毯《じゅうたん》は、光沢のある絹製だ。

ここは隣国の王・左臥の居城の奥にある、こぢんまりとした平屋建ての一棟。

周りをぐるりと高い塀に囲まれたこの部屋に、香了が一人で監禁されて過ごすようになってから、三回目の夜になる。

「また、これだけしか食べていないのか」

夕食を下げに来た若い兵士が、ほとんど手がつけられていない皿を呆れた目で見下ろした。

「海月《くらげ》と海鼠《なまこ》の前菜に、蟹の卵の汁物。帆立と青菜の塩炒め、豚肉の角煮、木の実の餡《あん》入りの饅《まん》頭《じゅう》……。俺たちみたいな一兵士の口には普段とうてい入らないような、高価なものばかりじゃないか。毎食毎食、これだけのものを用意されて、なにが不満だって言うんだ……？」

「おい」

もう一人いっしょに来ていた兵士が、眉を寄せてその兵士を制する。

「そいつが残したからって、手をつけるなよ。上から言われていないことを……余計なことをしたら、左臥王様に首を刎《は》ねられるぞ」

「ああ、分かっている」

先に文句を言っていた兵士が、面白くなさそうに頷いた。

「俺たち下賤《げせん》の者が運んだ食事には、そうそう口をつけられないっていうわけか……？　全く……旧王朝の末裔《まつえい》だかなんだか知らないが、旧王朝なんて三十年も前に潰れたんだろう？　それなのに、まだ皇族様のつもりでいるのか？　気位《きぐらい》がよほどお高いんだな」

侮蔑するように言った彼が、食事の乗った銀盆を、香了の座る卓台から両手で持ち上げる。

二人が出て行き、香了は椅子の上でホーッと肩の力を抜いた。

卓台の上に置かれた角灯にぼんやりと照らされた、薄暗い室内。調度品は優美で豪華ではあるが、監禁用の部屋には違いない。壁に並ぶ窓には全て、頑丈な縦格子が取り付けられている。

扉の外には常に二人の兵士が見張りに立ち、香了は自由に出ることはできない。

ここに香了を閉じ込めておき、左臥はこれから自分が天下統一へ乗り出す際に『旗印』として利用するつもりなのだ。できれば、香了が自《みずか》ら協力するようになれば面倒がなくていい、と考えているのだろう。

そのせいか、ここに連れて来られてからずっと、香了は表面上、とても丁重に扱われてきた。

ただし、最初に左臥から、自ら命を断たないように、と脅されている。

『食事をとらずに死のうなんて考えるな。もし食事に口をつけていなかったら、無理やりその口に押し込んでやる。いや……いずれお前の国へ侵略したときに、民たちを惨殺《ざんさつ》してやろう。お前が全く食事を口にしなかった回数、一回につき千人ずつだ。他の方法で命を断ったときにはお前の国の民は俺が王になったときに、皆殺しにする。いいな、分かったな……？』

旦令を一刀《いっとう》の下に斬り捨てた左臥なら、そんな残酷なことも本当にやりかねない、と思った。

香了は仕方なく、朝昼晩の三食、少しずつ口をつけるようにしている。

大勢の民たちの命を盾《たて》にされては、動きが取れない。現状を変えられないまま、左臥に従ってこうして生きながらえてはいるが、本音では、今すぐにでもどうにかして死んでしまいたい、という気持ちでいる。

（こんなふうに、旧王朝の血筋を……末裔の皇子ということを、天下統一の野心のために利用されるのが一番嫌だった。そんなことになって戦いが長引いて、民たちを余計に苦しめることになるのが嫌だったのに……。だから、旦令様の養子になる件も断ろうとしていたのに……）

このままでは、左臥が自分を利用して天下統一に乗り出し、さらなる乱世へと突入する。

多くの民たちがこれまで以上に苦しむことになる。まさしく自分が恐れていた最悪の事態そのものへと大きな運命のうねりが向かっていくようで、ただ恐怖と絶望しか感じない。

そんなことになるくらいなら、利用されないために、いっそ自ら命を断ちたい。

そう思うが、自分が死んだあとに、怒り狂った左臥が旦令の国の民たちを大勢惨殺するかもしれないと思うと、そうすることも叶わないでいる。

一人で悶々《もんもん》と過ごす生き地獄のような日々が、もう三日も続いている。

外部との接触も完全に断たれていて、世の中がどう動いているのかも全く分からない。

王である旦令を失い、しかもそれが隣国の王・左臥の裏切りが原因だと分かって、国はいったいどうなっているのか。西郭や旦令の重臣たちは、今後の対応をどう協議しているのか。

そして、香了が連れ去られたことを知った村の者たちは、今頃、どう過ごしているのか……。

なにも分からないが、ただ一つはっきりしているのは、いずれそう遠くない未来に、圧倒的な軍事力を有する左臥の国が、香了の国に攻め入るだろうということだ。

そのときが来たら、香了の国の者たちは誰一人として、戦《いくさ》と無関係ではいられなくなる。

だが、たとえそうなっても、できれば史紋たちには難《なん》を逃れてもらいたい。その後も、村の皆にはこれまでどおり、あの山奥の村でひっそりと貧しいながらも幸せに暮らしていって欲しい。

それだけが、今の香了の唯一の望みだ。

（ああ、そうだ、白皇虎……。白皇虎は、今、どこでどうしているんだろう……？）

香了はふと、白皇虎のことを思い出した。

卓台の上に置かれた角灯の明かりの中に、彼の姿がぼんやりと浮かぶ。それと同時に、たまらない懐かしさのようなものが込み上げ、胸の奥がじわっと熱くなった。

（三日前に、旦令様が左臥王に殺されたことは、もう知ったんだろうか？　僕が、この国に連れ去られたことも……？）

三日前の昼、彼と平原で別れたときのことが、つい先ほどのことのように、はっきりと思い出される。あの日、『世直し党』の豪華な天幕の中で、白皇虎は香了の家へ帰ることを拒《こば》んだ。

あのとき、香了は、彼のために縫った着物の袖を引っ張り、肩口を破ってしまって……。

その後、まるで険悪な喧嘩《けんか》でもしたあとみたいな重苦しい気まずさの中、香了は追い払われるようにして、白皇虎の天幕をあとにしたのだった。

（この前、もうしばらくしたら山奥へ帰って、独りで暮らすって言っていたけれど……。もしすでにそうしていたら、人間界の情報なんてなにも入ってこないだろうから。白皇虎は今も、旦令様の死や、僕が隣国に連れ去られたことを、知らないかもしれない……）

山の奥で、虎として独りで暮らす生活に戻ったら。白皇虎は、香了の村だけでなく、もう人間の世界そのものに二度と近付かなくなるだろう。

一方、香了はこれから先、左臥に連れられて、あちこちの遠い戦場へ向かうことになる。

左臥の天下統一のための『旗印』として、常にそばに置かれる。彼と行動をともにすることになり、生まれた村へも一生戻れないに違いない。

そうなれば、たとえお互いに生きていたとしても、白皇虎とは一生会えなくなる。

きっとこの先、死ぬまで――いや、死んでからも、彼の顔を見ることすらできないのだ。

改めてそう思ったら、いたたまれないような気持ちで胸が張り裂けそうになった。

焦りに似た、なにか熱くてひどく切ない感情。それが喉までぐっと迫り上がってきて詰まり、香了の呼吸までもを苦しくさせる。

「はく……白皇虎っ……！」

香了は椅子の上で、膝で握った両の拳《こぶし》にギュッと力を込めた。

「そうか、このまま一生会えないんだ？　白皇虎とは、本当に、もう一生っ……？」

最後に一目だけ会う、ということも叶わない。

別れさえ言えない。そのことの重大さを今さらながらに実感し、香了は絶望と焦りで、目の前が巨大な岩壁で塞《ふさ》がれたかのように真っ暗になるのを感じた。

(そんな……そんな！　このまま二度と白皇虎に会えないなんて、そんなの嫌だっ……！)

視界が溢れ出た熱い涙でじわりと滲み、心臓がぐっと鷲《わし》づかみにされたかのように痛くなる。

冷たい自分の唇に、ふと、白皇虎の唇の温もりが蘇《よみがえ》ったような気がした。

半月ほど前、山奥の滝へ遊びに行ったときに、彼からされた突然の口付け――。

自分の唇に、白皇虎の唇が情熱的に触れていた、あの衝撃の時間。そのときの焼けるように熱く濃厚だった口付けの甘さが、今も唇の上に鮮《あざ》やかに蘇ってくる。

香了は膝の上で握っていた拳を解き、震える指先で、そっと自分の唇に触れてみた。

ほんのりと甘い白皇虎の恋情が薄い膜《まく》になって、今もまだ唇を覆っているように感じる。

あのときの自分は、ただ驚いて、白皇虎を思いきり突き飛ばしてしまったけれど……。

(口付けが……嫌っていうわけじゃなかったんだ。ただ、すごくびっくりして……)

白皇虎から好きだと告白されたことで、口付けの前にすでに気持ちが大きく混乱していた。

男同士であっても構わない。『番』になりたい、と言われても、香了は白皇虎との関係がそんなふうに変化するなど、それまで一度も考えたことがなかった。

そのせいで、あのときは必要以上に強く、白皇虎を拒絶してしまったかもしれない。

その結果、勇気を振り絞って告白してくれたのだろう白皇虎は、深く傷ついた。その後、彼は村を去り、もう二度と香了の家に帰って来ることはなかった。

（でも、あのときはああする他になくて……。それに、今だって、白皇虎と男同士で『番』になるなんて、とても考えられない。なんていうか……白皇虎とは、そういうんじゃないんだ……）

滝でのあのとき、白皇虎からの求婚を受け入れなかった理由。

どこかモヤモヤとしていて、あやふやなそれを、なんとかはっきりとさせたい。香了はそんな気持ちで、涙で滲《にじ》んでいる目の前の角灯の火を見つめ続ける。

（僕はただ、大好きな白皇虎と、毎日いっしょに過ごしたかっただけなんだ。できればこの先もずっと……一生、二人で毎日お互いの顔を見て、仲良く暮らしていけたらいい、って……。僕は今も、そんな生活を望んでいるだけで……あ？）

その瞬間、ふと、自分の中で『なにか』がストンと胸の奥の方に落ちたように感じた。

「あ……？　あれ……？」

モヤモヤしていた頭の中がすっと晴れて、急に思考がすっきりと明瞭《めいりょう》になった気がする。

「それって……もしかして、同じこと……なのかな？」

たった今、心にふと浮かんだ考えを、声に出して反芻《はんすう》することで慎重に確認してみた。

「僕の……白皇虎と二人でずっと楽しく、仲良く暮らしていきたいっていう気持ちは……。それは、白皇虎が『僕と番になって、ずっといっしょに暮らしたい』って思っている気持ちと、同じようなものなのかもしれない……。だって、どっちも、ただ『大好きな相手と、笑い合って楽しく暮らしたい。そうやって一生いっしょに過ごしたい』って望んでいるだけなんだから」

言葉にして自分に問いかけると、やはりそうだ、という気持ちでいっぱいになる。

「なんだ……そうか。そうだったんだ……？」

白皇虎が望んでいる未来と、自分が望んでいる未来は同じ――。

つまり、白皇虎の『好き』と自分の『好き』は、なにも変わらない。

白皇虎が自分に抱いている『番になりたい』と望む深い恋情と同じものを、自分ももうずっと前から、白皇虎に対して抱いていたのだ。

そのことに、自分はただ、今まで気付けなかっただけだ。

「じゃあ、僕も……白皇虎のことが好きなんだ？　白皇虎と同じ『恋』っていう意味で、いつの間にか、好きになっていたんだ……？」

気付いてしまえば答えは単純過ぎて、あっけないくらいだ。

求婚されてからこれまで、白皇虎との関係で悶々と悩んできた。

白皇虎への恋情に気付けず、彼への好きという気持ちは家族的なものに過ぎないと、必死に言い訳をしていた。そんなこれまでの自分がなんだか急に滑稽《こっけい》にすら思えてきて、香了は思わずクスッと、泣きながら笑みを漏らした。

「本当に……バカだ、僕は……！」

白皇虎への想いをはっきりと自覚すると、今まで抑えられてきた高い熱を持ったそれが、香了の胸の中でぶわっと一気に喉元まで膨《ふく》らんだように感じた。

同時に、大粒の涙がいくつも、頬をボロボロと零れ落ちる。

「こんなに大事なことに、どうして早く気付けなかったんだろう！　僕がこんなふうに不甲斐《ふがい》ないから、滝でのあのとき、白皇虎をあんなに深く傷つけてっ……！」

透明な大量の涙で滲んでいる視界に、滝での別れ際の、白皇虎の顔が浮かんだ。いつも強気な彼の、眉を歪め、今にも泣き出しそうに悲しそうだった顔――。

香了は再び、椅子に座っている自分の膝の上で、ギュッと両の拳を握り込む。

「ごめん、白皇虎……！　僕は、自分の気持ちにすら気付けずに、あんな……。できることなら時間をあの瞬間に戻して、全てをやり直したいっ……」

悔しさを奥歯で噛みしめると、さらに大粒の涙がボロボロと零れて、香了の頬を流れ落ちた。

「ごめん、本当にごめんっ……！」

できることなら直接謝りたいが、この先、自分が白皇虎と会えることは二度とないだろう。

言い表しようのないほどの後悔と白皇虎への愛しさがさらに募り、香了は夜の静けさの落ちた部屋の中で一人、またとめどなく熱い涙を流し続けた。

日暮れとともに城の中庭で始まった酒宴は、夜が更けてさらに盛り上がりを見せていた。

香了が、隣国の王・左臥に連れ去られてから、五日目の晩。

今夜は屋外で宴会があるから参加するようにと、左臥から見張りの兵士を通して伝言されていた。夕刻になると、香了は兵士に連れられ、監禁されていた棟を初めて出た。

兵士に案内されたのは、高い内塀に囲まれた城内の中庭だった。吹き抜ける初夏の夜風が心地よい広いそこに、大規模な宴会場が設《もう》けられていた。

中央をコの字型に囲むように四角い卓台が並び、すでに二百人ほどが酒を酌《く》み交わしていた。

香了の席は、王である左臥のすぐ横で、一人分ずつ用意された膳の前に座らされた。

近くに座っている顔ぶれは、左臥の腹心の重臣ばかりのようだった。上等な絹の着物を左臥から与えられて宴会に着てきている香了を、彼らは眉を顰《ひそ》めた厳《いか》めしい顔つきで見ている。旧王朝の皇子でありこれからの左臥の天下統一へ向けての『旗印』になるからと、左臥は香了を丁重にもてなしている。彼らは、それが面白くないのだろう。

コの字型の宴席に囲まれた中央では、楽団が奏《かな》でる馬頭琴《ばとうきん》の調べに乗せて、美しい薄絹の衣装をまとった若い女性たちが、雅《みやび》な舞いを披露している。

香了はそれも見ず、なにも食べずに俯《うつむ》き、ひどく居心地の悪い時間を過ごしていた。

「うむっ！　実に美味《うま》い酒だっ……！」

隣に座る左臥が、もう何杯目になるか分からない酒杯をぐいと空ける。

周りに座る重臣たちが、酒に酔った赤ら顔でそれに応《こた》えるように自分の酒杯を高く掲げた。

「左臥王様っ！　今回の国境での大勝利、おめでとうございますっ……」

「これであの東の山間部は、手に入ったも同然ですなっ！」

彼らの話を聞いていたところ、どうやら今夜の宴会は戦での勝利を祝ってのものらしい。

東隣の国と、国境周辺の山間部を巡って長い間争っていたが、今回ついに決着がついた。自国の領土が広がったことを祝し、帰還した軍の上層部を労《ねぎら》うために、酒宴が開かれたようだ。

「せっかく戦いに勝利したのだ、今夜は面白い趣向《しゅこう》のものが見たいな」

重臣たちは酒を酌み交わしながら、威勢のよい声で話している。

「今回の捕虜を使って、殺し合いでもさせたらどうだ？　敵の兵士たちを、大勢連れ帰っただろう？　そいつらを生かしておくだけで、飯《めし》の金もかかる。いくらか減らした方が、この国のためにもなるというものだ」

「おお！　それはいいじゃないか！」

三人が頷き合い、左臥の方を向いておうかがいを立てた。

「左臥王様、いかがでしょう。捕虜たちをここに連れて来てもよろしいですか？」

「ふふ……。そうだな、好きにしろ」

酒杯を口に運んだ左臥が、ニヤリと口元を緩《ゆる》める。

「ただし、せっかくの美女たちの舞いだ。全ての演目が終わってからにしろ」

「かしこまりました。これから捕虜どもに準備をさせましたら、ちょうどよい時間になります」

重臣の一人が振り返り、後ろに控えて立っていた配下の者を呼びつけた。

手配をするように耳打ちされたらしいその配下の男が、一礼をして去っていく。

重臣たちは再び酒を酌み交わし始め、豪快な笑い声を立てて今回の戦について話していた。

これからしばらくしたら、この場で捕虜同士の殺し合いが始まる——。

王である左臥も、重臣たちも、その見世物を心待ちにしている様子だ。

宴会場のあちこちに置かれた大きな篝火《かがりび》に照らされて、左臥や重臣たちの顔が朱色《しゅいろ》に染まって見えた。その醜《みにく》い悪鬼《あっき》のように残忍な笑顔に、香了はゾッと全身の毛が逆立つのを感じた。

（っ……！）

この王にしてこの家臣ありだ、と思った。

自分はこんな国に利用されようとしている。自分もこれから、この異常なくらいに冷酷な者たちの残虐な行為の片棒を担ぐことになるのだと思ったら、背中に幾筋もの冷や汗が伝った。

（この祝いの宴席で、捕虜たちに殺し合いをさせる。それを見世物にして皆で楽しむ。そういったことが、この国では日常的に平気で行われているんだ……？）

香了はこれまで、誰かが早く天下統一をして、今の乱世が終わればいいと考えていた。

そうすれば、民は戦に苦しめられることもない。幸せに暮らせるようになるだろう、と。

けれど、もし左臥の手で天下統一がなされたとしたら――。

その先に待つのは、今よりももっとひどい、凄惨《せいさん》な世界かもしれない。そこで暮らす民たちは、現在よりさらに過酷な生活を強《し》いられ、生きている喜びなど感じられないかもしれない。

そんなのは、香了が望んでいた世界の変化ではない。

（僕が望んでいたのは……望んでいるのは、皆が安心して暮らせる世界だ……。僕が白皇虎と過ごしているときに感じるような幸せを、民たちが毎日感じていられる、そんな……）

香了の脳裏《のうり》に、ふっと、白皇虎の男らしい朗らかな笑顔が浮かんだ。

（そうだ、白皇虎……）

香了はじっと息を詰め、自問するように頭の中で考える。

（もし、白皇虎が皇帝になってくれたら……。白皇虎が天下統一をして新しい大国を造って、そこを統治してくれたら……そうしたら、そこは僕が望んでいるような国になるかも……）

白皇虎は本性が虎だ。それゆえに、人の欲に全く染まっていない。

快活で明るく、権力への執着もない。大胆で豪快だが純粋で、やさしく素直さもある。そんな白皇虎が治めれば、もしかしたら新しい大国は明るくて幸せに満ちた国になるかもしれない。

そこに住む皆が協力し合い、幸福を分かち合う。

そんな国造りが、白皇虎の手でなら、実現可能なような気がする。

（それに、あの鳳兆様という方によれば、白皇虎は天帝からも『次の皇帝』として指名されているらしいし……！　白皇虎の得た力を使えば……。あの圧倒的な力を使えば、天下統一を簡単に……多くの民の血を流さずに、成し遂げることもできるっ……！）

白皇虎の神のような力を目の当たりにすれば、剣を捨てて降伏《こうふく》する国も多いだろう。

香了が、自分が『旗印』となることで起こるだろうと恐れていた、天下統一のための戦いの長期化、といった事態も生じない。むしろ戦いの期間は、大幅に短縮されることになる。

民たちの流す血も、最小限に抑えることができるだろう。

そう考えると、いいことばかりに思えて、香了の気持ちは一気に高揚《こうよう》した。

白皇虎に、この人間の世界の天下統一に乗り出してもらいたい――。たとえ人間ではなくても、彼のような人に……いや『存在』に、人間界を統《す》べてもらいたい。

（あ、でも……）

香了はふと、白皇虎が、皇帝になるつもりはないと言っていたのを思い出した。

それと同時に、気分がすうっと縮んで沈む。

「ああ、でも、ダメだね……。草原の天幕の中でも、白皇虎は言っていた。人間界の覇権になんて全く関心がない、自分には天下統一をするつもりはまるでない、って……」

香了は隣に座る左臥に聞こえないよう、小さな声で口の中で呟《つぶや》いた。

「肝心の白皇虎本人に、やるつもりがないんだから、ダメだ……。白皇虎は、近いうちに山へ帰って虎として独りで暮らしたい、って言っていたし。それが白皇虎の考える一番の幸せなら、それを邪魔する権利なんて、誰にもない。もちろん、僕にも……」

天下統一をして新皇帝となるのは、大変なことだ。自分の望みと都合だけで、白皇虎の一生をその目的のためだけに縛ることはできない。香了は唇を噛み、小さなため息を漏らす。

（でも……白皇虎になら、天下統一をしてもらいたい、と思ってしまう。白皇虎には、それだけの魅力がある。他の誰にもない、広い心と器《うつわ》の大きさがあって……！）

心の中でどうしても諦めきれずにいる香了の目の前に、すっと酒杯が差し出された。

「香了殿よ、酌《しゃく》をしてくれ」

心臓が止まりそうなくらいドキッとして顔を上げると、隣の左臥が酒杯を右手で持っている。

戸惑って動けない香了に、彼とは反対側に座る重臣が大声で命じた。

「ほら、王様が酌をお望みなのだぞっ！　早くしないかっ……！」

「っ……」

香了は屈辱《くつじょく》をこらえつつ、卓台の上に置かれていた酒瓶を一つ両手で持つ。

左臥はなみなみと注《つ》がれた酒に口をつけ、満足そうに唇の端を上げた。

「旧王朝の皇子の香了殿に酌をしてもらうと、美味い酒がなおさら美味くなる」

彼は酒杯を持ったままの手を、香了の肩に回す。

「これからのち、天下統一を成し遂げて……皇帝の座についたときにも、ぜひ、香了殿にこうして酌をしてもらいたいものだ。天下統一をした感慨が、いっそう深まるだろう」

「……っ！」

肩をぐいと強く引き寄せられて、酒くさい息が香了の頬にかかった。

香了は身を縮め、彼に触れられる不快感をこらえる。

(旦令様を殺した手で……！)

汚らわしい、と思うと同時に、以前、左臥が旦令を斬ったときの場面が目の前に蘇った。

自分の腕の中で事切れた、赤い血に塗《まみ》れた旦令。その最期の姿を思い出し、さぞや無念だっただろうと思うと、自分の不甲斐なさと悔しさに歯軋《はぎし》りしたくなった。

(ああ……！　あのときも、僕に力があれば。僕にせめて、左臥王を止められるくらいの剣の腕があったら、あの場で旦令様を殺されずに済んだかもしれないのにっ……！)

自分はなにもできなかっただけでなく、今は恩人である旦令を斬ったその敵の手中《しゅちゅう》にいる。

これでは、まさしく生き恥をさらしているようなものだ。香了がたまらない気持ちになって、思わず目尻にじわりと熱い涙を滲ませたそのとき。

突然、広い中庭の宴会場を、強い風が吹き抜けて――。

ぶわっ、と高い庭木の枝が一斉に揺れてしなったかと思うと、二百人分の膳や酒杯、酒瓶といったものが卓台から舞い上がり、ガシャガシャーンッ！ と音を立てて地面に落ち転がった。

あまりの風の強さに、宴席にいた全員が、とっさに目や鼻を袖で押さえる。

そして、皆が再び、その目をゆっくりと開けたとき。

コの字型に連なる四角い卓台に囲まれた、中央の舞台に、一人の男性が立っていた。

たった今までそこで舞いを踊っていた若い美女たちは、彼が右手に提げている抜き身の長い剣に気付き、高い悲鳴を上げて蜘蛛《くも》の子を散らすように舞台から逃げ去っていく。

すらりと背の高いその男性に、左臥や重臣たち、軍の上層部の者たちは、遅れて気付いた。

彼らは息を詰め、剣を手に提げて舞台に一人で立つその男性を見つめる。

「あれはっ!?」

左臥や重臣たちは次々と席を立ち、警戒して身構えた。

香了もなにが起こっているのか分からないまま立ち上がり、慎重に前方の舞台を見つめる。

（あっ……!?）

緊迫した空気に包まれた宴席の中央で、暗闇と大きな篝火を背にして立つ男性。

女性たちの悲鳴がまだ続き、宴席にいる全員から睨まれて警戒されているが、それに動じた様子も見せていない。彼は、正面の建物の屋根の下にいる香了と左臥の方を真っ直《ます》ぐに見つめ、しっかりと両脚で舞台を踏みしめるようにして立っていた。

二十代半ばくらいのその男性は、濃い小麦色の肌で、頰にかかる黒髪を風になびかせている。広い肩と胸を持つ、男らしい体格。ほどよい筋肉がついた全身を、夜の暗闇で目立たない黒い色の着物と黒い下衣で包んでいた。

彫りが深くて精悍《せいかん》な顔立ちをしているのが、大きな篝火に照らされて分かる。深く美しい紫色の瞳——。それが、まるで透明な光を放つ二つの高貴な宝石のように闇に浮かんで見えたとき、香了は大きく息を呑んだ。

(あれは……は、白皇虎っ!?)

心臓が一瞬にして止まるかと思うほど驚き、ただ目を瞠って見つめるしかなかった。

右手に抜き身の剣を提げたままで、男性が——白皇虎がゆっくりと歩き始める。舞台を降りた彼は、香了と左臥の方へ近付いてきた。

「な、何者だ、お前はっ!?」

周りの重臣たちが腰の剣に手を掛けたが、左臥がすっと手を上げてそれを制する。

香了と左臥の前に並ぶ卓台の前まで来ると、白皇虎はそこでピタリと歩みを止めた。

「……香了を返してもらいに来た」

左臥を睨みつけ、硬く低い声で言う。

卓台を挟んで香了たちの前に立つ白皇虎は、左臥からその横に立つ香了へ視線を移してくる。

「香了、無事か？」

「は……白皇虎っ、どうしてここにっ……？」

信じられない思いで見つめ返す香了の隣で、左臥がぐっと深く歪めるように眉を寄せた。

「お前は、この前の……。香了殿の、護衛か……」

左臥は以前に一度会ったきりの白皇虎の顔を、すぐに思い出したようだ。

「覚えているぞ……確か、名前に『皇』の字を使うなどという、卑《いや》しい身分に不相応なことをしている奴だったな。自らが『天帝の紫雷』に打たれて生き残った、次の皇帝になる者だなどと、大ぼらを吹いていた。それで？　香了殿を、取り戻しに来たのか……？」

「そうだ」

「たった一人で、警備の厚いこの城の、こんなに奥まで入り込んだとは……。その点だけは、まあ褒めてやる。だが、残念ながらここまでだ」

左臥が唇の片方の端を上げ、皮肉っぽく笑う。

「この男を捕《と》らえろっ！　いや、斬れっ！　殺して構わんっ……！」

怒声のような彼の命令が、中庭に響き渡った。すぐに、周りにいる十数人の重臣たちが次々に剣を抜き、彼らの前を塞ぐ卓台を飛び越えて白皇虎を取り囲んだ。

「隣国の奴かっ？　ここを左臥王様の城と知って、忍び込んだのかっ？」

「生きてここを出られると思うなっ！」

腕に覚えのあるらしい重臣から順に、剣を振り被《かぶ》って白皇虎に斬りかかっていく。

白皇虎は軽い身のこなしで彼らを避け、冷静に剣を振るって、重臣たちの剣を弾き飛ばした。

暗闇に、ガキッ、ガキッ、と剣同士がぶつかる硬い金属音が響き、空中で火花が散る。

大きな篝火に照らされた白皇虎の姿が、まるで優雅な剣舞を踊る男神のようなしなやかで美しいその動きとともに、暗闇の中に浮かび上がった。

瞬く間に、彼の足下の周りに、斬られた重臣たちが呻き声を上げて伏せ重なっていく。

「なにをしている、さっさと殺せっ！」

左臥のイラついた怒声が響き渡り、宴席から立ち上がって遠巻きに成り行きを見守っていた二百人ほどの家臣たちも、剣を抜いて白皇虎の周りに駆け寄ってきた。

「これだけの人数相手だ、逃げられんぞっ！　観念しろっ……！」

家臣たちは勝ち誇ったかのように叫んで銀色の剣を振り被り、一斉に襲いかかってくる。

彼らと対峙《たいじ》した白皇虎は、右手に持っていた剣を、勢いよく自分の頭上に高く掲げた。

「チッ！　やっぱり、こんなふうに一人ずつ相手にするなんて、面倒だっ……！」

白皇虎がその高く掲げた剣の先を、くるり、と夜空に向かって大きな円を描くように回す。

次の瞬間、先ほどよりも強い嵐のような突風が、うねるように宴会場に吹き荒れて――。

まるで巨大な数匹の大蛇がメチャクチャに暴れてでもいるかのような、その激しい風に足下をすくわれて、白皇虎を斬ろうとしていた左臥の家臣たちは、次々に空中へ高く飛ばされた。

彼らはクルクルと強く渦巻《うずま》く風に弄《もてあそ》ばれたあと、中庭の地面に叩きつけられる。

二百人ほどの家臣たちの中には何人か、風に乗って中庭を取り囲む高い塀を飛び越え、その向こうへと回転しながら落ちていく者の姿もあった。

「ぎゃあああああっ？」

「うわああっ……？」

白皇虎は、卓台を挟んだ香了の前に立ち、中央の舞台の方を向いている。

彼の周りには、立っている左臥の家臣はもう一人もいない。二百人ほどもいる彼らは皆、身体の痛みに悲鳴を上げながら、中庭のあちこちで地面をのたうち回っていた。

「ふん……。偉そうなことを言っておいて、口ほどにもない奴らだ」

侮蔑の目で中庭をぐるりと見回した白皇虎は、香了と左臥の方をゆっくりと振り返る。

彼は右手の長い剣の切っ先を、正面からピタリと左臥の顔へ向けた。

「さあ、残るはお前一人だぞ」

「っ……！」

「死にたくなければ、大人しく、香了を俺に返せ」

「く、くそっ……！」

左臥が顔を歪めて大きな舌打ちを漏らし、隣に立つ香了の腕を素早くつかむ。

彼はそのまま力任せに、香了を自分の胸の方へぐいっと引き寄せた。

「お前、なにをっ……!?」

「動くなっ！　それ上、俺に近付くなっ！　これが見えないかっ？」

腰から勢いよく剣を抜いた左臥は、自分の胸に抱く香了の喉元に、その鋭い刃を突きつける。

「香了殿を……お前の主人をここで殺されたくなかったら、さっきみたいな、おかしな力を使うのはやめろっ！　今このまま大人しく俺に従えば、お前と香了殿の命だけは助けてやるっ！　しかし、これ以上の狼藉《ろうぜき》を働くというなら、本気で許さんぞっ。覚悟しろっ……！」

「『これ以上の狼藉を働くなら、本気で許さない。覚悟しろ』……だと？」

左臥の顔へ剣先を向けたままの白皇虎が、次の瞬間、大声で吠えるように叫んだ。

「お前が言うなっ!!　それはこちらの台詞《せりふ》だっ――!!」

「なっ……あっ!?」

白皇虎は一瞬のうちにその身を白虎に変え、夜空高く全身を躍らせるように跳び上がる。

それを見た香了が、あっと息を呑んだときには、彼は香了の背後に立つ左臥に跳びかかり、長い剣を持っている方の肩に、大きな口で噛みついた。

「ぎゃあああっ!!」

左臥の悲鳴が上がり、彼の手が香了の身体から離れる。

それと同時に、香了はとっさに横方向へ、五、六歩走って逃れた。

すぐに振り返って見てみると、倒れた左臥の上に、大きな白い虎が馬乗りになっている。

左臥の手から、すでに剣は抜け落ちていた。彼を自分の身体の下に組み敷いた白虎が、鋭く太い爪のついた前脚を振り上げ、左臥の顔を力いっぱい殴って――。

左臥は、まるで地獄の鬼の断末魔《だんまつま》のような悲鳴と、高く赤い血飛沫を上げる。

「ぎゃああああ、うあああああ――っ!!」

やがて痛みで意識を失ったのか彼の悲鳴はやみ、白虎が左臥の胸の上から太い脚を退かせた。

白く長い獣毛に覆われた、神々《こうごう》しいくらいに美しい大きな白虎。

圧倒的な強者である雄の光をまとい、全身を銀色に輝かせている彼が——本性の白虎の姿に戻っている白皇虎が、すぐに香了の方へ向かってくる。

敵陣にいるため、宴会場の者たちを全て倒したといっても、まだ気を抜いていないのだろう。

彼は香了の足下まで来ると、香了の脚にスリッとなにかを促《うなが》すようにその頬を擦りつけた。

「は……白皇虎……？」

「グゥッ！」

低く鳴いた白虎が、くいっ、と自分の背中を顎《あご》で指す。早くそこに乗れ、と言っていた。

「う、うん。分かった……！」

香了は白虎の首に腕を回し、その広い背中にギュッと抱きつく。そのとたん、彼は後ろ脚で地面を力強く蹴って、香了を背中に乗せたままダッと全速力で走り出した。

中庭を舞うように駆け抜け、その周りの高い塀も、ふわりと軽く跳び越えて——。

白虎はあっという間に城から香了を連れ出し、続けて都の外へと脱出させたのだった。

香了を背中に乗せた白虎は、左臥の国の中を西方の国へ向けて走り続けた。

国境付近まで来たとき、道から逸れた森の中へ入っていき、そこで隠れて待機していた西郭とその配下の騎馬兵たち三十人ほどと合流した。

「香了様っ、ご無事でしたかっ……！」

「西郭様……？　き、来てくださったのですか……？」

香了が白虎の背中から降り立つと、自分の馬から離れた西郭が安堵《あんど》した顔で走り寄ってくる。

「はい……二日前に、白皇虎殿が城に来られまして……。旦令様が亡くなったことを知って訪ねてきてくださったのです。そのときに、香了様のことをお話ししたところ……すぐにでもこの国へ香了様を助けに行くから協力するように、と白皇虎殿が言われて」

「白皇虎が、そんなことを……？」

香了が信じられない気持ちで問うと、西郭はしっかりと頷いた。

「実は、香了様がさらわれた五日前のあの日、すぐに平原の『世直し党』へ遣いをやり、白皇虎殿にその件をお知らせしようとしたのです。ですが、入り口で、面会の者は誰も通さないように命じられているからと断られて、白皇虎殿には会えませんでした」

「……」

「とりあえず、村には庸良殿から知らせてもらうことにしまして……。白皇虎殿にはどうやって知らせようかと悩んでおりましたところ、ご本人が城へ来てくださって助かりました」

西郭は真剣な顔で、これまでの経緯を教えてくれる。

「正直なところ、我々だけではこの国の軍事力に太刀打ちできません。香了様をお救いすることも難しい状況だと考えていました。ですが、白皇虎殿がご自分の『力』を使って香了様を一人で

城から助け出してくるので、我々にはその後の護送をするようにと言ってくださり……。そういった次第で、身軽に動けるようにと、少数の精鋭《せいえい》だけで待機しておりました」

「そうだったのですか……」

「こちらへ出発する前に、白皇虎殿の白虎のお姿も、特別な『力』も、この目で見させていただきました。世間での噂どおり、本当に神のような強大で不思議な力で……驚きました。あのような力をお持ちならば、お一人でも大丈夫であろうと考え、我々は足手まといにならないよう、こちらで待っていたのですが……。香了様の城からの救出に尽力できず、面目ございません……」

唇を噛みしめた西郭を見て、香了は首を横に振った。

「そんな……。国境近くとはいえ、ここも隣国の中です。とても危険な場所です。こんなところまで来てくださっただけで、充分です。僕などのために……」

「香了様は、養父が……亡くなる前の旦令様が、自らの『跡継ぎに』とまで、望まれていた方です。私が少しでもお役に立てたなら、亡き養父も喜んでくれるでしょう」

「あ……旦令様のことは、お悔みを……」

旦令の死に話が及び、香了の胸はズキンと深く裂けるように痛む。

「あのときは、申し訳ありませんでした。僕がもっと剣術に長《た》けていれば、旦令様をお救いできたのではないか、と。あれからずっと、そんなふうに悔やんでばかりです……」

「いいえ……。どうか、ご自分をお責めにならないでください」

今度は西郭が、悲しみに頬を強張らせながらも首を横に振る番だった。

「旦令様を殺したのは、左臥王です。悪いのは、あの者なのですから」

「ですが……」

香了が自分の不甲斐なさに唇を噛んだとき、背後から低い声に呼ばれた。

「おい、二人とも」

振り返ると、三十組ほどの馬と騎馬兵が待機している方から、白皇虎が歩いてくる。先ほどまでの白虎から黒髪の男性の姿に戻って、騎馬兵たちが用意した新しい着物を身につけていた。

彼は香了たちの前で立ち止まり、くい、と自分の背後の方へ顎をしゃくる。

「今は、話はその辺《へん》にしておけ。こんなところに長居は無用だ、さっさと国に帰るぞ」

「あ、う、うん……」

「俺は香了と同じ馬に乗る。西郭……お前が先導し、兵士たちに香了の周りを護衛させてくれ」

白皇虎が素早く指示を与え、西郭もすぐに頷いた。

「は……。承知いたしました」

「うむ」

白皇虎は神妙な顔つきで重々しく頷き、背後の騎馬兵たちを振り返って見回す。

「とにかく、一刻も早くこの国を出るぞ！　香了を無事に村へ帰すっ……！」

彼の飛ばした張りのある声に従って、皆でその場をあとにし、馬で山伝いに国境へ向かった。

国境付近に普段から配置されているだろう左臥の兵士たちに見つからないよう、細心の注意を払って険しい山道を進み、ようやく国境を越えた頃には夜明け少し前になっていた。

そこからは自国内ではあったが、隣国に近いため、まだ安心はできなかった。

自国に入ってすぐの場所に西郭が事前に換えの馬を三十頭ほど用意しており、西郭たちはその新しい馬に乗り換えた。香了と白皇虎は馬を降り、一台の馬車にいっしょに乗り込む。

隣国から離れ、自国の中心へ近付いていくにつれて、香了の心に安堵が広がっていった。

その日は、昼から午後にかけて自国の重臣の別荘で食事をしてしばらく寝かせてもらい、馬も休ませた。再びそこを出発し、夕方まで都への道をひたすら走り……。香了の村へと続く山道と城への道が分かれている地点でいったん馬を止め、お茶を沸《わ》かして休憩することにした。

西郭はこれからすぐに城へ戻り、引き続き隣国への対応を重臣たちと話し合う必要がある。

そのため、香了はその場所での休憩を終えたら、西郭や騎馬兵たちと別れることになった。白皇虎一人だけとともに、山奥にある自分の村まで帰る予定だ。

(もうすぐ、史紋や庸良、村の皆に会える……!)

香了は騎馬兵の一人からお茶の入った杯を受け取り、手のひらに伝わる熱さにホッとした。

すでに自国内に入り、自身の村も都も近い。これまではまだどこか緊張が残っていたが、ようやくそれもすっかり解け、自然と笑みを見せることもできるようになった。

「白皇虎……」

香了はキョロキョロと周りを見回し、道の脇で太い木に寄りかかって座る白皇虎を見つけた。

そばまで近づいていき、杯からお茶を飲んでいる彼の隣に、すとんと腰を下ろす。

白皇虎と同じ木の幹に背中でもたれると、隣の彼から戸惑ったような目で見つめられた。

相変わらず宝石のように高貴で美しい、深い紫色の瞳。以前、平原の天幕の中で再会したときには、香了を冷たく突き放すかのような拒絶の空気をまとっていた。

だが、今はその二つの瞳の奥に、やさしい温もりを感じてうれしくなる。

（いっしょに暮らしていたとき……あのときと、同じ目だ……）

香了は胸に沸々《ふつふつ》と湧き上がる喜びと幸せを噛みしめ、ゴクンとお茶を飲んでから口を開いた。

「ありがとう、白皇虎」

「……？」

「昨夜、隣国の国境付近で迎えてもらったときに、西郭様から聞いたよ。今回のことは白皇虎が西郭様に、自分が僕を助け出すから協力して欲しいって、掛け合ってくれたって。だから……」

「ご……誤解するなよ？」

白皇虎が立てた片膝の上でお茶の杯を持ったまま、気まずそうに顔をプイッと脇へ逸らす。

「俺はただ、以前に旦令っていう王の城に行ったときに、お前に『お前は俺が守る、必ず。ずっと』なんて言ったから……。だから、今回助けなかったら、その言葉が嘘だったっていうことになると思って。自分の言ったことくらいは守らないとな、と思っただけだ」

「うん……」

「それに、あの史紋ってじいさんにも、お前のことは『任せとけ』なんて言っちまったし」

「うん、うん……そうか。そうだね」

香了はあいまいに微笑んで、軽く相槌《あいづち》を打った。

白皇虎は照れくささを隠すためか、ぶっきらぼうな口調で、表情もわざと強張らせているように見える。そんな彼の反応が可愛く思えて、香了はまた自然と微笑んだ。

「それでも、白皇虎が僕を助けに来てくれたことには、変わりがないから。あんな危険な王城に一人で乗り込んできてくれて……すごく、うれしかったよ。だから、お礼くらい言わせて」

「っ……。香了……」

不意に、白皇虎がふっと切なそうな眼差《まなざ》しになり、ドキリとするほど熱っぽく見つめてくる。

「香了、俺は……。俺は、お前をずっと……」

「え？　なに？」

「あ、いや……。な、なんでもない」

白皇虎があわてたように暗くなった夜空高くを見上げて、二人の間に沈黙が訪れた。

どこか温かみのある静寂。それに包まれながら、しばらくそのまま並んでじっと同じ木の幹にもたれて座っていた。二人ともが杯の茶を飲み終わった頃に、西郭がやってきた。

「香了様……では、我々はそろそろ出立をいたします」

「あ、はい」

香了は茶杯を地面に置き、その場に立ち上がる。

白皇虎も見送りのために遅れて立ち上がり、西郭は静かな山がいくつも連なる周囲を夜の闇の中で見回してから、正面の香了を見つめた。

「近いうちに隣国の左臥王が攻めてきましたら、この辺りも……香了様が住まわれている村付近も、戦火に見舞われることになるでしょう。……どうか、充分にお気をつけください」

「はい……。西郭様も、どうぞご無事で」

香了がしっかりと頷くと、西郭は決意を込めた目で頷き返してくる。

「本当は、香了様を旦令様の跡継ぎとして王城にお迎えし、旦令様といっしょに天下統一を成し遂げたかったのですが……。今となっては、その夢は叶わなくなりました。我が国は……王である旦令様を左臥王に殺され、このよう事態になってしまったからには、隣国との戦いは避けられません。隣国と、なんらかの決着をつけなければ……」

西郭はきっぱりと宣言するように言った。

「隣国との軍事力の差を考えれば、我々が勝てる可能性は万に一つもないでしょう……。しかしそれでも、戦います。せめて、隣国に一矢《いっし》報いたい。旦令様の仇《かたき》を討ちたいと、家臣一同そう考えているのです。皆の気持ちを一つにし、左臥王を迎え撃つ所存です」

「西郭様……」

香了の胸はズキリと痛み、重苦しい気持ちになる。

自分は旦令にも西郭にも世話になり、恩義があるというのに、今回の隣国との戦いに関してなにもできない。戦で西郭や民たちが苦しむのを、ただ見ていることしかできないのだ。

(僕は……本当に無力だ……。こんな場面でも、なんの役にも立てなくて……)

香了が唇を噛みしめていると、西郭は改めて軽く一礼をした。

「それでは、これで。失礼いたします」

「はい……あ？」

自分も一礼をしてから顔を上げた香了は、近くの山の上が赤く染まっているのに気付く。

（……？　あれは……？）

隣に立つ白皇虎も、香了の視線の先を追い、深く眉を顰めた。

「なんだ、あれは？　空が赤く……？」

「村の方だ……。まさか……村で、なにか燃えている？」

不吉な予感がして、背筋にゾクッと寒気が走る。

西郭も含めた三人でそちらの山の方を見つめていると、白皇虎がチッと舌打ちを漏らした。

「ここにいても状況が分からない！　香了、すぐに村へ帰るぞっ……！」

「香了様、我々も行きますっ！」

白皇虎に手を引かれた香了は、彼と同じ馬に乗って走り出し、西郭と騎馬兵たちも続く。

山道を馬で駆けて村へと近付くにつれ、古い材木が焼け焦《こ》げたような匂いが強くなってきた。

白い煙が辺りに充満し、道のすぐ脇に立つ木々さえも見えなくなる。

そして、村の入り口にたどり着いた香了は、馬から飛び降りて呆然と立ち尽くした。

村に二十数軒あった、小さく質素な家々。村人たちの共有の食糧倉庫や納屋、集会場といった建物。それら全てが、ゴウゴウと音を立てて燃え盛る赤い大きな火に包まれていた。

そうして見ている間にも、村の家々が炎の中で崩れ落ちていく。

村人の姿がないか確認しようとしたが、火の勢いが強く、とても近付けそうにない。

（こ、これはっ⁉　大火事だっ……‼）

大変なことになった、と認識し、頭から足下まで一気に血の気が引いた。

周りの木々にも燃え移って巻き込み、火はますます勢いを増している。西郭も騎馬兵たちも馬から降りて、ただ呆然と立っていた。皆が、燃える村をただ見守ることしかできずにいたそのとき、二つの人影らしきものが、村の端の暗がりから山の中へ逃げるように走り去っていった。

目を凝《こ》らしてその人影を視線で追った白皇虎が、すぐに驚きの声を上げる。

「っ⁉　あの鎧《よろい》は、隣国の……左臥王の兵士かっ⁉　どうしてここにいるっ……⁉」

「隣国の兵士……？　あ、そ、そんなことより、水っ！　水をかけないとっ……！」

香了はハッと我に返って、混乱した頭のまま叫んだ。

「あの火を消さないと！　村の中に井戸がある、そこから水を汲《く》んで火を消そうっ……！」

香了はダッと一人で駆け出し、村に入ろうとした。

だが、前方からブワッと吹きつけてきた熱風の勢いに押し返され、全身に細かな赤い火の粉を浴《あ》びる。思わず立ち止まったその瞬間、追いかけてきた白皇虎に腰を抱かれて引き戻された。

「香了、やめろ！　近付くと危険だっ……！」

「離してっ！　だって、燃えるっ！　皆、燃えちゃうからっ――――！」

香了は後ろから腰を抱かれたまま振り返り、あっ、と気付く。

「そ……そうだ、白皇虎っ！　水をっ！　白皇虎の力で水を降らせて、火を消してっ！」

「っ！」

白皇虎は苦しそうに眉を歪め、背後から香了をいっそう強く抱きしめた。

「香了っ……！　やるにはやるが……あれは、もうダメだっ！」

「ダメっ？　ダメってなにっ？　どういう意味っ……？」

「だから……中に人がいたら、もう死んでいる。これから、俺の力ですぐに火を消す。だが……もう、ダメだ。この村のものは全て、燃え尽きてしまっている」

彼の冷静な声が、火の燃え盛る轟音《ごうおん》に包まれた中で、いやにはっきりと聞こえる。香了はそれを拒絶するように頭を何度も横に振り、白皇虎から目を逸らして前方を向いた。

目の前では、生まれてからずっと育った村が、赤い火に呑まれてなにも見えなくなっている。

「そ、そんなっ……！　だって、あそこには村の皆がっ……」

ゴウゴウと空まで届きそうに高く太い火柱を上げて燃える炎が、山の夜空を赤く染めていた。まるで地上の全てを焼き消そうとするかのようで、地獄の業火《ごうか》のような禍々《まがまが》しさだ。

張り裂けんばかりに瞠った目に血のように赤々としたそれを映しながら、香了の身体は、白皇虎の腕の中でガクリと力をなくして崩れ落ちる。

（そんな……!!　嘘だっ!!　こんなの、嘘だああっ――――!!）

香了は地面に膝をつき、燃え盛る炎が村の家々を焼き尽くすのをただ見ているしかなかった。

7．天帝の紫雷

翌朝早くに目覚めた香了は、隣に寝ている白皇虎を残し、一晩を過ごした山奥の洞窟《どうくつ》を出た。

白い霧に包まれている滝壺の淵《ふち》に沿って歩き、大きな岩の先端に腰を下ろす。

以前ここを訪れたときに、白皇虎と並んで座って過ごした岩だ。

前方に見える高い岩崖の上から、勢いよく流れ落ちてくる滝の水。冷たい水の粒を飛ばすそれをぼんやりと眺めながら、一人で小さなため息を吐いたとき、背後で人の動く気配がした。

「香了、こんなところにいたのか」

振り返ると、昨夜と同じ着物を身につけた白皇虎のすらりと背の高い姿があった。

「さっき起きたら隣にいなかったから、心配したぞ。ずいぶん早く起きたんだな……」

「うん……」

力なく答えた香了のそばまで来て、白皇虎は隣に静かに座る。

「ここでなにをやっていたんだ？」

「うん……ただ、ぼんやりとして。いろいろと、考えていた……」

香了は滝壺の静かな青い水面を見つめ、呟くように話した。

「あんなことがあったのに……。もう世界の終わりだって思うくらい、僕は今も辛い思いをしているのに……。この大きな世界は、昨日となにも変わっていない。終わってもいない。僕の気持ちなんて全く関係なく、必ず朝が来るものなんだな……って考えていたんだ」

周りには、初夏の鮮やかな緑の葉をつけた雑木が、鬱蒼《うっそう》と茂っていた。座っている岩の先端から下を覗《のぞ》くと、滝壺が澄んだ青い水をなみなみと湛《たた》えている。

鳥の声も、岩の割れ目にまで咲く色とりどりの美しい花々も、以前となんら変わらない。

(ここはなにも変わっていない。自然はなにも……。でも、僕の世界は昨夜、全てが変わってしまった。もう二度と、決して以前のようには戻らないんだ……)

もう一つため息を吐いたとき、白皇虎がポツリと言った。

「昨夜は大変だったな……」

彼は低く抑えた声で、悲しみと労《いたわ》りを込めた言葉をくれる。

「亡くなった大勢の村の者たちは……残念だった。あの、史紋っていうじいさんも……」

「……」

香了はゆっくりと大きく息を吸って、そっと目を閉じた。

何年も前の薄れた記憶を手繰《たぐ》るように、慎重に……昨夜村に帰ってきて大火事を目撃してから今朝までのことを、今もまだ消えない胸の鈍い痛みとともに思い返す。

(あんなにひどいことは夢だと思いたかった……。でも、夢じゃない。現実だったんだ……)

香了たちが駆けつけたあと、火はすぐに白皇虎の力で降らせた雨によって消し止められた。

しかし、村の建物は全て焼け落ち、ただ炭となった柱が地面に折り重なっていただけだった。

裏手の川へ逃げていた十数人の者が戻ってきて、再会できた。だが、あとの六十人ほどの村人たちは火事の犠牲となってしまった。庸良が生きていたことに安堵し、彼も隣国に連れ去られたあと様子が分からなくなって心配していた香了が無事に帰ってきたことを、涙を流して喜んでくれて……。お互いの間の強い絆《きずな》を改めて確認し合ったのも束の間、その庸良から、史紋が最後まで皆を火から逃れさせようとして誘導のために村に残り、炎に呑まれたという話を聞いた。

昨夜、大勢の仲間の死を悲しむばかりだった香了に、西郭が援助を申し出てくれた。

彼自身はすぐに城へ戻らなければならないけれど、城から兵士たちを片付けのために寄越《よこ》してくれることになった。彼は、生き残った村人たちのために、山の下にある民家数軒にしばらくの間寝泊りできるように手配してくれた。火事のあとの片付けが済み、落ち着いたら、王城で皆を受け入れてくれるとのことだった。

片付けは翌日から始めることに決め、疲れ切った村人たちは、昨夜のうちに民家へ移った。

どうしても村のそばを離れたくなかった香了は、彼らとともには行かなかった。白皇虎と以前訪れた、彼のねぐらのある山奥の滝まで行ってそこに泊まることにした。

庸良と別れるときに、香了は火事の原因について訊いた。

庸良によれば、火の出所《でどころ》は分からない。夕食を終えて、皆が寝る支度をしにかかっている頃にいきなり村全体が炎に包まれたのだという。火の回りが異様に速く、手の施しようがなくて逃げ遅れた者がほとんどだった。まるで、事前に村の家々に大量の油でも撒《ま》かれていたかのような、あっという間の燃え上がり方だったという。

おそらく放火ではないか。だが、誰がなんのためにしたのかは分からない、とのことだった。

『ここが、旧王朝に縁のある者たちが住んでいる村だということが漏れ、どこかの者が知ったのでしょうか？　旧王朝に恨みを抱く者の犯行だとしたら、香了様の身が心配です……』

どうか充分に気をつけて欲しい、と言った彼に、香了は本当の事情を告げられなかった。

香了たちが村に到着したとき、山の中へ逃げていく隣国の兵士らしき二つの人影を見た。

おそらく、自分たちが隣国の王城を出たときから……もしくは国境辺りから、あとをつけられていたのではないか。白皇虎はそう推測していた。

もしくは、隣国の王・左臥が、旧王朝の皇子である香了をいずれ自分のものとして利用しようとしていたなら、彼はこれまでにも、香了が旦令の国のどこに住んでいるのかを調べ上げようとしたことがあるに違いない。彼はすでに、香了の村の場所を知っていたのかもしれない。

そして今回、香了が自分のもとを逃げ出した報復として、兵士たちを村へ送ったのではないか。

いずれにしろ左臥の仕業《しわざ》だろうと言い、白皇虎は悔しそうに歯軋りしていた。

西郭も同意見らしく、彼の言葉に頷いていた。香了も、おそらくそれで間違いないと思った。

だから、大勢の村の者たちの命を奪った火事が起こったのは、村と旧王朝との関わりが原因ではない。火事は、自分が左臥王と関わりを持ったせいなのだ——と。

香了は庸良にそう告げようとしたが、どうしても言えなかった。

(昨夜はとても言えなかった。言えるわけがない。家族や仲間を亡くしたばかりで泣いている皆の前で、この火事は僕のせいだ、なんて……)

香了とともに岩の上でしばらく黙り込んでいた白皇虎が、再び口を開いた。

「やっぱり、国境辺りから兵士にあとをつけられていた可能性が高いな。夜の闇に紛れて、慎重に隠れながら山の中を進んだつもりだったが、敵に見つかってしまったんだな。護衛のために必要かと思って、西郭に騎馬兵を連れてきてもらったが、あの人数では目立ったのか」

白皇虎は奥歯を噛みしめ、やりきれなさそうに鋭い舌打ちを漏らす。

「くそ……！　俺がもっと気をつけていればっ。そうすれば、あんなことにはっ……！」

「白皇虎のせいじゃないよ」

香了は滝壺の青い水面を見下ろしたまま、静かにきっぱりと言った。

「ましてや、危険を冒《おか》して隣国まで助けに来てくれた西郭様たちのせいでもない……。もちろん、村の人たちのせいでもなくて……こうなったのは、僕のせいだ」

「香了……？」

「そもそもは、五日前に旦令様の王城に行ったときに、僕が左臥王に捕《つか》まらなかったら、こんなことにはならなかった。ううん……もっと言えば、僕がずっと以前、旦令様の誘いで左臥王と会ったりしなければよかったんだ。あのとき、左臥王と縁を持ったりしていなければ、こうして村の大勢の人たちが、命を失う事態になんてならなかった。今回のことは全部、僕のせいで……。僕が村の人たちを殺したも同然だと思うと、悔しくてたまらない」

「香了、そんなふうには誰も思っていない」

隣に座る白皇虎にぐっと腕をつかまれて、香了は心配そうな目をした彼の方を向かされる。

「お前のせいだなんて……悪いのは、あの左臥王だろう？」

「白皇虎」

香了は腕をつかまれたまま、白皇虎を真剣な目でじっと見つめ返した。

「ありがとう……。白皇虎のそういったやさしい言葉に、僕はどれだけ救われてきたか……」

彼の愛しい顔を見ながら、すうっ、と大きく息を吸って、自分の中で決意を固め――。

香了は思いきって、心の内を白皇虎に話し始める。

「ねえ、白皇虎……。今さらこんなことを言っても、遅いだろうとは思うけど……。でも、言わせて欲しい。僕は白皇虎のことを、すごく好きだよ」

「え……？」

急に予想外の話題に移ったからか、白皇虎は面食らって香了の腕から手を離した。

何度か瞬きをしたあと、まだよく意味が分からないといった顔で、慎重に問いかけてくる。

「好き……？　それは、どういう……」

「白皇虎が以前、僕に告白してくれたのと同じような……。どう言っていいのかはよく分からないんだけど、恋とか愛とか、そういう感じの『好き』っていう意味だよ」

「……」

「隣国に囚《とら》われているときに、一人で考えていて……気付いたんだ。僕は白皇虎のことを、白皇虎が想ってくれているのと同じ気持ちで、好きになっている、って……」

香了の静かな告白を、白皇虎はわずかに目を瞠って聞いている。

「僕の一番の望みは、これからもずっと、白皇虎と仲良く二人で暮らしていきたいっていうことだったんだ。だから……自分の気持ちはもっと家族的なもので、恋とかとは違う感情だと思っていた。でも、白皇虎といっしょにいたい、未来をずっと二人で過ごしていきたい、っていう思いは、白皇虎の『番になりたい』っていう気持ちと同じなんだなって、気付いて……」

「香了……」

「今まで気付けなくて、ごめん」

ゴクンと喉を震わせて唾を飲んだ白皇虎を、香了は真っ直ぐに見つめた。

「本当に……白皇虎のことが好きだよ。白皇虎はもう、こんなに鈍くてはっきりしなかった僕のことなんか、嫌いになっているかもしれないけど……」

「そんな……！　そんなことは、ないっ」

真面目《まじめ》な顔で千切《ちぎ》れそうに首を横に振る彼に、香了はさらに静かに告白を続ける。

「自分が白皇虎をこんなに好きになっているって、気付けてよかった。……自分が誰かのことをすごく想って生きていられた時間が確かにあったんだ、って。最後にそう分かって……それだけで、僕のこれまでの人生は幸せで意味があるものだったんだな、って思えるから……」

「……？　『最後に』……？」

白皇虎は不審そうに眉を寄せ、再び香了の腕をつかもうと手を伸ばしてきた。

「香了？　お前、なにを言って……」

「さようなら、白皇虎」

香了は座ったまま、すっと身を引き、白皇虎の手から後ろへ逃れる。

そして素早く、着物の懐《ふところ》から短剣を引き抜いた。

柄《つか》を両手で持ったその剣の鋭い先端を、自分の喉元に突きつける。

狙いを定め、短剣をいったん引いてから勢いよく喉に突き刺そうとしたその瞬間、白皇虎がとっさに伸ばしてきた手で手首をつかまれた。

ぐいっ、と力を込めて捻《ね》じり上げられ、短剣が香了の手から滑り落ちる。

「っ!!」

「やめろっ!!」

白皇虎が必死の形相《ぎょうそう》で香了の手首をつかんだまま叫び、短剣は岩の上を転がって、カラン、カラン、と硬い音を立てた。

「おいっ!?　香了、なにをするんだっ……!?」

「っ……!　は……離してっ」

「離してたまるか!　どうして死のうとするのか、わけを言うまで離さないぞっ!」

怖いくらいに真剣な目の彼が、そばに落ちた短剣を拾い上げ、素早く滝壺に投げ捨てる。

自分の命を断つことにすら、こうして失敗してしまうのか……。そんな自分があまりに不甲斐なくて情けなく思え、香了の胸は泣き出したいような気持ちでいっぱいになった。

心に重苦しく渦巻いている絶望と混乱が、そのまま口から溢れ出る。

「ぼ……僕は、もう、自分の生きている意味が、分からない」

「なに?」

「あの家は……あの村は、両親との思い出が残る、唯一の場所で……。旧王朝からの縁で繋《つな》がった人たちとの絆もあって、僕のたった一つの居場所だった。両親が亡くなってからは、村の人たちとの生活が、僕の全てで……。独りぼっちになった僕の、支えだったんだ」

「……」

話しているうちに目の奥がだんだんと熱くなり、涙が幾筋も頬を伝い落ちた。

「でも……村は、もうない。村の人たちもたくさん亡くなって……史紋も。旧王朝の皇帝だった祖父のことや、両親、僕の子供の頃のことを知ってくれていた人たちが、皆いなくなって……」

「香了……」

「村の皆がいなくなったことで、僕っていう人間も半分以上、この世に存在しなくなってしまったような気がする。今すぐ、自分がこの世界から消えていなくなっても構わないような、そんな気がしていて……僕は、これからどんなふうに生きたらいいか、分からないんだ」

白皇虎が眉を歪め、そっと香了の手首から自分の手を離す。

香了は涙を止めようと思っても止められなかった。嗚咽《おえつ》が喉元に迫り上がってくるのも止められず、自分の中の感情の昂《たかぶ》りを彼にぶつけるように話し続ける。

「村の皆が亡くなったのが悲しい……。家族を失って泣いている、残された者たちを見るのも辛い。そのうえ、大勢が亡くなった火事が、僕のせいで起こったなんて……。そのことを考えただけで、息を一つするのも耐えられなくなる。死んでしまいたい、って思う。こんな……悪いことしか引き起こさないダメな自分なんて、この世から消えてしまえばいい、って思って……！」

「っ……そんなふうに考えるなっ！」

目の前に座る白皇虎が低く抑えた声で言い、香了の左右の二の腕を正面から両手でつかんだ。

「昨夜の火事はお前のせいじゃないって、さっきも言っただろうっ？　この世で起こる悪いことは、なにもかもお前のせいかよ？　そうじゃない、違うに決まっているっ！」

「……」

「それに、村人の中には、生き残った者たちもいる。そいつらは、これからお前を心の拠《よ》り所《どころ》にして、生きていくんじゃないのか？　だったら、お前がこの世から消えたらダメだろうっ？　そいつらのためにも、生きていてやらないと……！」

彼は間近から香了の目を見つめ、説《と》き伏せるように言う。

「自分をこの世から『消したい』なんて思うなっ！」

「で、でも……」

白皇虎の怒っているかのような真剣な顔が、また香了の目に溢れた涙で見えなくなった。

「僕がこの先、生きていても、この世界にとって、いいことはなにもない気がする。西郭様たちはこれから隣国と戦うのだろうけど、僕にできることはなにもない。役に立たない。村の人たちの仇を取ることもできない。……そればかりか、僕がこれからも生きていれば、また今回みたいに、旧王朝の血を利用しようとする者に捕らえられるかもしれない。天下統一のための『旗印』にされて、国同士の戦いを長引かせ、民たちを余計に戦で苦しめることになるかも……」

自分の血筋や存在によって、すでに三十年も続く乱世で疲弊《ひへい》しきっている民たちを、余計に苦しめる——。それは、香了が、ぜったいに避けたいと思い続けてきたことだ。

だが、今回、隣国の左臥王にそういった目的で捕らえられて……。自分の意思とは関係なく、自分の血筋が利用される事態はいくらでも起こりえるのだ、という現実を強く意識した。

「僕の、旧王朝の末裔という身分が、民を苦しめる……。実際にそんなことになったら、僕は耐えられない……！　幼い頃から世話をしてくれた史紋にも、両親にも、旧王朝を建てて大国と民たちの暮らしの安定を保っていた先祖たちにも、顔向けができないっ……。だから……僕という存在は少しでも早く、この世から消えた方がいい。その方が、この世界のためになるっ……！」

「香了、それは違う」

二の腕をつかむ手に力を込めて冷静に言った白皇虎に、香了はまた感情のままに問う。

「違うって、なにがっ？　なにが違うって言うのっ……？」

「お前はもう二度と、左臥王のような奴に捕まらない」

「っ……？」

「今、お前が言ったようなことは……お前の血筋が他人の権力への欲望のために利用されるようなことは、この先、もう二度と、ぜったいに起こらない。だから、お前が自分をこの世から『早く消えた方がいい』なんて思う必要は、全くないんだ」

白皇虎は香了の目を見つめて力強く頷いた。香了には、彼の言葉がとても信じられなかった。

「どうしてっ……？　どうしてそんなに自信を持って、もう二度と、僕の血筋が利用されるようなことは起こらないって、そんなことが言えるのっ？」

「……」

「僕にはむしろ、またぜったいに、今回みたいなことが起こるとしか思えない。僕が生きている限り、きっとまたっ……」

「起こらないんだ！　俺が起こさせないっ！」

香了の言葉を強い口調で遮《さえぎ》って、白皇虎が香了の両方の二の腕を握る手にさらにギュッと力を込め、きっぱりと宣言するように言う。

「この先、お前がこの世に生きている限り、俺がお前をそばで守る！　必ず、誰からも守ってみせる！　そしてお前のことを、一生、誰にも利用なんてさせないっ……！」

「っ……」

「そのために、俺はこれからこの人間界の『天下統一』をして、『皇帝』になるっ！」

「え……？」

白皇虎の勢いに圧倒されていた香了は、思いもよらなかった言葉に耳を疑った。

びっくりして涙が引っ込み、瞬きをしながら彼の目を見つめ返す。

「て、『天下統一』……？　『皇帝』……になる？」

「そうだ」

白皇虎は再び、その男らしい紫色の瞳に強い決意を込めて頷いた。

「俺は、この人間界の頂点に立つ『皇帝』になる。この世界で、一番強い存在になる。そうすれば、お前をいつもそばに置いて守れる。皇帝の力を使えば、お前の旧王朝の血を利用しようなんて考える下賤な奴らから、お前を一生、確実に守っていくことができるだろう……？」

「そ、それは……」

「さすがに、大国の『皇帝』となった俺のそばにいるお前には、誰であっても、おいそれとは近付けない。お前の血を利用するために手に入れたいと思う者がいても、警備の厚い城から、さらって連れ出すことなんて不可能だろうからな」

白皇虎は自信に溢れた微笑みを浮かべ、うんうん、と頷く。

「それに……そもそも、俺が今の乱世を終わらせて天下統一を成し遂げてしまえば、今現在、天下統一のためにお前の血筋を利用しようなどと考えている左臥王のような奴らは、お前をさらうその目的自体を失うことになる。もう、お前を追い回す者もいなくなるだろう」

「それは……確かにそうかもしれないけど、でも……」

白皇虎の話はあまりに唐突なものに感じられて、香了はついていけなくなりそうだった。

「でも、白皇虎、どうして……？」

「ん……？」

「白皇虎は、それでいいの……？　だって、ずっと……人間の世界の覇権になんて、全く興味がない、って言っていた。皇帝になんてならない、って言っていたのに……。こんなに……今、急に、やっぱり『天下統一』をする、って言い出すなんて……？」

「そんなに『急に』っていうわけでもない。少なくとも『今』考えついたわけじゃない」

香了がすっかり落ち着きを取り戻したのを見てか、白皇虎が香了の二の腕から手を離す。

「実は、お前があの左臥王に連れ去られたと知った時点で、こうしようと決めていた」

「え……」

「この先、お前の血筋を利用しようとする者から、ただお前を守って暮らしていくだけなら、俺の今の『特別な力』を使うだけで充分かもしれない……。だが……そうやってお前を守って暮らしているだけじゃ、お前を狙って探し出そうとする奴らは一向にこの世の中から減らない。俺がいつもそばにいて守っていたとしても、お前は常にそいつらの影に怯《おび》えることになる。村で暮らしていた今までと同じように、他人の目から隠れるようにして生きていかないといけない。俺はお前に、そんな一生を送らせたくない。だから……俺は、お前を天下統一のために利用しようなんて考える奴らを、この世から一人残らず消すことにした」

「け、消す……?」

白皇虎は香了の目を見つめ、そうだ、と熱く強い口調で言って頷いた。

「俺がそいつらと戦う。天下を狙うそいつらと戦って、全て打ち負かし、俺に従わせる。そして将来、俺が『皇帝』になる頃には、もうお前を天下統一のために利用しようなんて考えるような奴らは、この世から一掃《いっそう》されているだろう」

「……」

「そんな奴らが……左臥王のような奴らが、この世界から全て消えていなくなれば、お前はその先、なにも恐れたりしなくてよくなるだろう? 一生、安心して暮らすことができる。だから俺は『天下統一』を成し遂げ、この人間の世界で『皇帝』になろう、と決めたんだ」

「白皇虎……」

彼のこれまでの言葉を統合すると、香了にもようやく白皇虎の考えていることが理解できた。

この先、他の諸国の王たちに、香了を決して『旗印』として利用させない。

そのために――――そもそも天下統一への野望を抱かせないために、自分が彼らを戦いで打ち負かしていって天下統一を成し遂げ、圧倒的な力を持つ大国の皇帝となることを目指す――――。

その大胆な発想自体にも驚かされたが、香了がそれよりも驚いたのは、白皇虎がそこまで自分のことを深く考えてくれていたということだ。

「じゃあ、白皇虎は……僕のために『天下統一』をして『皇帝』になるって決めてくれたの？」

改めて言葉にして問うと、じわじわと湧き上がるうれしさで心の奥が熱く震えるようだった。

「僕が左臥王に捕らえられたときに……そこまで、僕のことを考えてくれていたの……？」

「ああ、そうだ」

「っ……」

即座に白皇虎が力強く頷いてくれて、香了はまた泣いてしまいそうなくらいうれしくなる。

「ぼ、僕は……てっきり、白皇虎は怒っていて、もう僕のことなんて見捨てているんだろうなと思っていたよ。滝では白皇虎を傷つけたし、平原の天幕では、なんだか喧嘩別れみたいになっちゃったから……」

「なにがあろうと、俺がお前を見捨てるわけがない」

白皇虎は眉を寄せ、少し切なそうに笑った。

「お前のことを……俺は、やっぱり好きなんだ。どうしようもなく好きだ。確かに、滝では……

お前に拒絶されたと思って、そのあとずっと自暴自棄《じぼうじき》な気持ちになっていた。……だが、お前が隣国に連れ去られたと西郭から聞いたときは、いてもたってもいられなくなって。どうしても助け出したい、と思った。ああ、やっぱり俺はお前を好きで好きでたまらなくて、諦めることなんてできないんだな、と改めて思い知った……」

彼は唇を噛み、香了を甘い恋の熱に潤んだ瞳で見つめてくる。

「香了……。こんなにお前を好きな奴が、ここにいる。お前がただ生きて息をしてくれているだけで、うれしいと思い、幸せを感じるような奴が……。だから、もう二度とさっきみたいに、この世界から『自分を消したい』なんて思わないでくれ」

「白皇虎……」

「俺が今の乱世を終わらせて『皇帝』になるのも、人間たちのためじゃない。天帝から命じられた俺の『使命』とかいうやつだからでもない。……ただ、お前のためだ。お前がこれから一生幸せに暮らせるようにするために、俺は天下統一を成し遂げたいと思っているんだから……」

「本当に……僕の、ために……?」

香了の胸にまた、じん、と甘く温かなものが浸み広がった。

「さっき、これからどう生きていけばいいか分からない、と言っていたな」

白皇虎は温かく包み込むような眼差しになる。

「だったら、これからは俺のそばにいて、俺を手伝ってくれないか? 俺がこの先、皇帝として統治する新しい国を、いっしょに造り上げていって欲しいんだ」

「新しい国を……造り上げる？」

どういうことかと瞬きとともに見つめ返した香了の前で、白皇虎は頷きながら話した。

「俺はこれから、近隣の国を一つにまとめていく。いずれは今ある十数ヶ国全てをまとめて、一つの新しい大きな国にするつもりだ」

「大国を作るっていうこと？　旧王朝みたいな……？」

「ああ」

白皇虎は座っている岩の上で姿勢をきちんと正し、ふっと神妙な顔つきになる。

「まずは、その第一歩として、隣国への対処から始める。近いうちに、隣国の左臥王は大軍を引き連れてこの国に攻め入ってくるだろう。だが、その前に、俺は西郭や将軍、この国の兵士たちと協力し、こちらから打って出るつもりだ。もちろん、俺のこの『特別な力』も使って、戦って……。隣国との戦に勝ったら、隣国をこの国に併合《へいごう》しようと思っている。そのあとは、同じようにして近隣の諸国とも戦い……併合を繰り返して、一つの新しい大国を造っていくつもりだ」

「うん……」

「だが、たとえ俺の『特別な力』を使って戦いには勝てたとしても、その後、大きくしていく過程の国をどう統治していったらいいのか分からない……。俺には、その辺りの知識や経験が全くないんだ。そもそも、元が人間じゃないときている。だから……実のところまだ、人間の生活様式というのすら、細かいところは充分に理解できていないんだ。そんな俺には、人間が大勢暮らす、複雑な大国の統治なんて、どうやっていいのかさっぱり分からない」

「うん……そうだよね。大国の統治は、実際、誰がやっても難しいだろうな、とは思うよ」

香了は白皇虎の言葉に同意し、静かに何度も頷いた。

「一つの国に、別の一つの国を併合して吸収するだけでも、解決しないといけない問題がたくさんあって苦労しそうなのに……。旧王朝みたいな大国を新しく造り上げていくなら、それには綿《めん》密《みつ》な計画も必要だろうし、想像しただけでもすごく大変な仕事になりそうだなって分かる」

「そうだろう……？　俺にはとても無理だ。だから、それはお前がやってくれ」

白皇虎はさらりと言い、香了に微笑みかけてくる。

「俺が諸国を併合し、新しく造っていく国を……お前がどう治めるか決めて、一つの大国に造り上げていってくれ。俺が造るその国で、民たちが、ずっと安心して幸せに暮らせるように……民たちのための国造りに、力を貸して欲しいんだ、香了……」

「え……？」

信じられないような申し出に戸惑い、香了は視線を揺らした。

「あ……じゃあ、さっき言った、白皇虎が皇帝として統治することになる新しい国をいっしょに造り上げていって欲しい、っていうのは……。そういうこと……？」

「そうだ」

「で、でも、そんな重大な仕事を、僕に任せるつもりなの……？　それでいいの……？」

「もちろんだ。新しい大国をいっしょに造り上げていくのに、お前以上の適任者はいないと思っている。お前は誰よりも日々、民たちの幸せのことを考えている。そういう奴だからな」

白皇虎は自信たっぷりに頷き、自分の両手で香了の両手をそっと包む。

「香了」

「は、はい……」

「さっき『これからどんなふうに生きればいいか、分からない』と言っていたお前に、俺がこれからどう生きていったらいいか、教えてやる。……お前はこれから俺のそばにいて、新しい国造りを手伝うべきだ。それは、お前ができることだからだ。いつ次の皇帝となってもいいように子供の頃から高い教育を受けたお前には、それを成し遂げる知力がある。充分に、自分の力を発揮できる。だから、やるべきなんだ。自分ができないことはやらなくていい、どうせできないんだから。だが……自分にできることからは、逃げずにそれをやるべきだ」

熱い声音で語られる彼の言葉が、香了の胸にすうっと吸い込まれるように染み入った。

「『自分にできることからは、逃げない』……？」

「ああ、そうだ」

白皇虎はまるで本物の人間になったかのように流暢《りゅうちょう》に、香了を説き伏せるように話す。

「お前には、天下統一は無理かもしれない。いや、きっと無理だろう。諸国の王と争って今の乱世を終わらせ、新しい大国を造ることは……。だったら、それは俺がやる。俺の仕事にする。だから、お前はそのあとの国造りに力を注いでくれ。民たちが平穏に暮らせる、安定した大国を造り上げていく――。それが、お前がこの世界で『できること』だ。お前は、その自分にできることからは、逃げるべきじゃない」

「っ……」

「これからは、俺のそばで、自分の力を生かせる国造りをしていく。できることを確実にやって積み上げていく。そうすることが、香了、お前が従うべき『人間としてあるべき生き方』だ」

「僕の、人間としてあるべき生き方……」

白皇虎の本性は、獣の虎のはずなのに……。いつか彼が言ったように、今まさしく、白皇虎は香了に『人間としてあるべき生き方』まで教えてくれている。

彼よりもずっと長く、人間として生きてきたはずの香了ではあるが……。白皇虎の、飾り気がなく力強い『人』としての信念に溢れているかのようなその言葉は、すっと心地よく胸の奥に入り込んでくる。少しも不快ではなかった。

(僕にも……まだ、できることがある？　こんな僕でも、生きていていいって思ってもらえる場所が……必要としてもらえる場所が、白皇虎の隣にある……？)

白皇虎が香了の両手を包んでいる自分の両手に力を込め、熱く真剣な瞳で見つめてきた。

「香了、改めて頼む……！　どうか……これからは俺のそばにずっといて、俺が統治していくことになる新しい大国を、いっしょに造り上げていってくれ」

「白皇虎……」

彼の大きな両手で心まで包み込まれているかのように、香了の胸はほわりと温かくなる。

「ありがとう、白皇虎っ……」

気付けば、香了は自然と白皇虎に微笑みかけていた。

いつの間にか、この世界から『自分を消したい』という重い気持ちは、どこかへ消えていた。

自分には、白皇虎との新しい大国造りという、まだこの世界でやるべきことがある。それができる力があるのに、やらずに逃げるべきではない。必要とされているのに応えず、どこかへ逃げたりするべきではないのだ、と何度も自分に言い聞かせる。

（そうだ……！　僕は、まだ死ぬべきじゃないっ。どこへも行くべきじゃないんだ、ここに自分の居るべき場所があるのにっ……。白皇虎が、ここにいるのにっ……！）

香了はすうっと軽く息を吸い、改めてしっかりと胸の内で決意を固めてから、白皇虎の紫色の瞳を微笑みながら見つめ返した。

「僕は、やってみる……ううん、やってみたい、民のための国造りっていうのをっ……」

「っ！　そうか、よかった！」

「うん……！　あ、でも……これから白皇虎が天下統一をしていく間ずっと、僕がそばにいて国造りをしていてもいい、って言ってくれるなら、だけど……」

「もちろん、俺はそれを望んでいるっ」

白皇虎は両手で包んでいた香了の手を離すと、座ったまま前方からふわりと抱きしめてくる。

「香了っ……。俺は、さっきも言ったとおり、今もお前を好きでたまらないんだっ。好きな相手がずっとそばにいてくれるなら、大歓迎に決まっているっ……！」

「あ……」

子供のもののように熱い白皇虎の体温に包まれて、香了は心地よさにうっとりと目を細めた。

「俺はお前がいいっ。お前に一生そばにいて欲しいんだ、香了っ……！」

「白皇虎……」

香了は彼の広い胸に涙の乾いた頬を埋め、その背中に手を回してギュッと抱き返す。

「僕は、なにがあってもついていく。ずっとついていくよ、白皇虎に……。僕も……僕だって白皇虎を好きだ。好きになっている、って気付いた。『番』になってもいいかもしれない、って思うくらい、白皇虎のことを好きになっているんだ。だからっ……」

「よし……。うん、うん、よしっ……！」

白い朝霧の中、うれしさを噛みしめるような声で呟く白皇虎が、精悍な頬に蕩《とろ》けそうな微笑みを浮かべている。香了には、顔を上げて見なくてもそれが分かった。


村が大火事で焼けてから、三日後の夕方。

青い晴れ空を夕焼けが薄赤色に染め始めた頃、王城前の広場に造られた木組みの大きな壇の上に、白皇虎が一人で上がった。

彼の足下――広場には、八千人ほどの成人男性が集まっている。

彼らのおよそ半分は、剣を腰に差した城の兵士たち。あと半分は、白い着物を身につけて白い鉢巻を巻いた『世直し党』の構成員の男性たちだ。

香了と西郭、そして村でまだ続いている火事の片付け作業を中断して駆けつけてきてくれた庸良は、三人で白皇虎の立つ壇のすぐ下、脇の方に邪魔にならないように並んで立っていた。

重臣たちもその近くで、広場に集まった皆と同じように、檀上の白皇虎を見上げている。

これからここで、白皇虎が話をする。自分が中心となり先導して隣国の左臥王との戦いを始めることを宣言し、皆に協力してもらうためだ。

集まった男性たちは今、それが始まるのを待っている。

「西郭様から広場に集まれという御命令があったから、来てみたが。なんだ、あいつは……？」

ざわめきが渦巻く中、香了の耳に周りの会話が聞こえてきた。

「知らないのか？　ほら、例の白皇虎とかいう奴だ。『天帝の紫雷』に打たれても無事で、生き残ったっていう……」

「ああ、あいつか。神みたいな力を持っている、っていう噂の。本当なのか……？」

話しているのは西郭の部下の兵士たちで、白皇虎についても噂で知っているらしい。

「胡散《うさん》くさいな。ハッタリに決まっている」

「例の『世直し党』にいたんだろ？　あんな怪《あや》しげな集団にいたような奴、信じられるのか？」

「それに、どうしてここに『世直し党』の連中が、こんなに来ているんだ……？」

城の兵士たちを集めたのは西郭で、平原の『世直し党』に声を掛けたのは白皇虎だ。隣国と戦いその後も国土を拡大していくなら彼らの力も必要になる、というのが白皇虎の考えだった。

三日前の夜、香了の村が放火されて——。

翌朝、いったんは自分の命を断とうとまで思いつめた香了だったが、自分を守るために天下統一をするという白皇虎の言葉で思い止まり、これからはずっと彼についていくと決めた。山奥の滝で好きという気持ちも確かめ合い、民のための国造りに協力する、と白皇虎に約束した。

その日は一日中、二人で村の片付けを手伝い、夕方になってから西郭のいる王城へ移った。

白皇虎はそのとき、西郭に、これからの隣国打倒のための戦いと、将来における自分の天下統一に向けての計画について話した。西郭は、はじめは驚いていた。だが、白皇虎の話が終わったときには、近々起こすことになるだろう隣国との戦についてだけでなく、これから白皇虎が天下統一をして皇帝となることにも国として協力していきたい、と申し出てくれた。

彼は、白皇虎の特別な力も、白虎の姿も見たことがある。白皇虎を神のように見ている。そんな白皇虎と行動をともにすれば間違いない、という思いもあったのだろう。

彼は、すぐに城の重臣たちを集め、話を通して彼らの了承を得てくれた。

まずは、隣国の左臥王の軍を打ち破ることから始めよう、と西郭は真剣な顔で頷いていた。

『実は、これまでに……隣国と戦うにあたって、白皇虎殿のお力をお借りできないかと、何度も考えたことがあったのです。しかし、ご迷惑をかけるから、と諦めていました。それが白皇虎殿からこうしてお声を掛けていただくことができて、こちらとしても願ったり叶ったりです』

西郭たちは、隣国との戦いは、自分たちが圧倒的に不利で勝てることはないだろう、と予測していた。しかし、白皇虎が参加してくれれば勝利への希望が見えてくる、と喜んでいた。

『我々としてはまず、とにかくこの国の王であられた旦令様の仇が討ちたいのです。白皇虎殿の神のものに近いそのお力があれば、きっと今回の隣国との戦も、その先の天下統一も……全てが上手《うま》くいくに違いありません』

『亡くなった旦令殿の仇を討ちたい気持ちは、香了も同じだろう。俺は香了のために天下統一を成すと決めた。だから、香了の望む仇討ちを実現してやるためにも、隣国の軍を打ち破る』

白皇虎は西郭の言葉に同意し、重々しく頷いていた。

『そうでなくとも、俺もあの左臥という王を許しておけない。性格がいけ好かないのももちろんあるが、あいつは俺の香了を捕らえて己の天下統一という欲望のために利用しようとした。おまけに、俺が一時的にではあるが世話になっていた村を焼いて、暮らしていた善良な者たちを大勢殺した。香了の、両親との大事な思い出が残る家も、焼いてしまって……。そんなあいつを、どうしてこのまま一国の王として、のさばらせておける……？』

白皇虎は悔しそうにそう言い、できるだけ早く兵士たちを集めるように、と西郭に指示した。

全ての兵士を王城前の広場に集めて、そこで話をしたい、とのことだった。

『俺が〈天帝の紫雷〉に打たれて生き残った……天帝に選ばれた〈皇帝〉になるべき者だということを、皆に告げる。そんな俺とともに隣国と戦い、その後も天下統一をする俺に協力し、ついてきてもらいたい、と話すつもりだ』

西郭や重臣たちは、すでに白皇虎を歓迎し、新しい自分たちの指導者として認めている。

だが、末端の兵士たちなどは、白皇虎を自分たちの指導者としてすぐには受け入れられないだろう。彼らは白皇虎のことを全く知らず、顔さえ見たことがない。不審に思うのは当然だ。

だから、自分がどんな者か知ってもらうために広場で話をしたい、と白皇虎は言った。

そしてその二日後の夕方――。

今日このときに、白皇虎は王城の前にある広場で、檀上に上がって話を始めようとしている。

広場に集まった者たちの半数にあたるのは、約四千人の『世直し党』の男性たちだ。戦いに参加できる成人男性である彼らは、白皇虎の呼びかけに応えてこの場に来た。

白皇虎は、隣国の軍に勝つには、自分の力だけでなく大勢の兵士たちの力が必要だと言った。

しかし、今の城の兵力だけでは足りない。不足分を補うために、この国に滞在している『世直し党』の者たちを仲間に加え、いっしょに戦ってもらわねばならない。

白皇虎はそう言い置き、自ら一人で、『世直し党』の集団の上層部に話をしに行った。

『あの集団の中にしばらく滞在していて、俺は分かった。あの者たちが敵視しているのは、貴族や金持ち全般ではなく、その中の、富を自分たちだけで独占し、民たちに貧しい生活を強いている者たちだけだ。己の富や権力への欲望のために、民たちに重い税や兵役を課し、民たちを顧《かえり》みようとせずに苦しめて不幸にしている……まさしく、あの隣国の左臥王のような無慈悲な支配者たちを、〈世直し党〉の者たちは憎み、この世界から排除しようとしている。だから……隣国の左臥王を討ち、その後は民たちのための新しい大国を造るために天下統一を目指したい、と話したら、〈世直し党〉の者たちは、きっと俺たちに協力してくれるだろう。……あの者たちも、今の乱世を早く終わらせ、民たちが安心して暮らせる平和な世の中を実現したい、と考えている。彼らも俺たちも、最終的な理想や目指すところは同じなんだ』

白皇虎は必ず彼らを仲間に迎えるつもりのようだったが、西郭はそれを躊躇《ちゅうちょ》していた。

世直し党の者たちには、以前、王城前の広場で暴徒化しそうになったという過去がある。

彼らというのは、実際のところ得体《えたい》が知れない。よく分からない集団で、すぐに仲間として信用するのは難しい、と。西郭はそう考えていたようだ。

それでも、白皇虎が、自分が全責任を持つとまで言い、西郭も最後には受け入れてくれた。

『ちょうど都合のいいことに、俺はすでにあそこの上層部の連中と知り合いになっている。俺から直接、戦いの趣旨を説明すれば、すぐに駆けつけてくれるだろう』

白皇虎の言ったとおり、『世直し党』の集団は、すんなりと戦への協力を申し出てくれた。

白皇虎はもともと、彼ら『世直し党』の集団の者たちから、その特別な力ゆえに、まるで神の化身のように崇められていた。

その白皇虎の言うことなのだから、集団内ですぐに支持されたのも当然かもしれない。

かくして、今現在、王城前の広場で、兵士四千人と『世直し党』の構成員四千人が、檀上の白皇虎がその言葉を発するのを待っている。

（この大勢の前で……八千人の前で、白皇虎がこれから宣言する……。白皇虎はこれから、隣国の左臥王の軍を討つ。そして、将来は、自分が民たちのための新しい大国を造って、そこを皇帝として治める。その目的を達成するために、ここに集まった皆に協力して欲しい、って……）

香了の胸は、上手くいくだろうか、という不安と高揚感でドキドキと熱くなってきた。

（本性が虎だから、人間の世界での富や権力への欲がいっさいない。そんな白皇虎が天下統一をして皇帝になるのが一番いいって、僕も隣国に囚われていたときに思ったけど。でも、まさか本当に白皇虎がその気になって、こんな展開になるなんて……なんだか、信じられない……)

じわりと感慨深さのようなものが胸に広がり、香了がほうっと長い息を吐いたそのとき。

それまで広い檀上に一人で立っていた白皇虎が、すうっと大きく息を吸う。

「俺の名は白皇虎だっ……！」

西郭が用意した白い長袖の上着と、黒い下衣を身につけた彼。

白い上着には全体に、紫色の絹糸で美しい刺繍が施されている。本性である白虎を彷彿《ほうふつ》させるその出《い》で立ちで、白皇虎は檀上から広場に集まった八千人ほどを見下ろし、声を張った。

「俺は次の皇帝になるべき者として、天帝から選ばれたっ！」

惚れ惚れするほどよく通るその男らしく低い声に、広場中の者が耳を傾ける。

「その証《あかし》として、天帝からその神の力の一部を授《さず》けられたっ。その力を使って、俺はこれから天下統一を成し遂げるっ。今の乱世を終わらせ、民のための平和な大国を造るつもりだっ！」

「……」

「今の世の中を変える――それは、この国の王だった旦令殿も、生前に強く望まれていたことだっ！　だから、旦令殿を今も慕うこの国の兵士たちは、俺に協力して欲しいっ。世直し党の者たちとも協力して、皆で旦令殿も望まれていた新しい世の中を造ろうっ！」

白皇虎は腰に左の拳を当て、勇ましい口調で言葉を続けた。

「まず手始めに、近々この国に攻め入ってくるであろう隣国の軍を、先にこちらから攻撃を仕掛

けて打ち破るっ！　そして隣国をこの国に併合し、一つの国にするっ。そのための戦いに、どうか皆の力を貸して欲しいっ！」

「隣国の軍を……？」

壇のすぐ下に立つ香了の周りでは、若い兵士たちが不安そうに顔を見合わせる。

「ほ、本当にあいつ、隣国と戦って勝つつもりなのか？」

「できるのか、そんなこと……？」

「無理に決まっているだろう！　隣国の軍は精鋭揃いのうえ、二万以上いるんだぞっ？」

広場は徐々にザワつき、皆が檀上に堂々と立つ白皇虎を見上げた。

「そもそも、あいつが『天帝に選ばれた』っていう証拠が、どこにある？　神みたいな力を持つという噂だが、俺は自分のこの目でそんなものを見ていないぞっ」

「俺もだっ！」

疑いの声が広場のあちこちで上がり始めたとき、白皇虎が右手をすっと頭上に伸ばす。

天を指差した彼を、皆が息を呑んで見守る。すると、広場にポツポツと雨が降り落ちてきた。

「雨……？　晴れているのに……？」

集まった男性たちは手のひらを胸の前に差し出し、そこに当たる小さな雨粒に眉を寄せる。

「なんだこれは、急に？」

「あ、見ろ、あれは雷《かみなり》じゃないか？　紫色の……まさか『天帝の紫雷』か……？」

誰かのそんな声が聞こえて、香了も頭上を見上げてみた。

晴れて青かった空が、いつの間にか薄暗い紫色に染まっている。そして、雨を降らせているその空のあちこちから、いくつもの稲妻が紫色の強い光を放ち、都へ向けて走り落ちてきた。

その激しい勢いは普通の雷のものではなく、明らかに『天帝の紫雷』と分かる。

(っ……？　どうして、春にしか落ちないはずの『天帝の紫雷』がっ……？)

香了が息を呑んだそのとき、ひときわ太い一筋の稲妻が走り落ちてきて――。

バリバリバリッ、と空を真っ二つに裂いたそれは、檀上に立つ白皇虎の頭上目がけて迫る。

次の瞬間、神々しいほどに美しい紫色の雷光が、白皇虎の身体を貫いた。

同時に、ドドォーンッ！　という耳がおかしくなりそうな轟音とともに、香了たちのいる広場が、立っていられないほど大きくグラグラッと揺らぐ。

「っ――!!」

白皇虎の全身を紫色の雷炎が包み、勢いよくブワッと燃え上がった。

しかし、それも数秒のことだった。

彼を包んだその大きな紫色の炎は、すぐに大量の水を浴びたかのように勢いを弱め、白皇虎の足下に吸い込まれるかのようにスウッと消滅していく。

身体にまとわりついていた紫色の炎が、すべて消えたとき――。

檀上の白皇虎は、雷に打たれる前と同じ格好で、しっかりと足を踏みしめて立っていた。

その黒髪にも、濃い肌にも、白地に紫色の刺繍がある上着にも、どこにも焼けた痕跡がない。

たった今、確かに強烈な雷に打たれたはずなのに――。彼は火傷《やけど》の一つも負わず、その真剣な表情も変えず、それまで天を指差していた手をすっと身体の脇へ下ろした。

（は……白皇虎っ!!）

白皇虎の無事な姿を見たとたん、雨が上がった広場全体が悲鳴のような驚嘆の声で包まれる。

「お、おい、生きているぞっ……？」

「あの『天帝の紫雷』に打たれても、生きている！」

「じゃ……じゃあ、本当に、あの男が、次の皇帝になるべき者なのかっ……？」

畏怖《いふ》の目で見上げる大勢の者に、白皇虎はまた遠くまで届くその声に熱を込めて呼びかけた。

「俺は、民が幸せになれる平和な国を、必ず造る！　この乱世を終わらせ、新しい世の中へと変えるために、皆で戦おうじゃないかっ……！」

白皇虎は再びその手を上げ、隣国のある方角を勢いよく指差す。

「まずは、この国の王・旦令殿を騙《だま》して斬った、卑劣《ひれつ》な隣国の王の軍を打ち破る！　それを旦令殿への供養《くよう》とするとともに、我々の天下統一へ向けての第一歩とするぞっ……！」

「そ……そうだっ！　皆、そうしようっ！」

広場の前方で一人がそう叫ぶと、続けてあちこちで、そうだそうだ、と賛同の声が上がる。

「隣国の王は許せない！　旦令様の仇を討とうっ……！」

「俺たちの手で、新しい国を造ろう！　隣国の軍を破ったら、そのあとは天下統一だ！」

「ともに戦うぞ！　白皇虎様についていこうっ！」

八千人ほどの男たちが一斉に、わあっ、と熱い声を上げた。広場に渦巻くようなそれが高い石の城壁に跳ね返って響き、ますます大きく聞こえる。

大勢の者たちの心が白皇虎を中心に一つにまとまり、彼らの間に共通の力が漲《みなぎ》っていく。

(これなら……この勢いなら、隣国の軍にも、きっと勝てる……！)

ホッと胸を撫で下ろした香了のそばで、突然、うんざりしたような男性の声がした。

「やれやれ、ようやく始まったか」

「っ！　あなたはっ……」

横を見ると、すらりと背が高く、背中の半ばまである長く細い銀髪が美しい、二十代後半くらいの男性が――鳳兆が、胸の前で緩く腕組みをして立っていた。

「香了か、久しぶりだな」

鳳兆はその彫りの深い上品で華やかな顔で、香了に向かってわずかに微笑む。

以前と同じく、強い光沢のある薄い青色の着物と、その上に丈の長い上着を身につけていた。

彼は、薄く淡い灰色の瞳で、檀上の白皇虎と雨の上がった青空を仰《あお》ぐように見上げる。

「もう初夏だ。春の『天帝の紫雷』と言うには、無理があったが……まあいい。とにかく、よかった。天帝もこのときを、長く待っていらしただろうからな」

「……？　もしや鳳兆様は、ずっと白皇虎の行動を見ていらしたのですか？　あのときから？」

「まあ、そんなところだ。お前があいつの求婚を受け入れるところも見ていたぞ」

「えっ……？」

鳳兆は秀麗《しゅうれい》な眉を顰め、香了をまじまじと見つめた。

「あの虎のそばで、ずっと国造りをしていく、と約束していた。一生ついていく、とかなんとか口にしていたから、あれは結婚を了承したという意味なんだろう……？」

「あ、あの、それは……」

滝でのあのときのことも全て知られているのだと分かり、香了は頬に一気に血を上らせる。頬を染め、しどろもどろになっていると、鳳兆が大げさに肩をすくめた。

「お前も物好きだな。人間のくせに、あんな獣の虎と『番』になろうとするとは……。まあ、虎と人間の婚姻など、神である俺にはどうでもいいことだが……」

「っ……」

「そういうわけで、俺はさっそく天上界へ報告に帰る。これから先は天帝とともに、天上界からお前たちを監視して……いや、見ている。あの虎にも、そう伝えておいてくれ」

「あ、鳳兆様っ……？」

くいっ、と乱暴に檀上の白皇虎の方へ顎をしゃくった鳳兆が、満足そうにふっと微笑む。

そして彼は、滝で初めて会ったときと同じように、一瞬にしてその場から姿を消し去った。

その一週間後――。
隣国の王・左臥の二万三千人もの軍。兵士や武器の数からいって圧倒的に有利なはずのその大軍を、白皇虎の率いる八千人の軍が、わずか二日間で、完全に打ち負かしたのだった。

8. 新しい王

隣国との戦いを終えて、二週間が過ぎた。だが、香了たちの国の城の中はまだ落ち着かない。ほとんどの者が夕食を終え、そろそろ就寝する時間が近付いている。それでも、高い城壁に囲まれた王城内は、あちこちに焚《た》かれた大きな篝火で赤々と照らされていた。

五階建ての主殿の中も、多くの家臣や兵士たちが行き交い、昼間と変わらずに慌ただしい。

三階の執務室を出た香了は、二つ隣の部屋から急ぎ足で出て来た若い男性に呼び止められた。

「香了様、ちょっとよろしいですか？」

手に紙の束を持った二十代前半くらいのその男性は、西郭の部下の一人だ。廊下で足を止めた香了の前で立ち止まり、申し訳なさそうに眉尻を下げる。

「このような場所でお呼び止めして、すみません。隣国においてどのような医療が行われているかを、これから調べたいと思っておりまして……」

「うん」

「ちょうど今、国内の実績のある医師たちを交えて、どういった項目を調査していけばいいのかを、書き出していたところです。できましたら、本決定の前に、香了様にもご覧いただきご意見をうかがいたい、と思っているのですが」

男性が手に持っている紙の束には、その項目らしきものが羅列《られつ》して記されていた。

香了はその紙に視線を落とし、うれしさをこらえきれずに微笑む。

「この前、僕が頼んでおいた、医療の件。さっそく、手をつけてくれるんだね？」

「はい……。これまではバタバタしており、なかなか取りかかれず申し訳ありませんでした」

神妙に頷いた男性の顔は、仕事にやり甲斐を感じている様子で生き生きとしていた。

隣国での、医療の実態は——とりわけ、医師がどの地方に何人いるのか、国内に薬の量はどれだけあるのか、どのような病気がどこで流行《はや》っているのかということなどは、すぐ隣に位置している香了たちの国の、これからの疾病《しっぺい》対策や医療と深い関わりを持つことになる。

そのため、隣国の医療の実態を早急に調べておくべきだ、と。

戦が終わって数日後、香了は上層部の集まりでそう指摘した。

香了は現在、戦に敗れたことにより一時的に混乱している隣国でなによりも優先されるべき食糧の流通を正常に保つために、旦令の家臣だった二人の重臣とともに毎日忙しく働いている。

だから、今は香了が直接、医療の調査に手をつけることはできない。

だが、誰かに早急にやってもらいたいことの一つだ、と——。

そのときの指摘に応える形で、西郭の部下の一人がさっそく動き始めてくれたようだ。

「もちろん、僕も調査項目には目を通させてもらうよ……。でも、それは明日でもいいかな？」

香了は男性を見上げ、苦笑を混ぜて微笑む。

「実は、これからすぐに白皇虎の部屋に行かないといけない。約束してあるんだ」

「あ……そうでしたか」

「明日なら、午後の早い時間なら空いている。昼食が終わったら、僕の執務室に来てくれる？」

「はい、承知いたしました。お急ぎのところ、失礼しました」

あわてたように深く一礼をした男性に、香了も軽く一礼を返した。

「大丈夫だよ。じゃあ、また明日」

彼と三階の廊下で別れてすぐに、香了は五階への階段を上り始める。

早足で駆け下りていく数人の兵士たちと擦れ違った。香了だと気付いて、その皆が礼をして通り過ぎるのを見送ってから、香了は長いため息を吐く。

(毎日がこうして慌ただしく過ぎていって、目が回りそうだ……。でも、忙しいのは僕だけじゃない。今はこの城の中の皆がそうなんだから、頑張らないと。うん……!)

隣国との戦が終わってから一息吐く間もなく、香了は仕事に追われて過ごしてきた。

戦いに勝利した方の香了たちの国には、早急にやらなければならないことが山積みだ。

この先、どんな方法と制度で、隣国を治めていくのか――。

戦直後ということが原因となっている、今の隣国内の混乱が収まったら、香了が責任者となってその支配制度を取り決めていく。

そのことは、戦が終わった次の日に、すでに白皇虎が上層部の集まりで宣言した。

西郭や城内の重臣たち、そして『世直し党』の代表者たちも納得し、国造りのための充分な知識と教養を有する『旧王朝の皇子』である香了に、全面的に任せてくれることになっている。

香了の日々は今でも忙しく充実しているが、これからさらに仕事の量が増えていきそうだ。

(自分で、白皇虎のそばで、民たちのための国造りをするって……民たちのために仕事をしたいって決めたんだから。これからも、もっと、もっと頑張らないと……！）

改めて気持ちを引きしめながら階段を上がっていき、五階の廊下に出た。

香了と白皇虎は今、この王城の主殿の五階で、隣合わせの部屋で暮らしている。

隣国との戦いが終わって帰国してから、香了と白皇虎は西郭や重臣たちに乞《こ》われ、この城に滞在することになった。そのときに、それまで使わせてもらっていた二階の客間ではなく、以前旦令が暮らしていた五階の一角にそれぞれ自室を用意してもらったのだ。

香了の村の生き残った十数人の者たちも、今は王城に身を寄せている。西郭に城での仕事を与えられて、ようやく生活も安定してきたところだ。

皆で、村の火事で亡くなった六十人ほどの者たちの葬儀も、すでに執《と》り行った。

これから香了が白皇虎の天下統一に協力していくことも、彼らに話して納得してもらった。

そんなこんなで香了はここのところ忙しく過ごし、食事すらゆっくりとれていない。白皇虎といっしょに食卓に着いたのも、もう何日前のことか分からなくなっている。

そんな慌ただしさの中――。今日の昼、執務室にいた香了に白皇虎から伝言が届けられた。

頼みたいことがあるから、今夜、就寝前に自室を訪ねて欲しい、と。

どんな用事かは分からなかったが、とにかく白皇虎に会って顔を見たかった香了は、伝言を届けに来てくれた白皇虎の遣いの者に、行くことを約束した。そして、先ほど夕食後も続けていた仕事を切り上げ、こうして五階の角にある白皇虎の自室へと向かっているのだ。

（白皇虎の顔を少し見られるだけでも、うれしいから……）

彼のことを想うだけで、胸が温かで幸せなものでいっぱいになる。

香了は甘いそれを噛みしめて廊下を歩き、一番奥にある白皇虎の部屋の前に立った。

「白皇虎……？　僕だよ」

木の扉を、指の背でコンコンと軽く叩いた。

「おお、香了か。入ってくれ」

中から聞こえた、低く張りのある男らしい声。久しぶりで、ひどく懐かしく感じる。

彼に促されるままそっと扉を開けてみる。角灯の明かりに照らされた、四人掛けの卓台の前に立つ二人の男性の姿が、目に飛び込んできた。

白地に紫色の糸で刺繍が施された上着を着ている白皇虎が、朗らかな笑顔を向けてくる。

「香了、来てくれたんだな。待っていたぞ」

「あ……西郭様？」

白皇虎とともに立っていたのは、西郭だ。

部屋に入った香了の顔を見るなり、彼は香了と白皇虎に向かってそれぞれ一礼をした。

「それでは、私はこれで失礼いたします。白皇虎殿……どうか、お話しいたしました件、よろしくご検討のほどお願いいたします」

「うむ……」

白皇虎が神妙《しんみょう》に頷くと、それを見た西郭はホッと安堵したような顔になって部屋を出て行く。

扉が閉まり、厚い絨毯が敷かれた広い居間に、香了は白皇虎と二人きりになった。

旦令が王として使っていた部屋ではないが、内部の豪華さはそれに勝るとも劣らない。

香了たちが立っている居間には、四人掛けの卓台の他に、見るからに上等そうな家具が並んでいる。やわらかな布張りの長椅子や、高級な艶《つや》のある木材で作られた棚、書き物用の机など。

壁に掛かるのは美しい絵画で、赤と薄桃色の大輪の牡丹《ぼたん》が描かれていた。

格子の天井には、厚い金箔《きんぱく》が貼られている。部屋の中に六本ほど立っている丸く太い柱には、空へ向かって昇ろうとする龍が生き生きとした姿で何匹も彫られていた。

奥の寝室の戸は引き開けられており、薄暗いが、白い薄布が垂れた天蓋付きの寝台が見える。

「香了、こちらへ」

白皇虎に布張りの長椅子を勧《すす》められて、香了はそこに静かに腰掛けた。

大きな窓に向けた長椅子に座ると、夜空の黄色い月がきれいに見える。

白皇虎の顔を見られたことで、香了はホッとした。肩で息を吐いたとき、すぐ隣に、白皇虎もドサリと背もたれに身体を預けるようにして座る。

肩に腕を回されて抱かれた香了は、白皇虎の逞《たくま》しい胸に頬を寄せた。

香了がそうして温かな安心に浸りながら、先ほど西郭となにを話していたのかと問うと、白皇虎は香了の耳元で低く囁くように話す。

「あいつが……西郭が、一刻も早く話を聞いて欲しい、とやってきて……。もうすぐお前が来ることになっていたから断ろうとしたんだが、それまででいいから、と」

白皇虎の真剣な瞳を、夜空から窓越しに差す月明かりが透明な黄色に染めていた。

「その話というのは、俺に、この国の王になって欲しい……というものだった」

「っ……！」

「西郭が重臣たちと話し合い、今回、正式に俺に申し込みをしに、自室に訪ねてきたんだ。今も実質的には俺が王のようなものだが……きちんと身分を確定させて、民たちに周知させたいからと。近いうちに、新しい王としての即位の儀式を行いたいんだそうだ」

白皇虎は、うんうん、と軽く自分の言葉に頷く。

「西郭が言うには、国には『王』がいた方が、民たちの心は落ち着くそうだ。それに、これから天下統一を目指すにあたっても、この国の王という立場で戦いに乗り出した方がいい、その方が兵士たちの心も一つにまとまりやすい、と……」

「そういう話だったんだ……？」

香了は白皇虎の胸に頬を押しつけたまま、視線だけを上げて彼の顔を見た。

「でも、やっぱりね。いつかはそう言われる、と思っていたよ……」

「そうか？」

「うん……予想どおりっていうか。どうするの……？」

香了の問いかけに、白皇虎はいったん、うーん、と唸《うな》りながら考え込んでから口を開く。

「そうだな……。もともとこの国の者たちを率《ひき》いて、天下統一に乗り出すつもりだったことだし。この先、いちいち俺のことを『国の指導者』とかなんとか、あいまいな呼び方をするのも面倒だ。もう『王』でいいか、という気もする。その方が、いろいろと便利だしな……」

「うん」

「俺自身は、王という称号にはこだわっていなかったんだが。西郭の申し出を受けようと思う」

「うん、それがいいと思うよ」

白皇虎がついに、正式に一国の王となる。天下統一へ向けての第一歩を踏み出すのだ。

その事実を噛みしめて、香了はうれしさに微笑む。すると、白皇虎が訝しそうに男らしい眉を寄せ、香了の肩を抱く手にギュッと力を込めた。

「しかし……あの西郭って奴もこの国の重臣たちも、本当に、自分たちの国の王が俺でいいと思っているのか？　俺の本性は白虎だぞ？　あの鳳兆とかいう天帝の遣いも言っていたが、獣の虎が人の上に立ち、人間の世界を皇帝として治めるなんて。それで、本当にいいのか……？」

「うーん、それは……」

香了は西郭たちの気持ちになって考えてみて、やさしい声音で言う。

「西郭様たちは、白皇虎が虎に変化できるのは知っていても、本性が虎とは知らないんじゃなかったっけ……？　でも、もし知っていたとしても、それはあまり気にしないんじゃないかな」

「……？　どういうことだ……？」

「白皇虎が神みたいな圧倒的に強大な力を持っていて、神に似た存在であること。虎とか人間とかいうことより、それが一番、重要なんだと思う。少なくとも、西郭様たちにとっては……」

「なるほど……？　人間の思考っていうのは、本当に複雑だ。奥が深くて、知れば知るほどわけが分からなくなる」

白皇虎は真面目な顔をして頷き、香了も彼に肩を抱かれたまま頷いた。

「とにかく、正式に『王』になるのを決めたのは、いいことだよ。旦令様も……もし、生きていらして、白皇虎のことをよく知ることができていたら……きっと、実力があるけれど権力を求めようとしない純粋な心を持った白皇虎に、天下統一をしてもらいたいと思ったと思う。僕なんかじゃなく、白皇虎を跡継ぎにして、この国の『王』になってもらいたいと思っただろうから」

「さあ、それはどうだろうな……？」

「きっとそうだよ……。だから、白皇虎がこの国の正式な王になって、そのあとに天下統一を進めることは、旦令様の希望に叶うことになる。乱世に苦しんでいる民たちを救いたい、と言っていらした旦令様への、ご供養にもなると思うよ」

「ふむ……。それならいいが……」

長椅子の上で神妙に頷いた白皇虎の胸から、香了はそっと頭を起こして彼を見つめる。

「それに、白皇虎は本当に、一国の王に相応しいと思う。特に、今回、左臥王以外の者たちは罪に問わない、って決めたよね。なかなかできることじゃなくて……僕はあのとき、白皇虎にすごく感心した。白皇虎にずっとついていこうって決めてよかった、と思ったよ」

「ああ、あの件か……」

白皇虎はじっと香了の目を見つめ返し、真剣な面持ちのまま頷いた。

「あれは、まあ、見つけたときには左臥王がすでに自害していたから、っていうのもあった。だから、やりやすかったというか」

「それでも……本当によかった、と思った。僕はもともと、戦で民たちが命をなくすことがなくなればいいと思っていて……実際に戦っている兵士たちについても、同じように考えていたから。敵味方に関係なく、なるべく人が死ななければいい、って」

香了は長椅子の隣に座る白皇虎の手を取り、それを彼の膝の上でしっかりと両手で包み込む。

「だから、今回の戦で、白皇虎が最初からできるだけ多くの命を救おうとしていたのを見て、すごくうれしかったんだよ」

二週間ほど前に、隣国との戦いを始めるにあたって……。白皇虎は、味方の軍の兵士に、なるべく犠牲を出さないように、と命じた。

敵の兵士が投降《とうこう》したら、殺さずに捕虜とするように――と指示したのだ。

実際の戦いでは、先頭に立った白皇虎が天帝から与えられた特別な『力』を存分に使って、勝利することになった。この先、千年は壊されることがないだろうと言われていた、隣国の都を守る強固な高い壁をあっさり破壊し、味方の軍を都の中へ一気に雪崩《なだ》れ込ませることに成功した。

白皇虎の手で、空から紫色の雷をいくつも落とされて……。その雷に焼かれ、大きな左臥の居城の中が燃え上がり火の海になるのを目の前で見て、敵国の兵士たちは皆、震え上がった。

『あれは〈天帝の紫雷〉だ。あの男は、天上の神や天帝の守護を受けている。……あんな相手に立ち向かっていって、敵《かな》うわけがない』

ほとんどの者が戦意を喪失して剣を捨て、白皇虎の軍に投降することになった。

そのため、城を落とすのにかかった時間は、わずか一日。両軍の死傷者もほぼ出なかった。

左臥王は最後まで、少数の重臣たちと逃げ回っていた。城も都も捨て、近くの山に隠れていたところを翌日発見したが、そのときには敵が迫ったことを知った彼は、すでに自害していた。

それを見た白皇虎は、戦の終結を宣言した。

同時に、隣国の城の者たちはしばらくの間、白皇虎の軍の監視下に置きはするが、左臥王以外の者についてはなんら罪に問わず、いずれ解放する、と約束したのだ。

「俺は……左臥王の周りにいた者たち皆に、罪がない……とは思っていない」

布張りの長椅子の背にゆったりともたれて座る白皇虎は、香了が両手で包み込んで握っている膝の上の自分の手を見下ろし、落ち着いた口調で話した。

「特に、重臣や、国の上層部の者たちは、日頃から左臥王の冷酷で卑怯《ひきょう》な振る舞いを許してきたのだから……。そのことだけでも、その者たちに全く罪がない、とは言えないだろう？　実際もし、以前の俺だったら……白虎として生きていたときの俺だったら、今回の戦のあと、相当な数の隣国の者たちを処刑したり投獄したりしていたと思う」

「……」

「それに、俺の今回の決定について、この国の中で不満に思っている者たちがいることも分かっている。死をもって償《つぐな》うのが左臥王だけでは、旦令殿の仇を充分に討てたとは感じられない……と。そう思う者がいるのも理解できる。お前の村の者たちも、家を焼かれて家族や仲間を大勢失った。俺の決定を、甘い、と思っているかもしれない。けれど、俺は……」

白皇虎は自分の中で改めて決意を固めるかのようにしばらく黙り、再び口を開く。

「俺は殺さないことにしたんだ。必要がないなら殺さない、誰のことも」

彼はきっぱりとした口調で言った。

「俺は、人殺しがしたいわけでも、自分がこの世界の規範になって、全ての人間を足下にひれ伏させたいわけでもない。ただ、お前が安心して暮らしていける国を……そして、できればお前の理想を叶えた、お前の望む世界を実現したい。それだけなんだ。だから、もうお前とお前が実現しようとしている世界の脅威ではなくなった隣国の城の者たちは、殺す必要がない」

白皇虎は香了の目を真っ直ぐに見つめ、愛しそうに頬を緩めて微笑む。

「それに……お前が以前、教えてくれた。人間っていうのはそんなふうに、同族に対して母親みたいなやさしさを示すべきものなんだ、ってな。あれは……俺が猟から持ち帰った大量の獲物を、お前が村人にも分けてやろう、と提案したときだ。俺がそんなの必要ないだろう、って嫌がったら、お前が俺にそう言って……」

「白皇虎……」

「それから、この王城前の広場で、お前の喉に剣を突きつけた『世直し党』の者のことも、お前は庇った。俺としては、あの場で斬り殺してやりたかったのに」

「うん……。そういえば、あったね。そんなことも……」

香了は微笑み、両手で包み込んでいる白皇虎の手をギュッと力を込《こ》めて握った。

白皇虎は静かに頷いて、自分で自分の言葉を嚙みしめるように話す。

「お前はあのとき、どんな者の命でも大切だ、と思っていたんだと思う。それがたとえ自分を殺そうとした人間のものであったとしても……。あのときの俺には、全く理解できなかったが」

白皇虎は香了の目を見つめたまま、懐かしそうに少しその紫色の瞳を細めた。

「だが、今は……あのときのお前の気持ちが、少し分かるようになった気がする。どんな者の命でも大切なものなんだな、ということが。そんなふうに思うようになったのは……あの史紋っていうじいさんが、亡くなったときだ。俺はそれまで……お前以外の人間なんて何人、誰が死のうが構わないと思っていた。自分とは関係のない世界のことだと思えて、全く気にならなかった。それなのに……あのじいさんが死んだとき、俺は……生きていて欲しかった、と思った。じいさんの命を、大事だって思ったんだ。まるで自分が人間にでもなったみたいに……。だから、左臥王の配下だった者たちもそれと同じで、いずれはその命を大事だと思えるときも来るかもと……」

「白皇虎……史紋のこと、好きだったんだね」

香了がしみじみと言うと、白皇虎はハッと我に返ったようになる。

「い、いや、別に！　あのじいさんとは、それほど仲が良かったってわけでもなかったしな……だから不思議なんだ、今もどうしてこんなに、生きていればよかったのに、と思うのか」

「そんなことない。充分、仲が良かったと思うよ」

香了は、白皇虎が史紋の話をしてくれるのがうれしくて、微笑みながら首を横に振った。

「亡くなったあとも、こうして史紋のことを思い出してあげている。それが証拠だよ」

「俺は別に、そんなつもりでじいさんの話をしたわけじゃっ……」

白皇虎はもたれていた長椅子の背から上半身を起こし、座り直して早口になる。

「ただ、ここのところずっと変な気分なんだ。妙に、自分がすごく人間っぽくなったような気がする。考え方とか、感じ方とか……。だから、きっとそれで……！」

白皇虎が照れくさそうに焦っているのがなんだか可愛く思えて、香了は思わずクスッと笑って彼の手から自分の手を離した。

「うんうん、分かったよ。じゃあ、史紋のことはそれでいいとして……。ところで、白皇虎の用事ってなんだったの？」

「ん？」

「頼みがある、って僕を呼んだんじゃなかった……？」

「ああ、そうだった！　うっかりしていた」

白皇虎がおもむろに長椅子から立ち上がり、奥にある寝室の方へ向かう。

なんだろう、と香了もその場に立ち上がって待った。

戻ってきた白皇虎の胸の前に、両手で大事そうに持たれていたものに、香了は大きく目を瞠る。きちんと皺《しわ》を伸ばして畳まれている上着。紫色のその布地を一目見ただけで、以前、自分が彼のために手縫いした物と分かった。

「これを直して欲しいんだ」

香了が見上げる白皇虎の顔は、照れくさそうで、少し決まりが悪そうだ。

「できるか……？」

「うん、もちろん」

頷いた香了の胸に、熱く幸せなものがじわりと染み広がる。

この着物は、草原に暮らす『世直し党』の天幕に白皇虎を訪ねたとき、香了がつかんで肩口が大きく破れてしまったものだ。幸い、縫い目が裂けただけで布地はほとんど無事のようだ。縫い直せばきれいに直るだろう。

胸がじわじわと熱くなり、香了は泣いてしまいそうだった。

「この着物……持っていてくれたんだ？　捨てていなかったんだね」

「あのときは、捨てようかと……いや、捨てないといけない、と思った」

白皇虎は苦しそうに眉を寄せ、両手で持った紫色の着物をじっと見下ろしてから、視線を上げて香了を見つめた。

「もし、お前をこの先、想うことすら許されないなら。それなら、お前への未練が残らないように、と……。でも、結局できなかった。俺のお前への想いと同じように、たとえ捨てようと思ったとしても、本当にこの着物を捨てるなんて無理だったんだ」

「白皇虎……」

すぐ傍《かたわ》らの窓から差し込む月明かりに照らされた白皇虎の瞳は、甘い恋の熱で薄っすらと潤んでいる。その深く美しい紫色の瞳が帯《お》びる男らしい艶に、香了はドキリとした。

着物を両手で持ったままの白皇虎が顔を近付けてきて、額同士がコツンとぶつかる。

「俺は、お前が好きだ。たまらなく好きなんだ、香了……」

「っ……！」

熱っぽい声音で口説くように、強い想いを告げられて。

香了の頬に、ほんのりと血が上ってくる。頬を桃色に染めた香了を、額同士を合わせたままの白皇虎は、間近から甘く見つめてきた。

「今夜、この俺の部屋に来てもらったのは……お前にもう一つ、頼みがあったからだ」

「う、うん……？」

白皇虎は熱い眼差しで香了を見つめ、両手で持っていた着物を傍らの卓台の上に置く。

そして香了の両手を自分の両手で包み、その場にすっと両膝をついた。

「香了……改めて頼む……！　どうか、俺と『番』になってくれっ……」

「は、白皇虎……？」

彼の体勢と突然の言葉に驚いている香了を、白皇虎は神妙な面持ちで見上げてくる。

「お前に、俺と『番』に……正式な伴侶になってもらって、これからもずっとそばにいてもらいたい。俺が天下統一をし、皇帝となって……この命を全《まっと》うするそのときまで、一生……！」

「っ……」

「この前、村が焼かれてしまった翌朝に……滝のところで、お前も俺を好きだ、と言ってくれたな？　俺と『番』になってもいい気持ちでいる、と。それから……俺についてきてくれる、とも言った。ずっと……一生涯、俺のそばにいて、新しい大国を造る仕事をしていきたい、と……」

白皇虎は香了の手を握る手にギュッと力を込め、ますます甘ったるい眼差しになる。

「あのとき話してくれたお前の気持ちは、本当のものだと思っていいんだろう？　だったら、今すぐにでも、俺と『番』になってくれるな？」

「……」

「香了、俺を好きなら。好きでいてくれるなら、どうか今この場で『番になる』と言ってくれ」

「そ、それは……」

あまりにも情熱的に性急に迫られて、香了はうれしさと照れくささでいっぱいになった。

頬を燃えそうなくらい熱くし、跪《ひざまず》いている彼を見つめながら小さく頷く。

「い……いいけど」

「っ!?　本当かっ……!?」

白皇虎は信じられないというように目を瞠り、パッと顔を明るくして見上げてきた。

「う、うん、いいんだけど……。ただ、一つだけ……」

「なんだっ……？　なにか条件があるなら、なんでも言えっ。今すぐ言えっ！　俺と『番』になってくれるなら、お前の言うことをなんでも聞いてやるからっ……！」

「ち……違うよ、そうじゃなくて」

香了は頬を染めて彼を見つめたまま、クスッと苦笑を漏らす。

「ただ、その……。人間の場合はこういうとき、『番になる』じゃなくて『結婚する』っていう言葉を使うものだよ、って。そのことだけ、白皇虎に言っておきたいな、と思って……」

「っ……？」

白皇虎は跪いて香了の両手を自分の両手で強く握ったまま、香了をまじまじと見上げてきた。

「なに……？　『結婚する』……だと？」

「うん」

「つまり、俺がこうして人間のお前に伴侶になってくれと頼むときには、『番になってくれ』は間違いで『結婚してくれ』と言う方が正しい、ということか……？」

「う、うん、まあ……」

香了が照れくささをこらえて頷くと、白皇虎は深い衝撃を受けたと言わんばかりに眉を寄せる。

「そうだったのか？　俺としたことが今まで知らなかった！　そういう大事なことは、もっと早く教えてくれっ……！」

「ごめん。でも、『番』っていう言い方でも、ちゃんと意味は通じるし……」

香了は彼の矜持《きょうじ》をこれ以上傷つけたりしないよう、やさしく微笑みながら何度も頷いた。

「それに、最近は僕も、白皇虎の『番になる』っていう言い方も、なんだか素敵《すてき》だな、と思うようになっていたから……。それでなんとなく、このことを言いそびれちゃって」

「む……そうか？　そういうことなら、仕方ないが」

白皇虎はわずかに頬を緩ませ、ゴホン、と一つ咳払いをする。

「とにかく、そうと知ったからには……言い直しが必要だな。俺はこれから、お前と人間の世界で生きていくわけだし……。こういうことも、人間の流儀《りゅうぎ》に従ってやらないと……」

ブツブツと自分に言い聞かせるように呟いたあと、彼は再び香了を見上げてきた。

両手を握ったまましっかりと視線を合わせ、甘く蕩けそうな眼差しと口調で熱っぽく語る。

「それじゃ、改めてもう一度言うぞ……！　香了、どうか俺と『番』に……ああ、違う！　そうじゃなくて……どうか、俺と『結婚』してくれ。俺とお前は、虎と人間だし、男同士でもあるが……俺はそれでも、どうしてもお前を生涯の伴侶としたいっ」

「白皇虎」

「香了、俺と『結婚』してくれるな……？」

愛しそうな瞳で懇願されて、香了も胸の愛しさをこらえきれなくなり、にこりと微笑んだ。

「うん……。もちろんだよ、喜んでっ……」

「香了、うれしいぞっ……！」

白皇虎は弾んだ声で言うや否や、その場にサッと素早く立ち上がる。

香了の両手を、自分の両手でしっかりと包み込むように握ったまま、彼はうれしさをこらえきれないといった明るい笑みで、香了の顔を覗き込んできた。

「お前は、俺のどこを好きになってくれた？　結婚してもいいと思うくらい、どこを？　いつから好きになった？　あの滝での告白のときには、そこまで教えてくれなかったよな……？」

白皇虎の迫るような勢いに押されて、香了は思わず、え、と身体を後方へ退く。

「それはその、なんて言うか……。どこがとか、そんなのは分からないよ。白皇虎の全部が……というか、白皇虎だから好きになったんだ。それに、いつから……なんていうのも、分からない。ただ、いつからか、白皇虎とずっとこのまま楽しく暮らしていきたい、って思って。その気持ちが『恋』なんだって、隣国の城に囚われているときに初めて気付いて……」

「うん、そうか。それで……？」

「『それで』って、だから、そういうことだよ！　いつの間にか、白皇虎の全部を好きになっていた、っていうこと」

「なるほど。分かった……」

白皇虎が深く納得したというように頷き、また自分の額を香了の額の上にコツンと合わせた。

「つまり、俺は上手く煮物を作ることができた、っていうことだな……？」

「え？　煮物……？」

意味が分からず瞬きをする香了を、白皇虎は睫毛《まつげ》が触れそうなくらいに近くから、深い紫色の美しい瞳で愛しそうに見つめてくる。

「お前が以前、俺に言っただろう……？　煮物っていうのは、強火で急ぐよりも、少しずつ時間をかけて弱火で煮上げた方が、上手くいくって……。国造りなんかもそれと同じだ、って言っていたな。その煮物の上手い作り方と同じように、俺はお前の気持ちを少しずつ、俺の方を向いてくれるように上手く持っていくことができた、ってことだろう……？」

「あ……」

そういうことか、とやっと白皇虎の言っている意味が分かって、香了は微笑んだ。

「うん……そうだね。煮物と同じかも。白皇虎を好きだっていう気持ちが、少しずつ染みていって……。ある日気がついたら、僕の心の全部が、白皇虎を好きっていう気持ちでいっぱいになっていたっていう感じだ……」

「香了、本当に……『番』になること……いや、『結婚』を了承してもらえて、俺はうれしい」

白皇虎の口調は心から感動しているというように、うっとりとしている。

「天界にいるという天帝の気持ち一つで、俺は神の力を与えられて……俺たちの未来も、本来のものから大きく変わったんじゃないかと思う。俺たちの一生や運命は全て、天帝に定められてしまっているかのように感じられるときもあるが……。だが、この、お前を好きだという気持ちが俺の中に生まれたのは……天界の天帝が、なにかをしたせいじゃない。香了、俺がお前を好きになったのは……ただ、俺の意思によるものだ」

白皇虎は香了の手から片手だけを離し、そこに自分の香了への熱い想いがあるとでもいうように、その手をそっと自分の心臓の上に押し当てた。

「だからこの先、天帝がなにかしたとしても、この気持ちが変わることはない。天帝の力でも変えられない。俺は一生、お前を好きで……愛し続ける。そのことを、今ここで誓う」

「白皇虎……」

「本当に、本当に誓うからな」

香了の胸がうれしさでじわりと熱くなったそのとき、白皇虎が唇を近付けてきて、彼の唇が香了の唇をそっと啄《ついば》むように重なる。

「ん？　ぁ……む」

香了の両手から白皇虎のもう一方の手が離れ、彼の両手で頬をやさしく包まれた。

顔をわずかに傾けた白皇虎が、香了の唇を上下に割り、その間に熱い舌を差し入れてくる。

白皇虎の愛情も彼の舌と同時に、口から移し込まれてくるような気がした。身体を蕩かすような心地よいその温もりに、香了はうっとりと瞼《まぶた》を半分まで落とす。

口内のやわらかな粘膜を強く舐め上げられると、全身の血が一気に沸き立った。

くちゅっ、ちゅっ、と濡れた唾液の音をさせ、舌を吸われる深い口付けが繰り返される。

まるで、香了に自分の愛の深さを丁寧に教え込むかのような、甘く濃い愛撫。それを受け続けているうちに、香了の意識はどこかに飛びそうになった。

「う、ん……む、ぅう、んっ……」

初めての滝での口付けも甘いものだったが、二度目の今夜のものはさらに甘い。

気持ちをしっかりと確認し合い、幸せが二人の胸に溢れているからだろうか。

白皇虎に唇や口の中を吸われ、お互いの唾液と体温が混ざると、白皇虎のそれらが自分の一部になったように感じられて、愛しくなる。腰から下に痺れるような快感が広がり、香了は脚に力が入らず立っていられないような気分になってくる。

大きく深い悦楽《えつらく》が足下に渦巻いていて、そこに引き落とされていくような……。

香了はいつの間にか、おずおずと自分からも白皇虎の舌に、自分の舌を絡めていた。

勇気を出して、白皇虎の舌を軽く吸ってみると、それに気付いた彼が吸い返してくれる。香了のことがさらに愛しくてたまらなくなったと言わんばかりに、これまでよりも強く深く、香了の口の中を、その舌や唇、歯を使って愛撫してくれた。

白皇虎の愛を感じた香了も、夢中になって目を閉じ、彼の熱い口内を舐め返す。

「んっ……ん、ぅ、む……」

腰にゾクゾクッと甘い震えが何度も走り、白皇虎の両手で包まれている頬が熱くなってきた。

着物の下で、全身の肌に薄っすらと汗が浮いてきたのが分かる。

すぐ目の前に立つ白皇虎の身体にも熱が籠もっている。それを感じたとき、彼がいっそう強く舌を吸い、ゆっくりと唇を離した。

二人の唇の間に、ねっとりとした淫猥《いんわい》な細い唾液の糸が引く。

「あ、はぁ……はあ」

欲情の艶が溢れそうに滲んだ紫色の瞳で、息を弾ませる香了を熱くじっと見つめて……。白皇虎は愛しそうに顔を傾け、もう一度、ちゅ、と香了の唇に軽く唇を合わせる。

その唇を離し、香了の頬を包んでいた両手も離した彼は、香了を横抱きにして持ち上げた。

「あ……?」

戸惑う香了を軽々と奥の寝室へ連れて行き、薄暗いそこで寝台の上へそっと下ろす。

ふかふかの布団の上に仰向《あおむ》けに寝かされた香了が、視線を上げると、白く長い薄布が垂れた天蓋の裏が、目に飛び込んできた。

そしてすぐに白皇虎が伸しかかってきて、視界が彼の男らしい顔でいっぱいになる。

寝室には角灯が置かれておらず、光源は居間の方から漏れてくる明かりだけだ。薄暗さの中、白皇虎の高価な宝石のような紫色の瞳が、ことさら美しく見えた。

香了の胸はドキリと熱く鳴り、白皇虎が甘くうっとりとした眼差しで見下ろしてくる。

「俺とお前が、正式な伴侶となる儀式は……つまり『結婚』する儀式は、俺が王となる即位式といっしょにやろうと考えている」

香了の瞼の上に、彼は愛しそうに唇を落とした。

「それで……本当は、その儀式の晩まで待つつもりでいたんだが……。もう我慢できない」

「が、我慢って？　なにを……？」

「分かるだろう……？」

白皇虎は唇を頬の方へ滑らせていき、香了の耳朶《じだ》を軽く嚙みしだく。

「お前の家を出てからは、離れ離れだったし……。そのあとこの王城に移ってきてからも、お前とは別々の部屋を与えられて、いっしょに寝られなかったし……」

唇の熱が顎先の方へ移っていく。敏感なそこを軽く吸われて、香了はビクッと腰を震わせた。

「んっ、ぅ……」

「つまり、香了……お前の肌と体温が恋しいんだ。今すぐ、もっと……お前に触れたい」

顎先からふっと温もりが離れ、白皇虎が再び目を覗き込んでくる。

「お前を今夜、このまま。俺のものにしても、いいか……？」

「白皇虎……」

胸同士が密着していて、腰から脚にかけても白皇虎の重みを感じた。彼の身体に籠もる熱からも、どれだけ好きでいてくれているかが分かり、香了の心はじわりと甘く蕩ける。

具体的な行為についてはよく分からなかったが、愛し合いたい気持ちでいっぱいになった。

「う、うん……」

照れくささをこらえて小さく頷くと、白皇虎も照れくさそうに微笑んで口付けをくれる。

彼はすぐに上半身を起こし、香了の靴を脱がせて寝台の下に放り投げた。

白皇虎は自分も靴を脱いで寝台の下へ落とし、続いて香了の着物を脱がせ始める。

されるがままになっているうちに、帯を解かれた薄水色の上着が左右の腕からやさしく引き抜かれて、下衣も少しずつ脱がされた。

全て裸に剝《む》かれた香了を、立てた膝の間に座った白皇虎がじっと愛《め》でるように見下ろす。

「きれいな肌だな……」

「っ……そ、そんなに見ないでよ。は、恥ずかしいっ……」

香了は敷布の上で、顔をパッと横に背けた。

「どうしてだ？」

「外での農作業で、日焼けしているし。きれいじゃないよ」

「そんなことはない。特に、普段、着物で隠れているこの辺りなどは、白く透き通るような肌をしているじゃないか……？」

白皇虎が指先をすっと、香了の喉元から腰まで肌の上を滑らせる。

香了のふくらはぎに、甘い電流がビリビリッと走り抜けた。香了は顔を横に背けたまま目をギュッと閉じ、腰から足の指の先までを突っ張らせる。

「も、もう……それ以上、そういう恥ずかしくなるようなことを言わないで……」

身体の芯に火がつき、おかしくなりそうだから……とまでは、正直に言えなかった。

白皇虎は香了の敏感な反応に満足したのか、頬にふっと笑みを浮かべる。

「そんなに恥ずかしがるな。俺も脱ぐ。お前と同じ姿になるから」

彼は自分の帯に手を掛けてそれを解くと、上着と下衣をゆっくりと脱ぎ始めた。

白皇虎が着物を肩から落とすのを、香了はとても見ていられず、ずっと顔を背けていた。

衣擦《きぬず》れの音だけがしていて、それが聞こえなくなる。脱いだ着物がまとめて寝台の下へ落とされるのが、目の端に映る白皇虎の身体の動きと気配から分かった。

香了の立てた膝頭の間に座る、全身の肌をさらした白皇虎。彼にじっと見下ろされているのを感じて、香了はそっと顔を正面に戻してみた。

薄暗がりの中で、隣の居間から差す角灯の明かりに、ぼんやりと照らされた裸体。

厚い肩、広い胸、引きしまった筋肉がほどよくついた腰から太腿にかけて。濃い小麦色の肌は滑らかで美しく、精悍な全身から男らしい色気が醸《かも》し出されている。

乱れて頬にかかる黒髪に、紫色の瞳の光が映《は》えて、香了はうっとりと彼を見つめた。

(白皇虎は……やっぱり、男らしくて格好よくて……。生命力に溢れて、輝いて見える。僕なんかより、白皇虎の方がよほどきれいだよ……)

再び身体を重ねるように伸しかかってきた白皇虎が、香了の胸に唇を落とす。

香了の左右の乳首を、強く吸って……。彼の熱く濡れた舌と歯が、そこを愛撫し始めた。

身体のどの部位よりもやわらかな、薄桃色の突起。

白皇虎は尖らせた舌先で、円を描くようにそれを舐める。唾液を塗りつけ、強く擦るような舐め方がくすぐったくて心地よく、香了は立てた膝頭を震わせた。

「ん、んんっ……」

小さな突起が形を持って立ち上がると、白皇虎がそれに歯を立てる。

嚙みしだくようにされ、胸に痛みのような快感が走った。手足の先にまで広がるほどの、頭の芯を貫くような、深く痺れる心地よさ。

これまで味わったことのないそれに耐えきれず、香了は思わず喘ぎ声を上げる。

「ぁっ、あ……！」

「これは嫌か？」

白皇虎の唇が、香了の胸からふっと離れた。

上半身を起こした彼に、半開きになっていた唇に謝るように口付けを落とされる。香了は白皇虎の目を見つめ、あわてて首を横に振った。

「あ……ごめん。そ、そうじゃ……なくて。すごく、気持ち……よく、て」

「そうなのか。よかった」

薄暗がりの中でも、白皇虎が心から安堵したように頰をホッと緩めたのが分かる。

その顔を見たら、香了の胸はまた彼への愛しさでじんと熱くなった。

（そうか……そうだよね。僕とこんなことをするのは、初めてなわけだし……。僕と同じように白皇虎も緊張していて、怖くもあるよね……）

白皇虎がねぐらとしていた山奥の滝で、初めて『好きだ』と告白してくれた、あのときと同じように……。彼も、自分との今の行為一つ一つに、緊張を感じている。

白皇虎はいつも余裕がありそうに見えるが、好きだからこそ緊張も高まるのだろう。

(大丈夫だって、伝えないと。僕も白皇虎が大好きだから、なにをされても平気だって……)

香了はもう一度口付けをしてくれた彼に、下から両腕でギュッと抱きついた。

「白皇虎……。白皇虎のことが、本当に大好きだ」

広い背中に腕を回して強く抱き、黒髪に唇をつけて囁く。

「誰よりも好きだよ。白皇虎が、僕の……今、一番大事で、大好きな人だ」

「香了、俺も……」

白皇虎がわずかに目を瞠って、すぐにうれしそうにその目を細めた。

「俺もだ。俺も、お前のことが好きだ」

彼は、香了への愛しさを抑えきれないというように、口説くような口調で言う。

「この先、お前といっしょにいられないなら、死んだ方がマシだ。そう思うくらい、お前のことを愛しく思っている」

「白皇虎……」

「毎日、毎夜が過ぎるたびに、お前のことがさらに愛しくなっている」

白皇虎の熱く甘い言葉が、香了の胸の奥までじわじわと染み入った。

「俺には、お前がいればいい。お前だけがいれば……」

「僕もだよ」

自分も彼と同じくらい。いや、それ以上に好きだと、どうしても伝えたい。

「そうでなかったら、『番』になりたいなんて……『結婚』して一生いっしょに暮らしたいなんて思わない。それに……こ、こういうことも、したいとは思わないよ」

「香了……」

生まれたときのままの裸の身体を重ねていることで、安心できるのか。香了はいつもより素直に、自分の白皇虎への想いを伝えられたような気がした。

愛をお互いの瞳の奥に見つけ、しばらくの間、睫毛同士が触れるくらい近くで見つめ合う。

再び香了の胸に顔を埋めた白皇虎が、そこかしこの肌を吸い、舌と歯で愛撫しながら香了の腰の方へとその唇を下げていって……。

ついに、香了の脚の間の茂みへと口をつけた。

「あ……？　は、白皇虎……？　そんなところを？」

頬に血が上ってさらに熱くなり、香了は首を起こして自分の下半身の方を見る。

白皇虎は香了の雄の根本を片手で持って、側面に唇を押し当てた。

「触れたいんだ。お前に、もっとよく……気持ちよくなってもらいたい。男なら心地よく感じるだろう？　ここに触れられたら……」

「っ……」

先端を舌でペロッと舐め上げられて、香了の下腹部にジンッと熱い痺れが広がる。頭の中が真っ白になりそうになるのをこらえ、香了は途切《とぎ》れ途切れに問いかけた。

「でも、口で……なんて、平気なの？　嫌……じゃないの……？」

「嫌なんてことが、あるわけないだろう……？」

白皇虎が、香了の芯を持ってきた雄を舐め回しながら、視線だけを上げて見つめてくる。

「ずっと、お前にこうして触れたかった……。お前のそのやさしい心とともに、お前の身体のどこもかしこもを、俺のものにしたかったんだから……」

彼が話すたびに熱い息が茂みと雄をくすぐり、香了はその快感をこらえきれず目を閉じた。

「俺はお前を、好きでたまらない。本当に……こうして喰ってしまいたいくらい、好きなんだ」

「ぁっ……！」

白皇虎の唇の奥へと、雄の先端が呑み込まれていく。

熱く濡れたやわらかな口内の粘膜に、根本までが包まれた。きつく唇でしめつけるようにされて、香了の腰が、ビクンッと敷布から跳ね上がる。

「あ、ふっ……」

白皇虎の唇がゆっくりと上下に動き、香了のものが根本から先端まで強い力で扱《しご》かれた。

初めて知る、甘美で強烈な快感。雄への直接的な刺激に、声が抑えられなくなる。

「うぅ〜〜っ……！」

白皇虎の自室の隣は、香了の部屋だ。その隣は、白皇虎の執務室。五階の警護担当の兵士二人は、階段を上がってすぐの場所に立っていて、ここからは離れたところにいる。

この部屋は五階の奥にある角部屋でもあるし、声を他の誰かに聞かれることはないだろう。

香了はそう思いつつも、寝台の上で自分の口を両手で塞いだ。

「ん……む、ぅんっ……」

白皇虎の熱い口の中で、香了の雄があっという間に張りつめ、硬く膨らんでくる。

彼が唇でそれをきつくしめつけたまま、唾液を潤滑剤代わりにして、上下に深く扱いて……。

その動きが激しくなっていくにつれ、香了の先端からトロトロと淫らな蜜が溢れ始めた。

ぴちゃっ、ぴちゃっ、と濡れた音を立て、白皇虎が、唇で挟んだ香了の雄に自分の口の中の粘膜と舌を絡めて、硬い筋の溝《みぞ》まで丁寧に舐め尽くしてくれる。

雄の先端から精液を絞り取ろうとする動きが、とても淫猥《いんわい》に感じられた。

「ふ、んんぅ……」

自分の雄のドクドクという脈打ちも、興奮度合いそのままともいえる硬さも、変化の全てを白皇虎に知られている。そう思うと、香了の中で恥ずかしさと昂りがごちゃ混ぜになって、どうしていいか分からず、泣きたいような気持ちになってくる。

次第に息と体温が上がり、中心から背中を這い上がってくる快感で頭の中が真っ白になった。

下腹部に熱い昂りが込み上げてくる。うねりのようなそれを抑えきれず、香了は仰向けのまま自分の口を両手でしっかりと塞ぎ続ける。

自然と目尻に浮かんだ涙で、寝台の天蓋の裏とそこから垂れる白い薄布が滲んで見えた。

（あ……あ、どうしようっ！　こんなにされたら、このままっ……！）

白皇虎の口の、雄を扱くような動きに身を任せていたら、このまま放出してしまうかもしれない、と思ったが、必死に心の中で首を横に振る。

（い、いけない……そんなことっ。だって、白皇虎の口の中になんて、まさかっ……？）

それだけはできない。いや、したくないと思ったのに……。

香了は、白皇虎の唇で雄の側面をひときわ強く、ギュッとしめつけられて。

今にも弾けそうだった、淫液と唾液でドロドロになっていたそれへの熱く甘い刺激に耐えられず、息を詰めて強く目を瞑《つむ》った。

「あっ、ぃっ……！　！」

口を両手で塞いだまま、腰を敷布から高く浮かせてビクビクッと震わせる。

それと同時に、先端から迸《ほとばし》らせた熱い精液。勢いよく放出されたそれが、白皇虎の口の中で奥の喉に当たるのを感じた。

「んん、ん――――っ！」

自分の中から、羞恥心も、下腹部に溜まっていた欲望も、全てが出て行って消え去り――頭にもなにもなく、ただ手足を甘く痺れさせる快感だけが残っている。

口からゆっくりと両手を外した香了は、力を抜いた仰向けの全身を敷布に沈めた。

「は……はあ、ぁ、は……」

頬の火照《ほて》りを感じ、弾んでいた息を整えながら、そっと目を開けてみる。

白皇虎がちょうど香了の雄から口を離し、芯のなくなったそれの根本を片手で持って、やさしく唇の間から押し出すところだった。

舌の上に白い精液が見えていたが、彼は喉をゴクンと鳴らしてそれを飲み込む。

（あ……う、嘘。飲ん……で、くれ……た……？）

昂ぶりが収まりきらないまま、薄く汗をかいた身体を投げ出している香了は、恥ずかしく消え入りたいような気持ちでいっぱいになった。

それと同時に、胸に、じん、と全身が痺れるような感動が広がる。

（僕の……を？　そんなことをしても平気なくらい……飲んでもいいって思うくらい、白皇虎は僕のことを好きなの……？）

静かに上半身を起こした白皇虎が、親指の腹で自分の唇を拭《ぬぐ》いながら微笑む。

「香了……どうだ？　気持ちよかったか？」

「う……」

だから、そういう答えに困る恥ずかしいことを、さらりと平気で問わないで欲しい。

香了はそう言いたかったが、射精を終えたばかりの全身はまだ甘い快感の蜜に浸かっているかのような状態だ。あまりに心地よすぎて、ふわふわと宙に浮いているように感じられた。

白皇虎の問いに黙っていると、彼が香了の太腿の裏にそれぞれ手を入れる。えっ、と思ったときには、香了は左右の太腿をぐっと深く胸の方へ押され、膝を曲げた脚を広げさせられていた。

腰を寝台から浮かせ、谷間を奥までさらす恥ずかしい格好に、香了は息を呑む。

（え……なに？　どうして……？）

しばらくは声も出ず、宙に浮いた自分の膝頭の間に見える白皇虎を、呆然と見上げていた。

膝立ちになっていた白皇虎が、身を屈めて谷間に顔を近付けてくる。

熱い息がかかり、窄《すぼ》まりにペロッと濡れた舌をつけられた香了は、腰をビクンッと震わせた。

「さあ、次はここだ。俺が舐めるのは」

「え……？」

聞き間違いではないと思ったが、だからこそ彼の言葉が信じられない。

「どうして、そんなところを？　なんの……ために？」

「性交するためだ。決まっているだろう？」

白皇虎は香了の谷間から顔を上げ、余裕たっぷりの笑みを男らしい口元に浮かべた。

彼の両手は、香了の太腿の裏に当てられて、曲げた両脚を胸の方へ深く押したままだ。

香了のやわらかな双丘を割った奥にある窄まりを、白皇虎が舐めやすい体勢。少し苦しいそれを香了に取らせながら、彼は微笑みとともに問いかけてくる。

「お前が本当に、旧王朝の末裔の皇子としての教育を、幼小から受けたなら……。当然、生き物としての夜の営《いとな》みについても、学んだだろう？　知っているよな？」

甘い艶の滲む瞳が、自分の胸の下にいる香了をうかがうように見下ろした。

「男同士でどうするか、も……？」

「そ、それは……」

確かに、そういった通常とは違う場合の性交についても『教育』を受けたことはある。

香了は白皇虎を見上げ、頬を染めながら頷いた。

「で、でも、抽象的に、教えてもらっただけで……。具体的には、詳細がよく分からない。だから、その……知っている、と言っていいのかどうか」

「『抽象的な』知識では不安か？　この先の行為が……？」

「そういうわけじゃ……というか、白皇虎は知っているの？　つい最近まで、人間のことなんてなにも知らなかったはずなのに。その……人間の男同士で、どうするか……？」

「もちろんだ」

香了がしどろもどろになっていると、白皇虎が自信満々といったように男っぽく微笑む。

「そんな知識くらい、すぐに得られるし……。そもそも、本能で知っているものだ」

「そ……そういうものなの？　虎は……？」

「まあ、とにかく、安心していろ。お前の知らない『具体的な行為』は、今これから知ることができる。俺が教えてやる、男同士での身体の繋げ方を……」

「あ……？」

白皇虎の熱い舌が、再び窄まりに押し当てられた。唾液を塗りつけるように、そこを舐める。薄暗がりに響く、ぴちゃ、ぴちゃっ、という音。丁寧な、そして愛しそうな舌先の動きを感じ取って、窄まりの入り口のやわらかな肉が敏感に甘く震えた。

（ああ……温かい。すごく……）

熱い舌がぐっと強く押し込められ、中まで侵入する。内側の粘膜も、ほぐされていった。

窄まりの中をくすぐるような舌の動き。それに欲情を煽られたように、先ほど射精したばかりの香了の雄が、少しずつ硬い芯を持ってくる。

腰から下がズキンズキンと痛いくらいに強く、甘く脈打ってきた。

(でも、やっぱり白皇虎のものをそこに入れるんだ……? 異性との性交とは違う、代わりの器官を使って繋がると、教えられた。まさか、とそのときは思ったけど……!)

これまで男同士に限らず経験がなく、性交の具体的な行為については詳しく知らない。

だが、今白皇虎から受けている愛撫の手順を追っていると、窄まりを使うのは予想がつく。

白皇虎の屹立したものを、自分の身体の中に受け入れるなんて……。嫌ではないけれど緊張のあまりどうにかなってしまうのではないか。そんな心配の気持ちでいっぱいだ。

香了はしばらくの間、白皇虎の窄まりへの唇と舌での丁寧な愛撫に、ただ身を任せていた。

やがて――。快感に息を弾ませ始めた頃には、だんだんと覚悟が決まってきた。

自分の中で一番恥ずかしい場所かもしれない、谷間の奥の小さな窄まり。そこに舌をつけて舐めてくれるなんて、白皇虎に心から愛されているのだなと思えて、心が落ち着いてきた。

白皇虎と初めて愛し合う。そのことの感動が大き過ぎて、頭の中が幸福感でいっぱいになる。

早く繋がりたい、という期待が募ってきた。

膝で曲げた脚をあられもなく白皇虎の方へ……天井の方へ向けて大きく広げている香了の中心で、硬く勃ち上がった雄が内側からズクンズクンと熱く脈打つ。

自分の欲望のその膨らみと昂りを、白皇虎にも知ってもらいたい、と思った。

（今なら、きっと性交しても平気だ……。だって、白皇虎と一つになれるなら……それは、すごくうれしいことだから。それに……今でも、僕は充分に気持ちよくなっているし……）

白皇虎、もう……と。声を掛けて促そうか迷ったそのとき、窄まりから舌がぬるっと引き抜かれた。香了の谷間から、彼の体温の大きな塊《かたまり》がすっと離れていく。

白皇虎はその場に身体を起こして座り直した。香了の腰を両手でつかんで少し浮かせ、その下に自分の膝を差し入れる。

その体勢のまま腰を進めてくる白皇虎が、天蓋の裏を背にして香了を見下ろしてきた。

「香了……いいな？」

欲情に潤んでいてもやさしさを忘れない、甘い眼差し。大人の男のものそれで香了を愛しそうに見つめた彼は、香了のほっそりとした腰をつかむ両手にギュッと力を入れる。

これから繋がり一つになるのだ——と分かった。

熱い血で頬を上気させた香了は、愛しい白皇虎の顔をうっとりと見上げる。

「ゆっくり、お前をぜったいに傷つけないようにするから……」

「うん……ん、あっ？」

香了の窄まりに、熱く濡れた雄の先端がぐっと押しつけられた。

先ほど、白皇虎の舌と唾液で充分にほぐされた入り口の肉。やわらかく、ぐずぐずに蕩けているそれを押し割って、彼の大きく屹立したものが奥へと入ってくる。

狭い窄まりの中が裂けそうな圧力を感じ、香了は背中から腰にかけてを強張らせた。

覚悟を決めていたはずが、熱くドクドクと脈打つ硬い筋を浮かせている雄が怖くなり、香了は反射的に息を詰めて、内側のそれをギュッとしめつける。

「んっ、んんっ……！」

「っ……香了、身体の力を……少し、抜いてくれ。きつい……」

白皇虎の雄が、香了の内部の押し返そうとする力の抵抗に遭《あ》い、窄まりの中の途中で止まってそれ以上進めずにいた。

彼の眉が苦しそうに寄っているのが分かったが、香了は焦るばかりでどうにもできない。

「で、でも、そんな、できな……あ、ああっ！」

声を発したときにふっと腰の力が抜け、それを見逃さなかった白皇虎が雄を一気に押し入れてきた。下腹部が奥まで広げられて、香了の窄まりが雄でいっぱいに満たされる。

「んっ～～～～！」

自分の中に他人の身体の一部がある。

香了は初めて知るその違和感をこらえきれずに、目をギュッと閉じ、身体の脇で敷布を強く握った。そうして背中や手足を緊張させていると、動きを止めた白皇虎が長く静かに息を吐く。

「よかった。全部入った、お前の中に……」

恐る恐る目を開けた香了を、腰から離した手を敷布についた彼が見下ろしていた。

白皇虎はまだ苦しそうに眉を寄せ、額にも精悍な頬にも薄っすらと汗を浮かせている。けれど香了を見つめるその美しい深い紫色の瞳には、包み込むようなやさしさが溢れていた。

それを見た瞬間、寝台に仰向けになった香了の全身からすうっと無駄な力が抜けていった。

(あ……。白皇虎は、こんなに僕を……)

身体が繋がっただけでなく、心も一つになっている。

大好きな白皇虎としっかりと愛し合えているのだ。そう実感できて、この先の行為への恐れや焦りといったものが、熱湯の中で氷が解けるかのようにどこかへ消え去った。

代わりに、感動と甘い愛情が手足の先まで広がり、熱を持った身体がトロトロに蕩ける。

自然と微笑みが浮かんで、それを見た白皇虎がうれしそうに微笑み返してくれた。

なんの言葉もなくてもお互いへの深い愛を感じる。

自分が白皇虎にとって……そして白皇虎も自分にとって、唯一無二の大事な存在であること。

身体を繋げて二人分の汗や体温が混ざり合うと、そのことをよりいっそう強く感じられる。

この満足感と幸福感を味わえるのが、誰かと恋をし愛し合うことなのか——。これが好きな人と一つになるということなのか、と初めて知った香了の胸に、また深い感動が広がった。

(僕はもう、独りじゃない。白皇虎と一生いっしょなんだ……)

泣き出してしまいそうなくらいうれしい気持ちで、自分の全てが満たされていく気がする。

香了が身体の脇で強く握り込んでいた敷布から手を離したとき、白皇虎も敷布に突っ張っていた自分の手を離し、ぴったりと胸を重ねてきた。

「本当に、俺が一生、お前の伴侶でいいんだな……?」

隙間もなく香了と全身を重ねた彼が、香了の背中を両手でギュッと抱きしめる。

「俺が……いや、俺とお前の、どちらかが死ぬまで……。この先の将来、どちらかの命が尽きるその日まで、そばにいてくれるか……？」

白皇虎はその片手で香了の前髪を掻き上げ、額にそっと軽く唇を落とした。

「俺は、こんな……虎か人間かも分からない生き物になった。それでも……？」

「本性が虎でも人間でも、神様でも……天帝でも、なんだって構わないよ。この……僕が知っている白皇虎でさえあれば……」

香了は身体の脇に下ろしていた両手を上げ、その手で白皇虎の頰を包む。

宝石のような光沢の滲む紫色の瞳と見つめ合い、下から顎を持ち上げて彼の唇に口付けた。

「僕は、白皇虎のことが好きなんだから。他の誰でもない、白皇虎の一生の伴侶になりたいよ」

「香了……」

白皇虎の瞳が、ふっと愛しそうに細まる。彼は再び、香了の背中を深く抱いてきた。

「香了、俺の……なによりも愛しい香了……。ずっと……俺のそばにいてくれ。俺も一生涯、お前と、お前の理想とする世界を守る。お前のために必ず天下統一を成し遂げ、この人間の世界で皇帝となる、と誓うから」

「うん……うん、白皇虎っ……」

「俺が皇帝となるのは、お前のためだ。お前だけのためだ……！　お前を愛している、香了」

甘く蕩けるような声で囁いた白皇虎が、その引きしまった腰をぐっと引く。

香了の中を占めていた雄が半分ほど、窄まりの内側の肉を押しながら引き抜かれて……。

その、肉が引き攣《つ》れる痛みのような快感に、香了が鋭く息を呑んだとき。白皇虎がいったん引いていた腰を、もうこらえきれないというように、ぐん、と突き込んできた。

「あっ……？」

狭まっていた窄まりの内側の熱く濡れた肉襞《にくひだ》が、再び極限まで伸び、外へ押し広げられる。膨らんだ先端が奥の壁に当たったとき、じわっとそこに甘い快感が広がった。

香了がとっさに、張りつめた雄をギュッとしめつけると、白皇虎が低い悦《よろこ》びの呻きを漏らす。

「うっ……」

雄をそうやって前後させるのがよほど気持ちいいのか、白皇虎は同じ律動《りつどう》を繰り返した。

唾液でたっぷりほぐされた熱い窄まりの入り口が、そのたびに、ぐちゃ、ぐちゃ、と淫らな粘った音を立てる。押し込まれるときも引き抜かれるときも、窄まりの中の熱い肉が引き攣れた。

半ば痛みのような快感が走ったが、次第にそれが、じわじわとした甘い痺れに変わってくる。

下半身の奥に広がり、身体を芯から蕩かすような悦び。

白皇虎の突き上げが少しずつ激しくなるのに合わせて、その快感も大きく膨らんでいった。

まるで、彼の雄によって、窄まりの中に強烈な媚薬か麻薬を打ち込まれているかのようだ。

腹部から腰、背骨を伝って頭にまでゾクゾクッと電流のような心地よさに貫かれ、先ほどから勃ち上がっていた香了の雄が、軽く膝を立てた脚の間でさらに硬度を増していく。

弾けそうな先端から、はしたない粘液までトロトロと漏れ流れた。

「あ、ぅ……ん、んんっ」

白皇虎に背中を抱かれたまま突き上げを繰り返されて、香了の腰の裏が敷布に強く擦れる。熱い汗に濡れた肌に、少し痛みがあった。だが、それもほとんど気にならないほど香了の窄まりは昂りで蕩け、香了は浅く息を弾ませる。

(な……なんだか、身体が……？　お腹の辺りが気持ちよくて、熱くて溶けそうっ……)

とにかく初めて味わう快感だ。身体の中心を……下腹部の奥のやわらかく敏感な肉を、白皇虎の欲情した太い雄で突かれ、押し崩されていくような感覚……。

力を入れた足の先までが深く反り、敷布の上でビクビクッと何度も跳ねて震えた。

(あ……も、もう、出そうっ……？)

自分が甘いそれに、頭から一気に呑み込まれてしまいそうに感じる。わけが分からなくなりそうになった香了は思わず、自分に伸しかかっている白皇虎に抱きついた。

「は、白皇虎っ……」

しっかりと抱き合うと安心できて、息を荒らげて彼の耳元で訴える。

「な……なに、これ……？　すごく気持ち、いっ……！」

「香了……！　俺も、気持ちいい……」

白皇虎も悦びを感じてくれているのか、香了と同じくらい荒く呼吸を乱していた。

「お前の中は……熱くて、俺の……いいや、俺の全てが蕩けてしまうっ……」

腰を波打たせるような突き上げの律動を速めながら、彼は指が肌に食い込むくらいに強く、香了の背中を掻き抱く。

「俺の全てが、お前の奥に持っていかれてしまいそうだ、香了っ……！」

「ん、は……あ、あぁっ、白皇虎っ……」

「香了……香了っ！」

硬く張りつめた雄の絶頂が、近いのだろう。切羽詰《せっぱつ》まった声で香了の名前を呼ぶ彼の黒髪から、熱い汗が香了の顔や敷布に飛び散った。

香了は白皇虎に負けないくらい必死に、下から脚を絡めて全身で強く抱きつく。

「ん、んんっ、気持ち、い……。白皇虎っ、もっと……！」

二人で快感を追うことに夢中になり、自分の中に残っていた理性を全て消し去った。

天を向いた香了の雄が、重ねた身体の間で白皇虎の腹に当たる。

濡れた先端が、白皇虎の滑らかな濃い小麦色の肌と引きしまった筋肉に触れて、そこでぬるぬると何度も滑っていた。

そのことに気付いてはいたが、気にしている余裕はない。

生まれてからこれまで味わったことのないほどの、一点の曇りもない幸福感に浸っている。そんな香了は、もうたった一つのことしか考えられなくなっていた。

もっと、白皇虎と一つに蕩け合いたい――と。

「は……白皇虎っ。もっと……欲しいっ！　白皇虎を、僕の奥に感じたいっ……！」

「香了、香了っ……！」

最高に甘い愛の滲んだ瞳で見つめ合うと、香了の頭にぼんやりと出会いのときが浮かんだ。

二ヶ月と少し前、春の嵐で大雨が降りしきる中、香了の村の裏手に現れた白虎。その迫力と威厳に溢れた白い姿が、まるで神獣のように美しい光をまとって見えたのをよく覚えている。

（ああ、そうだ……。あのとき、あそこで出会えなかったら……こうして、愛し合えることもなかったんだ。ありがとう、白皇虎……あのとき、僕の前に現れてくれて……）

香了は幸せな気持ちと快感に浸り、うっとりとして白皇虎の下から天井を見上げた。

（そして……天帝様、ありがとうございます。こんなに愛しい白皇虎に出会わせてくれて……）

汗をかいた頰に浮かべた微笑に、白皇虎が気付いて息を弾ませながら問いかけてくる。

「香了っ……？　どうし……た、なにを見ている……？」

「ううん、なにも……」

首を横に振り、自分への愛に溢れている白皇虎の汗の浮いた顔を改めて見つめると、彼への愛しい気持ちが、こらえきれないくらい胸に膨らんだ。

香了はさらに強く下から抱きつき、白皇虎の逞しい筋の浮いた首に甘えて頰を擦りつける。

「僕は……いつも、白皇虎を見ている……よ。僕の誰よりも大切な、白皇虎だけをっ……」

「香了っ……！」

白皇虎が腰の動きをいっそう激しく大きくして、絶頂へ向けて突き上げてきた。

「香了、香了っ……！　愛している！　お前を、愛しているっ……！」

「う、んっ……僕も、だよ、白皇虎っ……！」

香了は自分からも双丘を敷布から浮かせ、背中を反らして彼の律動に合わせて腰を揺らす。

「僕も、白皇虎を愛しているよ。愛しているっ……」

途切れ途切れの声で愛を告げていた唇を、白皇虎の唇で噛みつくように塞がれた。

熱い舌がぐっと押し込まれてきて、香了の舌と深くねっとりと絡む。

「ん、んぅっ……」

強く舌を吸い上げられ、ぬるぬるした気持ちのよい感触に、香了の腰がブルッと甘く震えた。

口の中と、窄まりの奥と。上と下への同時の刺激は、クラクラするほど気持ちいい。

意識が飛びそうになるのを必死にこらえていると、白皇虎の舌がするっと出て行った。

少し苦しくなっていた息を、香了は胸を大きく上下させて整える。

「は、はあっ、ふっ……」

白皇虎の荒い息が口元にかかり、愛しそうに見つめられながら、続けて激しく突き上げられた。

熱くジンジンと痺れが広がっている身体の奥の肉が、突き崩されていくのを感じて——香了はもうあと一秒も、自分の中心に溜まっているものの放出を止められなくなる。

「あっ、ああ、あっ……!!　白皇虎、もう、僕っ……!!」

叫ぶように喘ぎ、絶頂の高みへと一気に駆け上がった。

ぐんっ、と最奥《さいおう》まで白皇虎の雄で力いっぱい突き上げられたとき、欲望で膨らんだ自分の雄がブルブルッと震えて、二人の重なり合った身体の間で精液を迸らせるのを感じた。

香了が白皇虎に抱きつく腕に力を込めたとき、彼の雄の太さと硬さも、窄まりの中で弾けた。

「うっ……!!　香了っ……!!」

「あ、ああああっ、白皇虎っ――――!!」

白皇虎の精液が勢いよく香了の中に放出され、窄まりの内側の肉をその熱で汚して濡らす。彼の愛の証だと思うとうれしくて、香了はしっかりと白皇虎に抱きついたままでいた。

先ほどまで激しく擦られていて、まだ甘く痺れたまま感覚の戻ってこない窄まりの内側。放出を終えてもそこに留まっている白皇虎の雄の存在が、愛しくてたまらない。

白皇虎が息を整えながら力を抜き、香了の身体の上に全身をゆっくりと重ねてきた。

「香了、愛している……」

「うん……うん」

逞しい腕で再びギュッと抱きしめられ、これ以上はないというほど愛しそうな深く美しい紫色の瞳で見つめられて。もう一度、唇に口付けを落とされ――――。

香了は彼のそのやわらかく熱い唇を、幸せにうっとりと瞼を閉じながら受け止めた。

それから一ヶ月後――――。白皇虎は、西方の国の王に即位した。隣国の併合も完全に終え、香了とともに天下統一へ向けての新たな一歩を踏み出したのだった。

「白虎は愛を捧げる～皇帝の始まり～」（書き下ろし）

あとがき

この虎の本をお手に取っていただき、ありがとうございます♪

今回の本は『皇帝（虎）シリーズ』の、始祖の二人のお話になります。

いったい、いつから獣の虎の血を引く皇帝が存在するようになったのか？　同シリーズをお読みくださったことのある方々は、疑問に感じられていたことと思います。作者本人にも長らくぼんやりとしていて謎だったのですが（↑　え？）、こちらの本を書く機会をいただき虎の血を引く皇帝の誕生について、ついに明らかにすることができました……！

今回もまた、担当の岩本さんには大変お世話になりました。ありがとうございました。

挿絵を担当してくださった蛍子先生、ありがとうございます。素敵な雰囲気の表紙と口絵を拝見いたしました、とっても可愛い受と格好いい攻に描いていただけてうれしいです！

この本より前に、同じ皇帝（虎）シリーズの本として「皇帝は虎を求める」から始まる四冊のシリーズと「皇帝は愛妃を娶る」から始まる現在十一冊のシリーズが発行されています。十一冊のシリーズの方は、仔虎が生まれて世代が繋がっていくお話です。どの本も主人公たちが違っていて完結しており、一冊ずつお楽しみいただける内容になっております♪

まだお手に取ってくださっていない方は、そちらもお読みいただけますと幸いです。

二〇一九年二月吉日　　加納　邑

ビーボーイノベルズをお買い上げいただきありがとうございます。
この本を読んでのご意見・ご感想をお待ちしております。

〒162-0825 東京都新宿区神楽坂6-46
ローベル神楽坂ビル4F
株式会社リブレ内 編集部

アンケート受付中
リブレ公式サイト　https://libre-inc.co.jp
TOPページの「アンケート」からお入りください。

BBN
B●BOY NOVELS

白虎は愛を捧げる ～皇帝の始まり～

2019年3月20日　第1刷発行
著　者――加納　邑

発行者――太田歳子
発行所――株式会社リブレ
〒162-0825 東京都新宿区神楽坂6-46ローベル神楽坂ビル
営業　電話03(3235)7405　FAX 03(3235)0342
編集　電話03(3235)0317
印刷所――株式会社光邦

この書籍の用紙は全て日本製紙株式会社の製品を使用しております。

Printed in Japan
ISBN 978-4-7997-3521-3